我甚至可以想象我们吹出
一个如此巨大的泡泡，
连太阳也能在里面升起落下，
我们也许可以将正午的蔚蓝
和午夜的漆黑也收入囊中，
抛开一切，逃离此地，
逃离现在。

The Waves

海浪

[英] 弗吉尼亚·伍尔夫————著

陈一逍　柏紫凌————译

华中科技大学出版社
http://www.hustp.com
中国·武汉

图书在版编目（CIP）数据

海浪 / (英) 弗吉尼亚·伍尔夫著；陈一逍, 柏紫凌译. —— 武汉：华中科技大学出版社, 2020.8 (2024.6重印)
(伍尔夫作品集)
ISBN 978-7-5680-6296-1

Ⅰ.①海… Ⅱ.①弗… ②陈… ③柏… Ⅲ.①长篇小说—英国—现代 Ⅳ.① I561.45

中国版本图书馆CIP数据核字(2020)第103708号

海浪   [英] 弗吉尼亚·伍尔夫 著
Hailang   陈一逍 柏紫凌 译

策划编辑：刘晚成
责任编辑：林凤瑶
营销编辑：李升炜 邱鉴泓 倪梦 燕卉雯
责任校对：曾 婷
责任监印：朱 玢
封面设计：璞茜设计

出版发行：华中科技大学出版社（中国·武汉）   电话：(027)81321913
        武汉市东湖新技术开发区华工科技园   邮编：430223

印　　刷：湖北新华印务有限公司
开　　本：787mm × 1092mm　1/32
印　　张：11.75
字　　数：188千字
版　　次：2024年6月第1版第6次印刷
定　　价：39.80元

本书若有印装质量问题，请向出版社营销中心调换
全国免费服务热线：400-6679-118 竭诚为您服务
版权所有 侵权必究

目录

...001 **太阳还在沉睡**
　　海天混沌一色
　　海面轻轻泛起褶皱……

...029 **太阳升得更高了**
　　蓝色、青色的海浪
　　迅疾地扫过岸上的海冬青……

...087 **太阳升起来了**
　　黄色、绿色的光柱
　　落到了海滩上……

...133 **太阳已经升起**
　　她不再躺在碧绿的海面上
　　间或扫视一眼外面浪花飞溅的珠玉……

...185 **太阳已经升到了中天**
　　它不再是影影绰绰地
　　只露出半边脸……

1

...207 **太阳不再当空**

光芒倾斜

余晖洒落……

...227 **太阳在空中逐渐下沉了**

云朵构成的小岛渐渐变得浓重

它们就这样穿移过太阳……

...259 **太阳沉得更低了**

白昼里坚硬的岩石也显出裂缝

使日光从它们的碎片中倾泻而下……

...295 **此刻,太阳已经沉落**

海和天浑然一体

交相辉映……

太阳还在沉睡,海天混沌一色。海面轻轻泛起褶皱,像绸子上细碎的纹理。渐渐地,白色天光开启,一道暗痕卧于海天之间。海水的灰色绸子涌起厚重的波纹,一道一道,蛰伏在水底,接连涌动着,驱赶着前浪,无休无止。

一道道波纹拍岸而来,凌空跃起,被击碎在沙滩上。一片轻薄水雾扫过,海浪就暂停了它侵袭的步伐。它低吟着退回海中,像一只昏昏沉睡的野兽,在起起伏伏地呼吸。渐渐地,海天之间的那道暗痕明亮了起来,像酿酒时沉渣落定,古旧的绿色瓶身透出澄澈的光。这白色的沉淀落了下去,横亘在暗痕之后的天空明朗了起来。天际之下,好似有一只妇人之臂,擎着一盏明灯,它的光线或白或绿或黄,如同辐辏,又四散开去,穿越天空。她把灯举得更高了,像一丛篝火,吐出血红金黄的纤状火舌,裹挟着烟雾咆哮而来,将一面碧水照得波光粼粼,好像要燃起烈焰来,照得空气都现出了它的丝丝纹理，要与海水撕裂而去。这篝火的火舌渐渐汇聚成一团明亮而炽烈的迷雾；天空原本灰沉沉的，像覆盖了一层羊毛，此刻也变得轻盈起来，在这白光的映射下显现出无数柔和的点点蓝光。海面慢慢变得透亮，卧在天底下，泛起涟漪，闪闪发光，直至那道暗痕被抚摸得消失殆尽。那只天际的妇人之臂将明灯徐徐举起，举得更高。宽阔的火舌消散，一团烈焰在海的边缘形成一道弧形的拱门，无垠的海水闪耀着金色的光芒。

这光芒降临到花园里的树木上，把树叶照得片片透亮。鸟鸣间或，高低错落。太阳把屋子的墙壁照得更加分明。它悬在那里，像白色窗帘上半月形窗户的扇尖，抚过卧室窗前的枝叶，留下一片绿荫。窗叶轻轻碰撞，但屋内的一切都暗淡幽微，窗外响起不知所云的鸟鸣。

"我看见一个圆环，"伯纳德说，"悬在我眼前，微微颤动着，四周围绕着一个光圈。"

"我看见一抹厚重的暗黄色光影,"苏姗说,"蔓延着,和一道紫光相接。"

"我听见一个声音,"萝达说,"吱啾,吱啾,上下跳跃。"

"我看到一个球,"内维尔说,"在山坡巨大的侧翼下悬着。"

"我看到一根深红色的穗子,"珍妮说,"和金线缠绕在一起。"

"我听到跺脚的声音,"路易说,"一只巨兽被铁链拴住了脚,咚,咚,它原地跺着脚。"

"看那阳台角落里的蛛网,"伯纳德说,"挂着一串串水珠,滴滴闪着白光。"

"窗户周围散落的树叶像动物尖尖的耳朵。"苏姗说。

"影子落在道路上,"路易说,"像人弯折的臂肘。"

"光影在草坪上游荡,星星点点如同岛屿,"萝达说,"它们从树叶的缝隙中渗漏下来。"

"树叶之间的狭长缝隙里,鸟儿的眼睛十分明亮。"内维尔说。

"花茎上覆盖着短小粗粝的绒毛,"珍妮说,"嵌着一些露珠。"

"一条毛虫蜷成一个绿色的环,"苏姗说,"它长着平圆的短脚。"

"一只灰壳蜗牛挪过小径,把身后的草叶碾得平平的。"萝达说。

"窗户玻璃反射的炙热阳光,在草丛间穿来折去。"路易说。

"我的脚碰了碰石头,感觉它很凉,"内维尔说,"圆的、尖的石头,我一个一个的,都碰了它们一下。"

"我的手背火辣辣的,"珍妮说,"但手心却黏糊糊的,沾满了露珠。"

"尖厉的鸡鸣声像白色潮水中的一股红色激流,迸发而出。"伯纳德说。

"鸟儿在我们身旁忽高忽低地穿梭,唱着歌。"苏姗说。

"巨兽在跺脚,那是一头身体粗笨的大象。它的脚被链子拴了起来,它在海滩上跺脚。"路易说。

"看那座房子,"珍妮说,"它所有的窗子都挂着白色的窗帘。"

"后厨的水龙头里流出了冷水，"萝达说，"流进装着鲭鱼的碗里。"

"墙上长着金色的裂缝，"伯纳德说，"树叶狭长的蓝影映在窗户下。"

"现在，康斯特布尔太太穿上了她厚厚的黑色长筒袜。"苏姗说。

"炊烟升起的时候，睡意就像一丝迷雾，从屋顶盘旋着飘远。"路易说。

"一开始，鸟儿齐鸣，"萝达说，"但后厨洗碗间的门没有锁，它们就都飞走了，像农人播种时撒出去的一把种子，但仍有一只还在卧室的窗台上独自歌唱着。"

"小煮锅的锅底冒出了一串气泡，"珍妮说，"它们往上升起，越来越快，形成了一串银链。"

"现在比利用一把锯齿刀在刮鱼鳞了，他把鳞片都刮到了一张木砧板上。"内维尔说。

"餐厅的窗子已经变成了深蓝色，"伯纳德说，"烟囱上的空气像水波一样浮动着。"

"一只燕子立在避雷针的尖端，"苏姗说，"比蒂又把水桶砸到了厨房的石地砖上。"

"教堂的钟敲响了第一声,"路易说,"接着又敲响了第二声;一声,两声;一声,两声;一声,两声。"

"看这块白色桌布,挂在桌边,飘摇着,"萝达说,"桌上一个个白瓷盘,印着银色的纹路。"

"突然有一只蜜蜂的嗡嗡作响声传进我的耳朵里,"内维尔说,"它在我耳边,它又飞走了。"

"我燃烧起来了,颤抖起来了,"珍妮说,"逃离这阳光,躲进阴影里。"

"现在他们都走了,"路易说,"进屋吃早饭去了,就剩我一个人,站在墙边的花丛里。现在还很早,离上课还有很长的时间。树叶翠绿茂密,衬得一朵朵花小小的。花瓣色彩斑斓,它们的茎植根在下面黑色的洼地里。花儿们好像光影化成的鱼,在深绿色的水面上游动。我手拿一枝花茎——我觉得自己就是这花茎。我的根在地底下,穿过夹着砖块的或干燥或潮湿的土壤,穿过流淌着铅和银的矿脉,与世界的深处相连。我浑身上下都是纤维,颤动着,抽搐着,土壤挤压着我的肋骨。我的眼睛是绿叶,虽然睁着但看不见东西。我是一个男孩，穿着灰色的法兰绒衣服，系着一条带蛇形铜扣的皮带；我的眼睛没有眼皮，就像尼罗河边沙漠里的狮身人面像。我看见女人们肩扛着红色大水罐朝河边走去，骆驼蹒跚前进，男人们都扎着头巾。踩踏声、颤抖声、动荡声环绕着我，我听见了。

"在这里，伯纳德、内维尔、珍妮和苏姗在用他们的捕虫网撇去花床表面的一层土壤，但萝达没有和他们在一起。花儿们点着头，他们将花上的蝴蝶都赶走，仿佛把世界的表层都筛了一遍。他们的网里装满了扑扇的翅膀。'路易！路易！路易！'他们喊道，但他们看不到我，我在树篱的另一边。篱笆的叶子上只有一些细微的孔隙。哦，主啊，让他们过去吧。主啊，让他们把手帕铺在砾石上，把蝴蝶都放在上面吧，让他们数一数乌龟壳，还有那些橘红边翅膀的蛱蝶和白色大蝴蝶吧，但请不要让他们看到我。我站在树篱的阴影里，像一株紫杉木。我的头发就是叶子，我扎根在土壤的中央，我的身体是一株树干。我按了按手中的花茎，一滴浓浆从它的孔眼中慢慢流了出来，越流越厚重。突然，一个粉色的东西从树篱的缝隙中闪过，一道目光从缝隙里瞟了过来,她窥见了我。我不过是个穿灰色法兰绒衣服的小男孩。她找到了我,碰了我的脖颈后面一下,她亲吻了我,我感受到一阵慌乱。"

"吃完早餐后,"珍妮说,"我跑起步来。我从篱笆的缝隙里看到叶子在动,想'那是巢里的鸟'。我把树篱拨开了一点,朝里面看去,发现鸟窝空空如也,可叶子还在动,我害怕了。苏姗、萝达,还有内维尔在工具棚里说话,我跑过他们身边,边跑边哭,越跑越快。到底是什么,让树叶不停地晃动?是什么,如此触动我的心,让我的双腿不停地奔跑?我冲到了这里,看见你像一丛灌木一样翠绿,纹丝不动,眼神一直注视着一点。'他死了吗?'我想,然后我亲吻了你。我的心在粉色的裙子下剧烈地跳动着,就像那些叶子,虽然没有什么东西让它跳动,但它还是无休无止地跳动着。我闻到了天竺葵的气味,泥土堆的气味。我跳起舞来,我的身体像水的波纹一样舞动着。我像一张光线织成的网,撒出去,整个笼罩在你身上,笼罩在你身上,我微微地颤抖着。"

"从篱笆的缝隙里,"苏姗说,"我看到她亲了他。

我在弄花盆，抬头看了看，从篱笆的缝隙里，我看到她亲了他。我看到了他们，珍妮和路易在接吻。现在，我要把我的苦恼和悲痛用手帕包裹起来，要把它紧紧扎好，攒成一团。上课之前，我要独自去一趟山毛榉树林。我再不会坐在桌前算算术了，也不要坐在珍妮和路易的身边。我要将我万分的痛苦安放在山毛榉树的根上，审视它，用我的指尖抚摸它。他们找不到我的。我要以坚果为食，在荆棘丛中寻觅鸟蛋。我的头发将沾满灰尘，变得湿漉漉、乱蓬蓬，然后我要睡在树篱底下，喝沟渠里的水，死在那里。"

"苏姗从我们身边跑过，"伯纳德说，"她从工具棚门前跑过，将一条手帕紧紧地攒成一团。她没有哭，但她那美丽的眼睛却眯成一条缝，像猫起跳之前的眼睛。我应该跟着她前去看看，内维尔，我应该悄悄地跟着她，满怀好奇，随时可以靠近她，在她突然悲愤大哭，心想'我孤独无助'时安慰她。

"她充满生趣地雀跃着走过草坪，装作无忧无虑的样子，似乎是为了不让我们发现她的悲伤。然后她来到一处洼地，她以为没人看见她，开始奔跑起来，两手紧握成拳放在胸前,她的指甲嵌入那个手帕的小团里。她正在朝那片山毛榉树林跑去,企图摆脱太阳的光亮。她跑到树林边时,张开了双臂,以游泳一般的姿态跃入了树林的阴影里。但她的眼睛还未能适应黑暗,她被树根绊倒,重重地摔在了树根上。阳光微弱,时有时无,像人断续的喘息;交柯错叶剧烈地起伏摇晃着。她似乎很忧愁,被什么问题深深地困扰着。天空愁云密布,光线游离不定,苦恼的汁液在蔓延。树的根茎在地上形成了一具骨架的形状,枯叶在它的曲折处堆积。苏姗掏出了她的悲痛,她的手帕躺在几棵山毛榉树的根茎上,她啜泣着,蜷缩在刚才摔倒的地方。"

"我看到她亲了他,"苏姗说,"我从树叶的缝隙里看到的。她跳起舞来,树叶筛落的光斑掉在了她的身上,泛着细小的钻石般的光芒。而我却很臃肿,伯纳德,我很矮,站在地上,我能看清草地里的昆虫。当我看到珍妮亲吻路易时,我心中一团馨黄色的温暖瞬间变成了石头。我应该以青草为食,死于沟渠之中,死于枯枝朽叶堆积的一滩褐水里。"

"我看见你路过了,"伯纳德说,"你跑过工具棚的门口,我听到你喊'我不高兴了',于是我放下刀——当时我正和内维尔一起拿柴火做一艘小船。我的头发乱糟糟的,因为康斯特布尔太太叫我去梳头的时候,蛛网里有一只苍蝇困在那里,我问,'我能去看看那苍蝇吗?我要让它被蜘蛛吃掉吗?'所以我的行动总是慢别人一步。我没有梳头,头发里还缠着些木屑。我听到你在哭,就跟在你身后,看到你把手帕平铺着,又系成一个结,把愤怒和仇恨都打在结里,但你过不了多久就会平息下来的。我们此时已经离得很近了,你听到了我的呼吸声。你看到甲壳虫背走了一片叶子,它一会儿往这边跑,一会儿往那边跑;你此刻看着这只甲壳虫,对路易那充满执念的欲望也开始动摇了,就像山毛榉树枝条中忽隐忽现的光线一样;随后,在你的脑海深处,言语隐晦地闪过,它们会解开系在这手帕中的苦涩之结。"

"我会爱,"苏姗说,"我也会恨。我只想要一件东西。我的目光是冷硬的,珍妮的眼睛里可以散发出千道光芒,萝达的眼睛像那些蛾子夜宿的白色花朵,你的眼睛呢,永远饱满,永远闪耀,从来没有黯淡的时刻。但我已经出发上路，开始追寻了，我可以看到草地里的昆虫。虽然妈妈仍给我织白袜子，缝围裙的褶边，虽然我还是个孩子，但我知爱懂恨。"

"当我们坐在一起说话时，我们挨得很近，"伯纳德说，"我们说的这些话将我们融为一体。我们之间的边缘是一层薄雾，共同形成了一个若有若无的领域。"

"我看到了甲壳虫，"苏姗说，"它是黑色的，我看到了；它是绿色的，我看到了；我现在好像只能说这么简短的字眼了。但你的思绪会飘远，溜走，升得更高，滔滔不绝地说着一个又一个短句。"

"现在，"伯纳德说，"让我们开始探索游玩吧。树林间有一座白色的大房子，它静静地躺在我们脚下遥远的地方。我们要像游泳一样，让身体沉下去，踮起脚尖走在地上。我们要从这一片绿荫中穿过去，苏姗。我们一边下沉，一边奔跑，空气涌动成浪，拍过我们的头顶，山毛榉树的叶子在空中交接。马厩里，时钟镀金的指针闪耀着光芒，大房子的屋顶一块凸起，一块平坦，小马倌儿穿着橡胶靴走在院子里哒哒作响。这就是埃弗顿。

"现在我们穿过树梢掉到了地上。空气中冗长又乏味的紫色波浪原本卷过我们的头顶,现在它停歇下来了。我们摸摸土壤,站在地上。那一处就是小姐们在花园里修剪整齐的树篱。她们在午时出来散步,手里拿着剪刀,剪下几朵玫瑰。我们现在来到了一片环形的树林,树林外围着墙。这里就是埃弗顿了,我在十字路口看见过指示牌,它上面写着'通往埃弗顿',但没人去过那里。羊齿植物气味浓烈,红色的蘑菇生长在它的下面。让我们叫醒这片林子里沉睡的寒鸦,它们从来没有见过人长什么模样;让我们踩一踩这些腐烂的栎树瘿,它们红红的,看起来苍老又油滑。这林子外还围着一道墙,没有人会来这里。听!这是矮树丛里一只大蟾蜍扑通坠地的声音,这是原始冷杉中的松果掉落到羊齿植物中的声音,它们会腐烂在那里。

"你站在这块砖头上,看看墙的那边,那就是埃弗顿。一个淑女坐在两扇长长的窗户之间写信,园丁拿着大扫帚在扫草坪。我们俩是最先来到这里的人,我们发现了一片不为外界所知的土地。不要打扰他们,要是园丁发现了我们,他会开枪射死我们的。到时候,我们肯定无路可逃,会像白鼬一样被钉在马场的门上。看！别动，抓牢墙顶的蕨类植物。"

"我看到那位写信的女士了，也看到扫草坪的园丁了，"苏姗说，"如果死在这儿，没有人会埋葬我们。"

"跑！"伯纳德说，"跑！那个留着黑胡子的园丁发现我们了！我们会被他射死的！我们会像松鸦一样被射死，然后被钉在墙上！这一带的乡下人对外人充满了敌意，我们得逃到山毛榉树丛里去，躲在树底下。我来的时候折了一根细树枝做记号，那儿有一条秘密的小道。你弯下腰，越低越好，跟着我跑，别回头。他们会以为我们是两只狐狸。快跑！

"现在我们安全了。现在我们可以重新站直身体了，在这山毛榉树形成的广阔天蓬下伸个懒腰。我什么声响都听不见，只听到空中气流起伏的沉吟。那儿有只斑尾林鸽，把树蓬的天顶钻了个洞，它在空中扑扇着翅膀，用它笨重的翅膀拍打着空气。"

"现在你的思绪又游离了，"苏姗说，"造了一些漂亮的句子。你的思绪像一根气球底下的细线，往上升，拨开一层一层的叶子,越升越高,一直升到我够不着的地方。一会儿你又落在我后面了,你从后面拉扯我的裙子,我往后瞧了瞧,你造了些漂亮的词藻。你从我身边逃走了。现在我们来到了花园和树篱前,萝达在小径上摇晃着她褐色水盆中的花瓣。"

"我的小船都是白色的,"萝达说,"我不要蜀葵和天竺葵的红色花瓣,把盆子略微倾斜,白色花瓣就会浮起来,那就是我要的。现在我有一艘游艇了,它从此岸驶向彼岸。我还要往里扔一根细枝,给那些落水的水手们当筏子。我要往水里扔一块石头,看气泡从海底升起。内维尔走了,苏珊也走了,珍妮或许和路易在菜园里摘醋栗,哈德森小姐把我们的抄写本放在课桌上,我得以拥有一段独处的时光,拥有一小块自由的空间。我把所有凋落的花瓣都捡了起来,放在水里让它们游泳,还在有些花瓣里滴了些雨滴。我要在这里放一座灯塔,一座'甜美爱丽丝'的头像。我左右摇晃褐色水盆,这样小船们就可以踏着浪花前行了。它们有些进水、沉了下去,有些撞到了悬崖上,仍有一艘小船在独自航行,那就是我的船。它驶进了冰窟,北极熊在里面咆哮,钟乳石上挂着绿色的、摇晃的链子。海浪越发汹涌了,它们卷起浪尖;看那桅头亮起的灯,摇曳不定;它们沉没了,所有的船都沉没了,唯有我的船依然在前行。它乘风破浪,来到鹦鹉絮语不停、长着爬山虎的岛屿上。"

"伯纳德在哪里?"内维尔问,"他拿走了我的刀。当时我们正在工具棚里造小船,苏姗跑过门口,伯纳德就扔下了他的船,拿着我的刀追随苏姗而去了。那是一把尖刀,用来凿龙骨的。他像一根悬挂着的缆绳,左摇右晃;像一只拉铃手柄,发出丁零的响声。他像挂在窗外的海藻,一会儿干枯,一会儿湿润;他在我最需要他的时候离我而去,跟着苏姗跑了;如果苏姗哭了,他会拿着我的刀跟她讲故事。簇新的大刀像个趾高气扬的皇帝,而卷了边的刀像一个缩手缩脚的人。我讨厌晃荡的东西,我讨厌东跑西晃,把事情都搅和在一块儿。铃响了,我们都要迟到了。我们得放下手中的玩具,一起去上课了。我们的抄写本正一个个躺在蒙着绿粗呢的桌子上呢。"

"我不会主动说出这个动词的变性的,"路易说,"除非伯纳德先说。我爸爸是布里斯班的一位银行家,所以我说话有澳大利亚口音。我要等他先说,他是英格兰人。他们都是英格兰人,苏姗的爸爸是个牧师,萝达没有爸爸,伯纳德和内维尔都是绅士的儿子,珍妮在伦敦和她的奶奶住一块儿。他们一会儿吮吸着笔,一会儿拧着抄写本,侧过身看哈德森小姐,数一数她束胸上衣上的紫色扣子。伯纳德的头发上还有块木屑,苏姗的眼睛红红的,他们两个人的脸都红了。但我脸色苍白,衣着干净,灯笼裤上系着一条皮带,上面有只蛇形铜扣。我心里对功课一清二楚,我知道的远比他们想象的多。我知道怎么给词变格、变性;如果我想,我可以知道世上的每一件事。但我不想说出答案,显得自己出类拔萃。我的根迂回复杂,像花盆中的根须,一圈一圈地围绕着世界打转。我不想出人头地,像这黄色板面的大钟一样活着,一刻不停地嘀嗒、嘀嗒。珍妮和苏姗,还有伯纳德和内维尔,他们几个合起伙来,变成一根皮鞭来抽打我。他们嘲笑我衣着整洁和我的澳大利亚口音。不过现在,我要来模仿伯纳德那软绵绵、's''th'不分的拉丁语口音了。"

"这些是洁白的词,"苏姗说,"在海边捡的石头是那种颜色。"

"我们说这些词的时候,它们的尾巴就左右摇晃起来,"伯纳德说,"它们摆动着尾巴,它们轻弹着尾巴;一会儿朝这边,一会儿朝那边,一会儿一起动,一会儿分开,一会儿又聚拢。"

"这些是黄澄澄的词,那些是火焰一般橙红色的词,"珍妮说,"我想要一条火焰颜色的连衣裙,一条黄色的连衣裙,一条茶色的裙子晚上穿。"

"每一个时态,"内维尔说,"都有不同的含义。世界上的一切都是有秩序的,但世界也有区别,有差异。我现在踏上了这世界的边缘,因为这只是个开端。"

"哈德森小姐,"萝达说,"已经合上了书本,可怕的时刻到来了。她拿起一根粉笔,在黑板上画了一些图形,六,七,八,还有一个叉,一条线。此题怎解?大家都看着她,都懂了她的意思。路易开始写起解答过程来,苏姗写起来,内维尔写起来,珍妮也写起来了,就连伯纳德都已经开始做题了,可我不会。在我眼里,它们只是图形而已。大家挨个上交了答卷,现在轮到我了,可我没有答案可交。大家都可以下课了。他们关上了教室的门,哈德森小姐也已经走了,只留我一个人在这里解题。但我不懂这些图形,它们的意义仿佛已经消失。时钟发出嘀嗒的响声,它的两条指针如在大漠中跋涉的车队,钟面上的黑色条纹就是绿洲。分针向前奔走着寻找水源,而时针只能痛苦地在沙漠炙热的石块中跌跌撞撞地前行,它就要死在沙漠里了。厨房的门'砰'的一声关上了,远处传来野狗的吠声。看,黑板上那些圆圈一样的图案开始被时间填满,它把世界圈了进去,而我却在这个圆圈之外。我现在要开始画一个圆——像这样——好了,一个闭合的圆。世界自成一体,可我却在它之外大喊着,'哦,救救我,我被永远地驱逐到光阴之圈的外面了。'"

"萝达坐在那里,盯着黑板,"路易说,"她坐在教室里,而我们在郊外悠闲地散步,这里摘一点百里香,那里捡一片碱蒿的叶子,听伯纳德给我们讲个故事。萝达的两块肩胛骨在背后缩到了一起,像小蝴蝶的翅膀。当她盯着那些粉笔画的图形看时,她的思绪仿佛飘到了那些白色的圆圈中,独自跨过它的边界,迈入其中的虚无里了。这些图对她来说毫无意义,她也不知道如何解答。她不像其他人,她没有身躯。而我呢,说话带有澳大利亚口音,爸爸是布里斯班的银行家,对她也没有像对其他人那样的惧怕。"

"让我们从醋栗树枝叶形成的棚顶下,"伯纳德说,"慢慢地爬过去,讲故事。让我们去那底下的世界安家,营造一片不为外人知道的地盘。悬垂的醋栗树枝就像一个大烛台,照亮着我们,一侧闪着红光,一侧还是黑漆漆的。珍妮,如果我们再坐近点,就可以坐在醋栗树的天蓬下,看那些香炉来回摇曳。这就是我们的世界。其他人乘着马车路过,哈德森小姐和嘉丽小姐的裙摆像被熄烛器扫过一样。苏姗穿着白袜子,路易干干净净的沙滩鞋用力地踩在碎石头上。阵阵暖风带来腐烂叶子和植被的气息。我们现在在一片沼泽里,在一片疟疾肆虐的丛林里。一头大象被箭射中眼睛而死,身上覆满了白色的蛆虫。老鹰、秃鹫在周围跳动,眼神明亮,这是可以想见的,它们把我们当成了倒下的树。它们去啄一条虫子——却发现是条戴头巾的眼镜蛇——给它留下了一道棕色的、溃烂的伤痕,只待狮子去凌虐。这就是我们的世界,被新月和星光照耀;半透明的花瓣拥在它的入口,像一扇扇紫色的窗户。每个事物都非常奇怪,不是特别庞大就是特别微小。花茎有橡树那么粗,树木像教堂宏伟的穹顶那样高。我们都是巨人,躺在这儿,森林会因为我们而颤抖。"

"也只有此时此地是这样,"珍妮说,"但我们一会儿就要走了。不一会儿,嘉丽小姐就要吹哨子了。我们此刻对谈,随后分开。你们要去学校上学了,你们的男老师都戴十字架,系白领带。而我会去东海岸的一所学校,有一位女教师,她坐在亚历山德拉王后①的画像下。这就是我要去上学的地方,还有苏姗和萝达。我们此刻憨顽的情景以后不会再有了。我们躺在醋栗树下,每次微风徐来,斑驳的树影就掉落到我们全身,让我的手看起来像蛇皮一样,一片一片的,我的膝盖上像一座座漂浮的粉色岛屿。你的脸就像一棵苹果树,底下张着打苹果用的网。"

"热气就要消散了,"伯纳德说,"从林子里消散了。

---

① 亚历山德拉王后(Queen Alexandra),英国国王爱德华七世的妻子(1844—1925)。

树叶黑色的翅膀在我们头顶扑扇,嘉丽小姐已经在台上吹响了她的哨子。我们必须得从醋栗树的凉棚里爬出来,站起来了。你的头发里有几根细小的树枝,珍妮,你的脖子上爬着一条绿色的毛虫。我们必须两个一排站好队,哈德森小姐坐在她的书桌前登记我们的成绩时,嘉丽小姐要带我们去轻快地散散步。"

"这可真乏味,"珍妮说,"就这么走在大街上,路边窗户可看,也不能透过它们如朦胧的眼睛一般的蓝色玻璃,望见里面的过道。"

"我们必须两个两个站好队,"苏姗说,"踏着整齐的步伐,不能拖拖拉拉,不能落后掉队。路易走在前面引导着我们,他很机灵,不会轻易走神。"

"因为我身体太弱,"内维尔说,"一不小心就会疲惫,变得虚弱,所以不能和他们一起去了。这一小时的时光不必和人攀谈,我便可以从独处中得到缓解,绕着房子散散步。如果可以的话,我还要站在楼梯平台往上半中间的一级台阶上,修复一下昨天厨子猛烈推拉的火炉的风门,回味我从弹簧门那儿听到他们谈论死人时的感受。别人发现他时,他已经被割了喉咙。苹果树的叶子在空中戛然静止,月亮对人间怒目而视,我无力地抬起脚来,继续上楼。他是在一条水沟里被人发现的,他的血汩汩地流到了沟里,面颊像死鳕鱼一样惨白。我要永远地把这残忍无情的事故叫作'苹果树丛中的惨死'。天空中飘过浅灰色的云,树木萧索诡谲,树皮都戴着托叶鞘,闪着银光。我的生命中泛起的波纹都是徒劳的,我无法越过它。这里有一道障碍,我说,'我无法越过这道晦涩难懂的障碍。'其他人纷纷从旁边走过,但我们所有人都在劫难逃,难以逃脱那些苹果树,那些狰狞的、凶恶的树林。

"现在,惨烈、无情的情绪已经过了。下午靠近傍晚时分,落日在地毯上撒下一个个油亮的小光斑,日影斜斜地照在墙上,让椅子腿看起来像断了一般,此刻,我要继续探索房子的周围了。"

"我在厨房里看到弗洛莉了,"苏姗说,"我们散步回来,我看见洗完晾晒着的衣服在她周围被风吹得鼓鼓作响,睡衣、衬裤,还有睡袍,都被风吹得紧绷绷的。欧内斯特亲了她。他穿着绿粗呢围裙,正在擦拭银器;他噘着嘴巴,让嘴看起来像个起了褶子的钱夹。隔着中间挂着的、在风中剧烈鼓动的睡衣,他紧紧地抓住她,像一头公牛一样莽撞。她难受得快晕过去了,惨白的脸上布满着一根根细小的红血丝。下午茶时间,他们递来一碟碟面包和黄油、一杯杯牛奶,但我却看到地上裂了一条缝,一缕热气咝咝作响地从地里冒出来,大茶壶也发出咆哮的声音。像欧内斯特那样,我轻轻地咬了一口涂了黄油的松软面包,舔了一口甜牛奶,但此刻我却感觉自己就像那件睡袍一样,在风中剧烈地鼓动。我既不怕酷暑,也不畏寒冬。萝达好像在做梦,她把一块泡在牛奶中的面包皮吸到了嘴里;路易用他蜗牛一般的绿眼睛盯着对面的墙壁;伯纳德把他的面包揉成一个个小球,说它们是'小人儿';内维尔已经以他一贯利落果决的姿态将面包吃完了,他卷起了餐巾,把它套进了餐巾环里;珍妮的手指在桌布上画着圈,指尖好像在阳光下旋转着舞动。但我不惧酷热与寒冬。"

"现在,"路易说,"我们都起来吧,我们都站起来。嘉丽小姐已经把她的记错簿摊开放在管风琴上了。每当我们歌唱、睡觉前向上帝祈祷,保佑我们平安、称自己为小孩的时候，都难以抑制住哭泣的冲动。当我们因为内心的忧郁不安而颤抖时，一起歌唱能让我们感受到亲密的慰藉。我们的身体要稍稍倾斜，我朝苏姗轻轻倾斜，苏姗朝着伯纳德倾斜，我们的手要紧紧相握，我们心中充满了害怕——我害怕自己的口音，萝达害怕图形，但我们都非常坚定地要战胜我们的恐惧。"

"我们像小马驹一样结队上楼，"伯纳德说，"噔噔地踏上楼梯，争先恐后地上楼去洗澡。我们推搡、扭打成一团，在白色的硬床上上蹿下跳。轮到我了，现在我要去洗澡了。

"康斯特布尔太太腰间系着浴巾，拿着她柠檬黄的海绵，海绵一浸在水里，就变成了巧克力一样的褐色；海绵滴着水，她把它高高地举过我的头顶，我在她身边瑟瑟发抖；她挤了一下海绵，水沿着我脊背的沟壑流了下来，我脊背沟壑两侧一阵酥麻，像被闪着光亮的箭头射中了一样。我浑身的皮肉都暖和了起来，干涸的缝隙得到浸润，冰冷的身体变得温暖。水冲刷着身体，令它闪闪发光，水从上面流下来，包裹着我，像包裹着一条鳗鱼。现在，一条热热的浴巾将我卷了起来。我用它擦背,那粗糙的摩擦感让我的血液发出咕噜咕噜的流淌声。我的脑海里充盈着浓厚的感觉,一天之内的际遇都随着水一起流下——森林、埃弗顿、苏姗和鸽子,像水一般沿着我脑海中的墙壁倾泻而下,汇聚在一起。这一天丰富又冗长,光辉绚烂。我松松地系上了睡衣,躺在被单下,被单飘浮在浅色的光线中,像海浪卷来的一层薄薄的水膜,笼罩在我眼前。在浪声里,我远远地听到了极远极弱的一种声音,是合唱团开始歌唱了,车轮声、狗吠声、男人的呼喊声、教堂的钟声,合唱团开始唱歌了。"

"我叠起了衬衣和连衣裙,"萝达说,"我已经不再渴望成为苏姗或者珍妮了,这是一点希望都没有的。我要张开脚趾,碰到床尾的围栏,触到它,我会有一种确信感,因为那是一个确实存在的东西。现在我不能沉沦,不能全然放纵自己从这薄薄的被单里坠落。我在这岌岌可危的床垫上摊开身体,仿佛悬躺在空气中。我现在就在大地之上了,我的身体不再是直立的,也无法被击倒,或受到伤害了,一切都柔软而圆融。墙和壁橱好像被漂白了一般,它们方方的柜角变圆了,顶上一面镜子发出暗淡的光。现在,我的思绪可以恣意流淌了。我可以想象我的无敌舰队在高高的海浪上乘风破浪,不曾与别的船发生摩擦或碰撞。我独自从白色的悬崖下驶过,哦,但我还是沉没了,坠落了!那是壁橱的柜角,那是托儿所的穿衣镜。但是它们伸展了,延长了。睡意像一团黑色的羽毛,我沦陷在其中,它厚厚的翅膀逼近了我的眼睛。我在黑暗中游荡,看到花床也延伸开来,康斯特布尔太太从一块蒲苇丛的角落后面跑出来,说小姨坐着马车来接我了。我跑上楼,我逃跑了,我蹬着弹簧靴跳过了树梢。但现在我还是坠落到了堂前的马车里,小姨坐在里面,她摇着黄色的羽毛扇,眼神像光滑的大理石一样冷硬。哦,快从梦中醒过来吧!看,这是一个抽屉柜。让我从这一片浪涛中把自己拽出来吧。它们向我扑来,它们巨大的肩膀裹挟着我,把我卷得颠三倒四,翻滚、跌倒,在这狭长的光线里,绵延的海浪中,无尽的道路上,我延展开来,人群在后面追寻,追寻。"

太阳升得更高了。蓝色、青色的海浪迅疾地扫过岸上的海冬青，环绕着它尖尖的花瓣，留下一片半圆形的痕迹。沙滩上留下了一片片深深浅浅的水洼，闪着光斑。海浪在它们身后留下了一道模糊的、黑色的圆形痕迹。笼罩在雾气中的岩石看似柔和，现在也变得坚硬起来，它的表面浮现出一道道红色的裂痕。

花叶锐利狭长的影子映在草地上，露水在花瓣和叶片的尖端舞动，让整个花园看起来像一个还没有被完全拼在一起的斑驳图案。鸟儿们胸前缀着浅黄色和玫红色的斑点，一齐唱着歌，歌声放纵，它们像一群手挽着手的溜冰者，在冰上嬉戏打闹。此刻，它们的歌声戛然而止，飞散而去，留下一片寂静。

阳光大片大片地落在房子上。光线触碰到了窗户角落里的一个绿色的东西，把它照得像块绿宝石，像无核的水果一般透绿。阳光大刀阔斧地把桌椅的边沿削得更加棱角分明了，给白色的桌布镶上了细细的金边。光线渐渐强了,草坪上的花蕊星星点点地探出来,颤巍巍地开出花朵,带着轻颤的青色花脉,好似绽放的力量让它们摇曳起来一般。花蕊像一根钟琴里纤细的钟杆,碰着白色的花瓣,发出微弱的鸣响。每样事物都变得柔和起来,丧失了形状和边界,瓷碟和钢刀都好像水做的一般,流动起来。海的波浪撼动着大地,在岸上被击碎,发出沉闷的声响,像一捆圆木轰然散落。

"现在,"伯纳德说,"时间到了。这一天到了。马车就停在门外。我的大行李箱把乔治的罗圈腿压得更弯了。一连串可怕的典礼终于结束了,人们在礼堂里互相道别。先是和妈妈一起参加的典礼,真令人哽咽;接下来是和爸爸握手的典礼;现在我还要不停地向人们挥手,不停地挥手,直到马车拐过转角。典礼结束了,谢天谢地,所有的典礼都结束了。我终于孤身一人了,我平生第一次要去学校上学了。

"人们所做的事情仿佛被定格在了此时此刻,以后再也不会有了,再也不会有了。这种紧迫感让人害怕。每个人都知道我要去上学了,第一次去上学。'那个男孩子要去上学了',就连正在打扫台阶的女仆都如此说。我一定不能哭,我一定要装作漫不经心地看着他们。车站那吓人的大门打开了,像张着大嘴的人一般好奇地盯着我看,'就连那个面如满月的时钟都在凝视着我'。我得不停地做心理建设,才能在女仆们的注目下、时钟的凝望下,还有那些漠不关心的面孔面前保持冷静,不然我会放声大哭起来。路易在这里,内维尔也在这里,他们穿着长大衣,拎着手提包,站在售票处旁。他们都很镇定,但他们两人看起来却不一样。"

"伯纳德在这儿,"路易说,"他看起来很镇定,轻松又自如,一边走路一边晃着他的包。我要跟着伯纳德,因为他不害怕。大人带着我们慢吞吞地走过售票处,来到站台上,好像溪流夹杂着树枝和稻草围着桥墩打转儿。站台外停着一个威力十足、深绿色的机器,没有脖子,全身只有后背和大腿,它往外吐着蒸汽。门卫吹了哨子,旗子降了下来,然后我们出发了,似乎不费一点力,像雪崩那样,轻轻地一触即发。伯纳德铺开了一张小地毯,玩起了

‘抓儿子’的游戏，内维尔在看书。伦敦渐渐变得零落散乱，上下起伏、涌动。这里一片生气勃勃的烟囱和塔楼，那里一座白色的教堂，楼房的尖顶中伫立着一只桅杆。这儿有一条运河流过，现在我眼前又出现了一些空地，上面铺着柏油小道，但很奇怪——路上本该有行人的，现在却空空荡荡的。现在又出现了一座小山丘，上面有一排排红房子。一个人从桥上走过，一只狗紧随其后。现在，一个穿红衣服的男孩向一只野鸡开火了，但穿蓝衣服的男孩却把他推搡到一边。'我叔叔是英格兰最好的射击手，我的堂兄掌管猎狐犬'，他开始吹嘘起来。但我没有可吹嘘的东西，因为我的爸爸是布里斯班的银行家，而我说话带着澳大利亚口音。"

"经过了这一切的喧闹后，"内维尔说，"经过了这一切的喧哗与骚动后，我们终于到了。这真是一个重要的时刻——一个庄严的时刻。我就像一位事先约好的主人，来到了这个大堂。那是我们学校的创始人，他声名赫赫，正站在院子里。这些质朴的四方庭院回荡着一股罗马贵族的气息，教室里灯火通明。那些或许是实验室，那一间是图书室,我将在那里探索精密严谨的拉丁语,坚定地阅读那些措辞精妙的著作,朗诵维吉尔和卢克莱修①那毫不含糊、清晰响亮、感人至深的六音步,带着毫不隐讳、丝丝分明的热情吟唱卡图卢斯②的爱情诗;那会是一本四开的大书,带着页边。我也要躺在那有点儿刺人的草坪上,和朋友们一块儿躺在参天的榆树下。

"看,那是校长。哎呀,我真忍不住拿他开玩笑。他看起来太有钱、太时髦了,又黑又光彩照人,像一些公园里的雕像。他拉了拉马甲,那马甲像只鼓一样拱起,马甲左边挂着一个十字架。"

"老克莱恩,"伯纳德说,"现在上台来给我们做演讲了。老克莱恩就是校长,他的鼻子像黄昏时分的一座山,他的下巴上有一道蓝色的裂痕,像一个树木横生的峡谷,一些走马观花的游客在里面打猎——就像那些我们在火车上看到的树木横生的峡谷。他身体轻轻地晃动着,嘴上说

---

① 卢克莱修(Lucretius),古罗马诗人、哲学家(约前99—前55)。
② 卡图卢斯(Catullus),古罗马诗人(约前87—约前54)。

着些冠冕堂皇的大话。我喜欢冠冕堂皇的大话,但是他的话太亲切了,一听就像假的。但这一次,他确信它们是真情实意的。他走出门的时候,身体剧烈地摇晃着,他用力地挤过一道又一道弹簧门,其他的领导们走路时也左摇右晃,费力地挤过弹簧门。这就是我们在学校的第一晚,姐姐们不在我们身边。"

"这是我在学校的第一晚,"苏姗说,"我离开了爸爸,离开了家。我的眼睛哭得肿肿的,刺得生痛。我讨厌油松树家具和地毯的味道,我也讨厌那些受风摧残的灌木,还有卫浴的瓷砖。我讨厌人们讲好玩儿的笑话,还有他们呆滞的眼神。我把小松鼠和鸽子们交给小男佣照看了。厨房门'砰'的一声关上了,珀西在射猎白嘴鸦时子弹穿过树叶发出啪嗒啪嗒的响声。而这里的一切都是虚假的,一切都俗不可耐。萝达和珍妮远远地坐在那边,穿着棕色毛织学生服,望着正坐在亚历山德拉王后像下朗读一本书的朗博小姐。墙上还挂着一幅蓝色针线卷轴,是这所女校的学姐们绣的。要是不嘟起嘴巴,不把手帕揉得一团糟,我会大哭起来的。"

"朗博小姐,"萝达说,"手上戴的戒指反射出一道紫光,在祈祷书白色纸页的黑色污点上闪来闪去。这光像葡萄酒一样醇厚,包含着爱欲。在宿舍打开行李后,我们被召集在一起,坐在一张世界地图下。桌上有个用来装墨水的凹槽,在这里我们要用墨水写练习题。但在这里我什么都不是,我没有脸庞。这一大群人都穿着棕色毛织的学生服,学生服抹去了我的个人特点。我们都冷酷无情,没有朋友。我要在这些人中找一张镇静的、像纪念碑一样一本正经的脸,把它当作全知全能的,把它像护身符一样戴在我的裙子下面,然后(我保证)会在树林里找到一处幽僻的山谷,掏出我各式各样的奇珍异宝来。我向自己保证,一定要这么做,所以我不会哭。"

"那个高颧骨的、黑黑的女人,"珍妮说,"身上穿的裙子很耀眼,像一个长着静脉一样花纹的贝壳,这条裙子是专门为了在晚上穿的。这条裙子夏天穿不错,但冬天呢,我更喜欢用红线织成的轻薄的裙子,在火焰的映射下它会发光。以前台灯点亮的时候,我就会穿上红裙子,它像面纱一样薄,环绕在我周围,当我旋转着进屋的时候,它就会像浪花一样翻飞起来;而当我坐在房间正中央一把镀金的椅子上时,它散落的形状会像花一般。但朗博小姐却穿着一条很不起眼的裙子,领口雪白的褶皱边就像小瀑布似的垂下来。她坐在亚历山德拉王后像的下面,白白的手指笃定地按着书页,然后我们就跟着祈祷起来。"

"现在我们两人一排,"路易说,"整齐有序地列队走进了小教堂。当我们踏入这神圣的建筑时,光线变得幽暗起来。我喜欢这种微暗,我喜欢这有序的行进。我们一个接一个地走进去、坐下来。当我们走进来时,忘记了彼此之间的差别。老克莱恩博士登上了讲坛,读着摊开在一只铜鹰背上的《圣经》中的一课。他走路时微微摇晃,但步态仍是自然的。我喜欢这一刻,我深感欣喜,我的心在他庞大的身影、他的威仪中延展开来。我的心原本不安地颤抖着,焦躁得有些可耻,盘旋着一团团尘雾,但他把这迷雾给打消了——有一次,我们围着圣诞树跳舞,互赠礼物,但他们把我给忘了。那个肥胖的女人说,'这个小孩还没有礼物',说着就把圣诞树顶的一面英国国旗摘下来给了我,我愤怒极了,大哭起来——为了让大家充满怜悯地记得我。而现在，一切都由他全权处理，还有他戴的那个十字架，我被来自脚下大地的一种坚实感笼罩着，我的根茎一直朝下生长，直到它们包裹起地心的一个稳固存在的内核。当我听他读《圣经》的时候，我个人的延续性又恢复了。我也变成了队列中的一员，我也成了行进的巨大车轮中的一只辐条，此时此刻，这车轮最终让我站直了身体。我之前一直站在黑暗之中，隐蔽之处，但当车轮转动的时候（当他诵读着经文的时候），我就上升到了刚才感知到的这幽微的光线中，隐隐地注意到那些跪着的男孩、教堂的柱子和黄铜祭器。这里没有粗鄙的仪态，也没有突如其来的亲吻。"

"当这个粗鄙的家伙祈祷时，"内维尔说，"他威胁到了我的自由。他的想象力是如此贫瘠，这些语句简直像铺路的板砖一样砸进我的脑海，却没有引发一丝回应。他马甲上那个镶金的十字架在上下起伏，充满威仪的话一旦被说出口，总是不那么令人信服。我真想羞辱、嘲笑这种可悲的宗教一番，这些朝前走的、瑟瑟发抖的、饱经悲痛的人，正在一条无花果树的林荫道下行进着，他们身体瘦削、脸色惨淡，还受了伤。男孩们匍匐在沿路的尘埃里——浑身赤裸的男孩子们；酒馆门前挂着些装满酒的、鼓胀的山羊皮酒囊。复活节的时候，我和爸爸在罗马旅行，街上的人都摇摇晃晃地戴着颤巍巍的圣母像，也有人把耶稣受难像供在玻璃箱里。

"现在，我要把身体斜过去一点，装作在挠大腿，这样我就可以看到珀西瓦尔了。他坐在那儿，直挺挺地坐在一帮小男孩中间，通过耸直的鼻子粗粗地呼吸着。他诡谲的、幽蓝的眼睛盯着对面的柱子看，充满了异教徒一般的漠然。他是个令人敬重的教会执事，他手里本该拿着一根桦木条，小男孩们犯点小错就用它责打他们。他就像那黄铜祭器上的拉丁文一样。他什么都没看到，什么都没听到，置身于一个异教徒的宇宙里，离我们很远。但看啊——他拿手拂了拂颈后，这个小动作会让人无可救药地爱一辈子。道尔顿、琼斯、埃德加和贝特曼于是也这么拿手轻拂自己的颈后，但都没有如他这般迷人。"

"终于，"伯纳德说，"这咆哮声终于平息了，布道结束了。他的演说把白蝴蝶的舞蹈像绞肉一般生生地绞成了粉末。他苦涩的声音像没刮胡子的下巴一样粗俗。现在，他又大摇大摆地走回座位了，活像个喝醉的水手。所有其他的校领导都会竭力模仿他这种蹒跚的体态，但他们弱不禁风，不似他那样精神矍铄，还穿着灰裤子，要真模仿起来，肯定是东施效颦。不是我鄙视他们，但这滑稽的举止在我眼里简直可怜极了。我要把它们记在笔记本里，以待来年查阅；除此之外，我还要记些别的。长大之后，我要随身携带一个笔记本——有很多页、胖鼓鼓的那种，严谨工整地做记录，把我想出来的漂亮句子都记下来，比如'百蝶粉末'应该写在字母B的一栏。以后我写小说，如果要描写投射到窗台上的阳光，就可以看这一栏来查找'百蝶粉末'的写法了。这会很有用的。但是，哎呀！我的注意力很快就会被别的东西分散——比如头发一样的扭扭糖，比如象牙色封面的《西莉亚的祈祷书》。路易本性就善于思考，这一小时里他连眼睛都没眨一下。可我不行，除非有人跟我说话，不然我不一会儿就会走神。'我的思绪之湖没有被船桨搅动，宁静地荡漾着，须臾就沉入了梦寐。'这句话也会有用。"

"现在，我们从这座冷峻的教堂里走出来，来到黄澄澄的操场上，"路易说，"今天算半个假日，因为今天是公爵的生日。他们打板球的时候我们就可以坐到草丛中去。要是我也能加入，我肯定愿意加入的。我会扣上球衣的衬垫，大步走过操场，到击球手那儿去。看呀，每个人都跟着珀西瓦尔。他块头很大，穿过操场上狭长的青草带，走到大榆树那一带去了。他身体显得很笨重，有些中世纪指挥官的气度——他走过的草丛都留着一道光迹。我们在他身后列队走过，像忠实的仆人，像温顺的、准备被射杀的绵羊，因为他可是打算为了一些不可企及的功勋而战死沙场的。我的心变得难受起来，好像有一把两面的锉刀磨伤了它：一方面，我欣赏他的气度；可另一方面，我又看不上他邋里邋遢的口音——我的口音都比他动听很多——可我又如此地嫉妒他。"

"现在，"内维尔说，"请伯纳德开始他的胡思乱想吧。让他跟我们讲故事，我们呢，只用躺在这草坪上，听他为我们讲那些我们已经目睹过的东西，让它们彼此相连。伯纳德说永远都有故事。我自己就是一个故事，路易也是一个故事。街头小流氓的故事,只有一只眼睛的男人的故事,卖田螺的女人的故事。让他喋喋不休地讲故事吧,我呢,就躺倒下来,透过颤抖的草叶,看那击球手穿着衬垫、绑着绑腿的僵硬的身躯。整个世界看起来都在流动、旋转——地上的树木、天上的云。我往上看,透过树木看天。这场球赛好像是在天上打的一样。在那软绵绵的白云中,我听到了一句微弱的叫喊,它说,'快跑',我还听见'怎么回事?'微风吹皱了云朵,让它们不再是一丛一丛的、洁白的样子了。如果天空之蓝可以永不消散,那眼洞穴可以永远停留在那里,如果此刻可以永恒——

"但伯纳德依然在无休无止地讲故事。一个个画面像气泡一样连串升起。'好比一头骆驼'……'一只秃鹫。'那头骆驼其实是一只秃鹫,秃鹫其实是一头骆驼;伯纳德是一根摇来晃去的缆绳,松松垮垮、不着边际,但讨人喜欢。是的,当他说起话时,当他讲述那些荒谬可笑的类比时,你反而会觉得轻快明朗,仿佛自己就是那气泡,飘浮起来,得到了解脱;我逃脱了,你会这么觉得;就连那几个肉嘟嘟的小孩,达尔顿、拉朋特和贝克都对旁的事物不管不顾了。

比起板球游戏，他们更喜欢听伯纳德讲故事。他们听他妙语连珠地讲着，自己也好像那些气泡一样飘浮在空中了。羽毛一般的青草把他们的鼻子挠得痒痒的。之后，我们都察觉到珀西瓦尔那大个子正躺在我们中央。他奇异地开口大笑起来，我们仿佛得到批准一般也可以笑了。但他又在草地里打起滚来。我想，他大概在嚼一根草茎。他无聊了，我也无聊了，伯纳德突然发现我们无聊了。我察觉到他的讲述中有种刻意感，夸大其词，比如他会说，'看呐！'但珀西瓦尔则说，'不。'如果有谁能最早发现伪善，那肯定是他；他也是极不想掩饰自己的诚实和坦然的人。现在，他的故事已经讲得十分勉强了，是的，伯纳德的故事已经无法继续了，这可真是骇人听闻。他泄气了，拿手撮着一根细线，安静了下来，目瞪口呆地盯着某处，好像要哭出来一般。这大概是人生的灾难与折磨之一了——我们朋友们的故事讲不下去了。"

"在我们起身去喝茶之前，"路易说，"让我试试，竭尽全力留住当下这一刻，这一刻应该延续下去。我们就要分开了，有些人去喝茶，有些人去踢球；我呢，要去找贝克老师给他看我写的论文。但这一刻会延续下去,在这嘈杂的人声和憎恨中(我看不起那些满是轻浮幻想的人——我十分憎恨珀西瓦尔这样跋扈弄权的人),我凌乱的头脑因为突然间察觉到了什么,重新拼凑得完整了。那些树木、云朵,都是我实现了完整性的见证。我,路易,在未来七十年里都将在这大地上生活;此刻,我好像完全从恨意和嘈杂中获得了新生。我们现在一起坐在这片圆形的草地上,一股强大的内在的力量将我们连在一起,难以分离。树木摇曳,云朵流转。这些独白到了分享的时候了。当一连串感知轰然到来时,我们不一定要像铃声一样吵吵嚷嚷;但孩童时期的我们,生活就像这铃声一样嘈杂,充满了喧嚣、炫耀、绝望的哭泣,还有那在公园里颈后的碰触。

"风吹着青绿色的草叶和树丛,枝叶被吹开了一个空隙,露出蓝天,又马上合拢了;叶子阵阵抖动,又马上复原了。我们抱着膝盖环坐在草坪上,这一切都在暗示着另一种更好的、理性长存的秩序。晚上,我要将此刻,眼前的每一秒用文字定格下来,把它铸成一枚钢环。虽然珀西瓦尔碾过草坪时,他的愚蠢疏忽摧毁了这种秩序,他身后那群小孩们还屈从地跟着一路小跑，但我需要珀西瓦尔，因为正是有了他，我才能如此诗意盎然。"

"在阴沉的冬日，凛冽的春天，"苏姗说，"我跑上这些楼梯已经有多少个月，多少年了？现在仲夏已至，我们跑上楼，换好白色连衣裙去打网球——我和珍妮一块儿，萝达跟在我们身后。我每上一级台阶就数一个数，好像每数一次数就完成了一件事情一样。每晚，我都要把日历撕掉一页，把它紧紧地、恶狠狠地揉成一团。此时，贝蒂和克拉拉都在跪着做祷告，但我不做祷告，我要心怀报复地度过每一天，把我的恶意全部发泄到日历的图案上。你现在已经死了，我说，这上学的一天，可恶的一天。六月每天如此，日复一日——今天已经是二十五号了——天气晴朗，秩序井然，响铃，上课，按照要求洗澡换衣服，写作业，吃饭。听从中国归来的传教士给我们演讲，坐四轮马车沿着柏油马路去音乐厅听音乐会，被领去画廊看画展。

"而在家里，堆放在草坪上的干草像海浪一样卷起波浪。爸爸靠在架在篱笆两侧的木梯上抽烟。夏天的风扫过空旷的走道，吹得房子里的门此起彼伏地发出梆梆的响声，吹得一些挂在墙上的老画摇摇晃晃。一片玫瑰花瓣掉到了罐子里。农场上的马车沿着树篱堆了一丛又一丛的稻草。每次我从楼梯平台的镜子前走过,珍妮走在我的前面,萝达慢吞吞地跟在后面时,我眼前就会浮现这片农场的景象,每次都会。珍妮会跳舞,她总是在大厅那上了釉的丑陋瓷砖地上跳舞,在操场上做侧手翻;她悄悄地摘了一些禁止我们采摘的花朵,戴在耳后,佩里小姐看到后眼里就会燃起一股赞叹之意,但那是对珍妮的,不是对我的。佩里小姐爱珍妮,我本来也可以爱她,但我现在谁也不爱,除了爸爸,还有我留在笼子里的、托家里小男佣照料的鸽子和小松鼠。"

"我讨厌楼梯上的那个小镜子,"珍妮说,"它只能照见我们的头,仿佛把我们的头切了下来了似的。我的嘴巴太大了,两只眼睛又太挤,一笑就会露出一大片牙龈。而苏姗的脑袋呢,她的面孔看起来又凶又狠,眼睛像青草一般是青绿色的,伯纳德说,那是诗人才会喜欢的眼睛,因为它们能看见细密的白色针脚,这可把我比下去了。萝达总是一脸茫然,但也是完整的,就像她以前老是在盆子里晃荡的那些白色花瓣一样。所以,我总是跳过楼梯上的这个平台,直接去到下一个平台,那里挂着一面长镜子,可以照见我全身。我的身体和头是一个整体,即便我现在穿着这条朴素的学生服毛织连衣裙,我的头和身体也是一个整体。看,我动一动头,纤细的身体就像水波一样舞动起来,我细细的腿也像风中的花茎一般颤动。我在苏姗坚定的表情和萝达茫然的神色之间蹿来蹿去,像在大地的裂痕之间游离的火焰一样跳跃。我摆动着、舞蹈着,从未停下。我像树篱摆动的叶子那样舞蹈,我小时候还被它吓了一跳。我要在这些装着黄色壁脚板,画着斑驳的条纹彩绘、没有人情味的墙上跳舞,就像那映在茶壶上舞动的点点火光。女人的冷眼都能将我点燃。当我读书时,有一个紫色的光圈环绕着课本黑色的边框蔓延,但在文字的变化中,我没法看懂它们。我无法遵循任何观点,不论是现在的还是过去的。我也不会怅然若失地站在那里,像苏姗那样,眼里噙满想家的泪水;我也不会像萝达那样,蜷缩在羊齿草间,把粉色的裙子染上绿色的斑点,或是梦到那些在海底开着花的植物,在岩石间悠游的鱼群。我不做梦。

"现在,让我们争先恐后地拽掉这身粗劣的衣服吧。这是我干净的白袜子,这是我的新鞋。我用一根白色的发带扎头发,这样,当我在球场上跳跃时,发带可以飘逸地甩出去,然后落在脖子上,而我的头发会一丝不乱。"

"这就是我的脸,"萝达说,"镜子中,苏姗肩膀后面的——这张脸就是我的脸了。但是我会低下头,把它藏在她身后,因为我本来就不在这儿。我没有面孔。别的人都有面孔,苏姗和珍妮都有,所以她们在这儿。她们的世界才是真实的世界。她们举起来的东西是有沉沉的重量的。她们说'是',她们说'不';而我呢,时刻都在游移、变化,人们只需用一秒钟就能看穿我。女仆看着她们不会发笑,但会笑我。如果有人和她们说话,她们知道该怎样应答。她们该笑时就笑,该生气时就生气;而我呢,我要先观察别人是怎么做的,然后再跟着一块儿做。

"看到珍妮毫不犹豫地穿上了她的白袜子,就为了去打网球,我真羡慕,但我更喜欢苏姗的为人处世,因为她更笃定,也没有珍妮那么迫切地想表现出自己的与众不同。但她们都很鄙视我,因为我模仿她们;但苏姗偶尔会教教我，比如怎么打蝴蝶结；珍妮有她自己的一套，却不乐于与人分享。她们身旁都有朋友陪伴。她们都有悄悄话可以在墙角絮叨。但我只能依附他人，跟在她们的名字和面孔后面，把她们看作像用来抵御灾难的护身符一般深藏在心里。我在大堂里一眼望去，想选中一张陌生的脸孔追随；要是不知道坐在我对面的女生的名字，我是连茶都喝不下的。我哽咽了，一阵强烈的情绪将我弄得颠三倒四。我经常想象，这些我不知道名字、完美无瑕的人躲在灌木丛后看着我；我想得到她们的赞赏，于是我高高地跳起；晚上在床上时，我更是让她们对我充满了好奇；我还经常想象自己中箭而死，就为了赢得她们的眼泪。如果她们说起，或者我看到她们行李箱的标签上写着她们前几次假期去了约克郡风景如画的海边小镇斯卡伯勒，那么整座小镇都会流淌着金光，整条街道都会灯火通明。正因如此，我讨厌那面镜子，因为它会显现出我真实的面孔来。独自一人的时候，我常常不可救药地觉得自己毫无价值、微不足道。我必须不动声色地在世界边缘移动我的立足之处，生怕落入身后的这片虚无中。我不得不拿头撞某扇坚硬的门，才能将意识召唤回我的身体。"

"我们来晚了,"苏姗说,"我们得等着,等轮到我们时才能上场打球。我们要在这一片高高的草丛里抛球,装作在看珍妮和克拉拉,贝蒂和梅维斯。但其实我们并不会看她们,我讨厌看别人打球。我要把这些东西当成我讨厌极了的人和事,然后把它们都埋在地下——这个磨得亮亮的卵石是卡洛夫人,我要把她埋得很深很深,因为她谄媚又爱巴结,因为我在弹奏音阶练习时可以伸直手指,她就奖励了我六便士,现在我也要给她埋六便士。我要把整个学校都埋起来:体育馆、教室、总是有一股肉味儿的餐厅,还有小教堂。我要把那些棕红色的瓦片还有老人们的旧油画都埋葬掉——它们画的是学校创始人、捐助人。但有几棵树是我喜欢的,比如树皮上渗着清澈树胶的樱花树,还有从阁楼上眺望远山的景象,这些我要保存下来。但除此之外的全部,我都要把它们和这些丑陋的石头一起埋葬,就像我埋葬这种在这一带海岸上随处可见的石头,还有伸向大海的凸式码头和走马观花的游客一样。而在家乡,海浪绵延足有一英里长。冬天的夜晚,我们可以听到它隆隆的水声。去年圣诞节，有一个人独自坐在马车里的人被海浪溺死了。"

"朗博小姐走了过去，"萝达说，"她跟那个教士说话的时候，其他人都在嘲笑、模仿她驼背的样子。然而一切都变了，变得清晰明了起来——朗博小姐走过来的时候，珍妮跳得更高了。假如她看到了那朵雏菊，它也会发生变化的。不论她走到哪里，她周围的世界都会在她眼前改变；所以当她离开时，事情已经不再是之前的样子了？朗博小姐和那个教士说着话，穿过边门，到她的私人花园里去了；当她回到水池边时，她看到一片叶子上站着一只青蛙，但那也是会变的。她站在那里，像果树林里的一尊雕像，四周一切是这样的庄重，连颜色都变浅变白了。她那系着穗子的斗篷一溜垂下来，只有手上戴的戒指还在闪闪发亮，那枚带着葡萄酒般醇厚光泽的紫晶戒指。当人们离开我们时，真像谜一般。当他们离开我们时，我可以将他们带到水池边，让他们看起来富丽又庄严。当朗博小姐走过时，雏菊的颜色都变了；她切牛肉时，周围的事物都化为一条条细长的火焰。日复一日，岁月流逝，事物似乎都失去了它们坚实的质地，现在就连我的身体都可以透过光线了；我的脊椎像烛火旁边熔化的蜡一般柔软。我在做梦吧，我在做梦。"

"我打球打赢了，"珍妮说，"现在轮到你们了。我真想瘫倒在地上，好好喘口气，我都跑得上气不接下气了，但还是赢了。我身体里的一切似乎随着奔跑和胜利变得越发轻盈起来。我的热血现在一定是鲜红色的，它高高地扬起，激荡着我的胸膛。我的鞋底传来一阵刺痛，好像有个钢圈打开了结环，扎进了我的脚底。每一片草叶在我眼里都清清楚楚，但我的脉搏在额前、眼后像打鼓一样激烈地跳动着，让我觉得眼前的一切都跳起舞来——捕虫网、青草；你们雀跃的脸庞像扑扇的蝴蝶，树都在摇曳。在这个宇宙里，没有什么是一本正经、安稳不动的。万事万物都像水的波纹一样起伏着、舞动着；万事万物都是敏捷迅速的，都恣意狂欢着。只有当我一个人躺在硬硬的地上看你们打球的时候，我才渴望得到特殊关照、被人召唤，被一个专门前来找我的人叫走——他被我吸引，无法和我分离；当我坐在镀金的椅子上，连衣裙像花一样迎风招展时，他就会来到我身边。我们于是走到花园里一处僻静的凉亭中,别无旁人,我们坐在阳台上说着话。

"现在,潮水退落了,树木也回到了地上,那些轻快地敲击我胸膛的波浪也趋于平静了;我的心已经抛下了锚,像一艘帆船缓缓地把它的风帆降落到白色的甲板上。这一场球结束了。我们得去喝茶了。"

"那些喜欢吹嘘的男孩子们,"路易说,"已经集结起来打板球去了。他们一行人乘大马车走了,齐声唱着歌。当马车驶过月桂树丛附近的拐角时,他们都会不约而同地回过头来看我们。然后,他们就开始卖弄了,拉朋特的哥哥在牛津大学足球队里踢球,史密斯的爸爸在洛茨板球场打出过一百分的好成绩。阿奇和休,帕克和道尔顿,拉朋特和史密斯,然后又是阿奇和休,帕克和道尔顿,拉朋特和史密斯——他们轮着说了一遍又一遍,永远都是这么几个人。他们吹嘘的人是志愿者、板球运动员,还有自然历史协会的官员。他们四个人永远是一个小团体,走着队列,帽檐上戴着徽章,经过将军面前时,他们整齐地向他敬军礼。这种纪律性是充满威严的,他们的服从又是多么的壮观啊！如果我可以跟他们一起走，如果我可以成为其中的一员，我宁愿牺牲掉所有的东西。但他们也会掐掉蝴蝶的翅膀，让它们瑟瑟发抖，把血渍斑斑的脏手帕揉成一团扔到角落，欺负幼小的男孩子，令他躲在黑暗的走道小声哭泣。他们的耳朵肥阔又红润，从帽檐底下伸出来。可我们也想成为这样的人，我和内维尔，我心怀嫉妒地看着他们走了。我从窗帘背后瞥见他们，看见他们整齐统一的动作，觉得很快乐。如果我的双腿有像他们那样坚实的家庭背景作支撑，它会奔跑得怎样欢快呀！如果我可以和他们在一起，打赢球赛，在大规模的赛艇比赛中卖力划桨，或者骑着马儿奔驰一整天，那我在半夜时，会怎样激动地放歌呀！——肯定如雷鸣一般；那些歌声的激流会怎样汹涌地从我的喉咙奔涌而出呀！"

"珀西瓦尔走了，"内维尔说，"他脑子里只想着球赛。马车驶过月桂丛旁的转角时，他也从不挥手。因为我身体太弱，打不了球，他看不起我（但正因我体弱，他对我也挺好的）。我一向不关心他们比赛的输赢，除非他关心，我才关心，这一点他也挺看不起我的。他接受我的忠诚，接受我的小心翼翼,但这无疑是卑贱的礼物;而这礼物又混杂了我的一点蔑视,因为这是为他准备的——而他不识字。但每当我躺在高高的青草丛中读着莎士比亚或者卡图卢斯时,他却有比路易更深刻的体会,并不是体会那些文字——可文字又算什么呢?我难道不是已经学会如何押韵,模仿蒲柏[①]、德莱顿[②]甚至莎士比亚?但要我成天站在太阳底下,一门心思只盯着球看,我是受不了的;我也不能通过自己的身体来感受板球的飞行路线,我脑子里只想着球。我一生都会贪恋文字以外的世界,但却不能和他一起生活,忍受他的愚蠢。他会变得粗鄙,睡觉会打呼噜。他会结婚,吃早餐时对人温柔又体贴。但他现在还很年轻,直接暴露在太阳的照耀下,雨水的润泽中;当他赤身裸体、浑身发热地在床上翻滚时,月亮的光辉也会轻盈地洒落在他身上。现在,他们乘坐的马车行驶在公路上,他的脸上红一块黄一块。他甩开外套,两腿岔开站着,双手摆好姿势,看着

[①] 蒲柏(Pope),十八世纪英国诗人(1688—1744)。
[②] 德莱顿(Dryden),十七世纪英国诗人、剧作家、文学批评家(1631—1700)。

板球场的门。然后他还会祈祷,说'求主让我们赢吧',他脑子里只想着一件事,那就是要赢。

"我要怎样才能和他们一起坐马车去打板球呢?只有伯纳德可以加入他们,但伯纳德迟到了,去不了。他总是迟到,他总是喜怒无常,所以才错过了,这个脾气他怎么都改不了。比如他本来在洗手,突然就停下了,说,'蜘蛛网里有只苍蝇,我是该把它放走呢,还是让蜘蛛吃掉它?'他的头脑里总是徘徊着数不胜数的困惑,若非这样,他就可以和他们一起去打板球,躺在草丛里看天空。球一发,他就跳起来了。但是他们会原谅他的,因为他会给他们讲故事。"

"他们去打板球了,"伯纳德说,"我太晚了,赶不上。这些可恶的小男孩们长得真漂亮,你自己和路易、内维尔都深深地嫉妒着他们。他们都去打板球了,都不约而同地回头看我们。但我并未察觉这些巨大的差异,好比当我的手指划过琴键时,并不知道它们哪个键是黑色的,哪个是白色的。阿奇轻而易举就可以打出一百分;我呢,有时侥幸可以打中十五分——但我们之间有什么差别呢?等一下,内维尔，让我说。那些泡泡又像小煮锅底的银色气泡一样升起来了，一重又一重的画面浮现在我眼前。我不能像路易那样，带着近乎残忍的韧劲静下心来看书。我必须打开天窗，把这些串联起来的语句都放出去。不管发生什么，我都能将它们联结起来。这样一来，它们就不再是语无伦次、杂乱无章的了——你可以在其中发现一条游离的细线，把它们轻轻串联起来。现在，让我来跟你讲一个老克莱恩博士的故事吧。

"祷告结束后，老克莱恩博士大摇大摆地穿过弹簧门走了。此时，他对自己的位高权重是确信无疑的。不可否认，内维尔，他走之后，我们不仅如释重负，也仿佛甩掉了什么包袱似的，好像掉了一颗乳牙。他走之后，现在让我们跟着他，穿过弹簧门，到他的私人公寓去。让我们想象他在马厩那边的卧室里更衣的情景吧。他解开了吊袜带（让我们事无巨细地观察他），接下来是一个招牌动作（用这些习语在所难免，但用在他身上，也算恰到好处），他从裤子口袋里掏出了些银币和铜币，随手丢在了穿衣台上。他两手撑着椅子的扶手，想着（这真是他的私事了，所以我们此刻必须洞悉他的想法）是该走过那座粉色的桥回卧室呢，还是不回呢？克莱恩太太正躺在床头的台灯下读着一本法文自传；她的头发散落在枕头上，床头灯玫瑰色的灯光在两个房间之间形成了一座小桥，让它们相连。她读着读着，不禁拿手抹了抹额头，感到十分自暴自弃和绝望，叹息道，'我的生活就不过如此了吗？'她是在拿自己和一些法国公爵夫人做比较了。现在，博士开口说话了。他说，两年之内，我就要退休了，我要在西部的花园里修剪一些紫杉木的树篱；我本来可能当个海军上将，或者法官，而不是什么校长。究竟是什么把我搞到这副田地的？他盯着煤气火炉发问道，肩膀耸得比我们平时看到的还要剧烈（他现在正穿着衬衫呢，记住了），究竟是哪股强大的力量？他想着，一边掷地有声、气势如虹地发着牢骚，一边看向窗子。这是一个暴风骤雨的夜晚，栗子树的枝丫像耕犁一样上下摆动，星星在它们的空隙中迅速地闪烁。到底是股什么样的善恶之力，让我成为现在这般模样？他问道。他看到椅子腿把一摞紫色地毯柔软的绒面磨出了一个洞，他感到很悲伤，于是他坐在那儿，摇晃着背带。编造人们卧室里发生的故事很难，我编不下去了。我捻着一截线，在裤子口袋里摆弄着四五枚硬币。"

"伯纳德的故事一开始让我觉得很好笑，"内维尔说，"它的结尾很荒诞，而且后来他还瞪着眼，捻着一根线玩，我就开始感到孤独起来。他看人并不分明，总是把好的一面和坏的一面混为一谈。所以，我不能跟他讲珀西瓦尔的事。我不能把我荒诞不经的剧烈情感暴露在他这样的同情心面前。他可能还要拿我讲故事呢。我需要找一个头脑清楚、斩钉截铁的人，在他眼里，荒诞的事也可以是崇高的，鞋带也可以是可爱的。我如此迫切地想向人倾泻自己的热情，但我能找谁呢？路易太冷漠、太广博了。我要找的人在这些灰色的拱门之间，哀叹的鸽子群里，一个也没有。这些有趣的球赛、传统活动和竞赛都巧妙地组合在一起了，为了不让人感到孤独。但当我走路时，依然会有种不祥的预感突然向我袭来。昨天，当我穿过那扇通往私人花园的打开的门时，我看到芬威克举着他的球棍，草坪中间的一只茶壶冒着热气，蓝色的花朵长在一条条长垄上。就在此时，我突然感到了一丝隐晦、神秘的倾慕之情，还有一种盖过了混乱的完整性。我站在这扇打开的门前，神态镇定，意志专注，但没有人看到我，没有人会料想我需要把自己的生命供奉给这样一个神灵，然后灭亡、消失。他的球棍落下了，幻象也消失了。

"我应该出门到树林里去吗？我应该离开这些教室和图书室，离开卡图卢斯发黄的大开本书页，到树林中去，到田野中去？我应该在山毛榉树林中散步，在小河边徘徊，看山毛榉树的影子在水中交合，像约会的情人？可自然太呆板、太索然无味了。它只有崇高和广阔，只有水面和树叶，但我却开始渴望火焰、私密，还有那个人的肢体。"

"我开始渴望夜晚的到来，"路易说，"当我站在这里，把手扣在威克姆先生办公室带木纹的橡木门上时，我想象自己是黎塞留①的朋友，或者圣西蒙②公爵，正亲自将一个鼻烟壶递给国王大人，这是我的特权，我的妙语会'像野火一般燎过宫廷'。就连公爵夫人们都充满敬意地把绿

---

① 黎塞留（Richelieu），法国著名的政治活动家、外交家（1585—1642）。
② 圣西蒙（St Simon），法国政治家、作家（1675—1755）。

宝石从她们的耳坠上摘下来要赏给我——但这些念头最好只在黑暗中升起,在晚上当我在小卧室里的时候想起。现在,我只不过是一个带着殖民地口音的男孩,拿指关节抵着威克姆先生橡木门板上的木纹。白天里,我丢人现眼,又因害怕别人嘲笑而拿胜利加以掩饰。我是这所学校最勤奋聪颖的学生,但每当夜晚来临时,我都会将这具无人艳羡的躯体放到一边——大鼻子,薄嘴唇,殖民地口音——然后安身在古往今来的时空里。我是维吉尔的伴侣,柏拉图的同行;我又是法国一个大家族的最后一代传人。但同时,我也会逼迫自己摒弃这月光下空虚的妄念、午夜时分的幻想,来到这些带木纹的橡木门板前。现实中的我和想象中的我差距悬殊得可怕,这是显而易见的,所以我此生一定要实现——上天保佑这一刻不要太远——这两种极端的宏伟的融合。由于我受到的苦痛折磨,我要行动了,我要敲门了,我要进去了。"

"我已经撕掉了日历上五月和六月所有的日子,"苏姗说,"七月也撕了二十天。我把它们撕下来,揉成团,所以这些日子就都不存在了,它们对我来说真是个负担。

这些过去颓废的日子,像翅膀枯萎的蛾子不会飞了一样。还有八天,八天之后,在六点二十五分的时候,我就可以下火车站在站台上,我将重获自由。所有这些让我枯萎、长出皱纹的东西——课程表、要求、纪律、规矩,还有按时去这里、去那里——都会四分五裂。当我打开马车的门,看见爸爸戴着他的那顶旧帽子,裹着绑腿,这样的日子突然就要来了。我发起抖来,我要大哭起来了。第二天早上,我要在清晨时分起床,走出厨房的门,走到荒野上去,那些影子骑士魁梧的骏马在我身后嘶鸣,一个急停。我要看燕子掠过草丛,我要尽情地到河畔上去玩,看鱼儿们在芦苇间穿梭,我的两只手掌上扎着松针。在这里独自度过寒暑的日子里,楼梯上,卧室中,我心里像长出了什么东西似的,一种硬硬的东西。我要在那儿把这东西掏出来。珍妮想被人仰慕,可我不想,我不想别人看到我走进来就充满敬意。我想要给予,想要获得,还想要一片孤独来掏出我的财富。

"胡桃树枝叶摇颤,形成拱门,我回来时就从树下横穿的小道上走过。我遇到一个老妇人,她推着一辆童车,里面装满了枝条；还有一个牧羊人，但我们并没有开口说话。我从菜园里走回来，看那包心菜蜷曲的叶子上布满露珠，园里小房子的窗前挂着百叶窗窗帘。我会上楼到我的房间，把我小心锁到柜子里的东西都翻个面：贝壳、鸟蛋，还有奇异的草叶。我要喂我的鸽子和松鼠，到犬舍去给长毛猎犬梳理毛发。如此，我就能把长在身体里的那个硬硬的东西销蚀掉。但在这里，铃声会响起，人们拖泥带水的脚步声没有一刻会消停。"

"我讨厌黑暗、睡眠和夜晚，"珍妮说，"躺在床上久久地等待黎明到来。要是一周里的每一天都紧紧相连、没有间断就好了，就像一整天一般。我醒得很早——是鸟儿把我叫醒的——躺在那儿，看壁橱上的铜把手随着光线的增强慢慢变得明晰，接着是盆子，然后是毛巾架。房间里的东西每一样都能看清楚了，我的心跳加快起来。我的身体变得坚硬，变成了粉红色、黄色、棕色。我的手拂过细瘦的双腿和身体，触摸到它的曲线，很细瘦。我爱听铃声在房子里咆哮，它会引发一阵混乱——这里砰一声，那里啪嗒一声，门被猛烈地摔上，水龙头哗啦啦流着水。白天终于到了,白天终于到了。脚一碰到地面我就激动地哭起来了。今天我可能会受到伤害,会不完美,老师们总是责骂我,我总是因为懒散和大笑受到斥责,真不光彩。可就连马休斯小姐也在埋怨我粗心大意、不长记性的时候,我注意到了有什么东西在动——一幅画上的一个太阳光斑,或是驴子在草坪上拉着除草机,月桂丛间驶过的一片风帆——所以我从不感到沮丧。等到我们去做祷告时,就算我在马休斯小姐身后跳舞一般地旋转着,她也不会阻止我的。

"现在,我们该离开学校,换上长裙了。晚上的时候,我要戴几条项链,穿无袖的白裙子。光彩熠熠的房间里举办着派对,会有一个男人对我另眼相看,告诉我他从未告人的秘密。比起苏姗和萝达,他会更喜欢我。他会在我身上发现一些特质,一些不同寻常的东西。但我不会让自己只依赖一个人。我不想一成不变,不想受人束缚。一天即将破晓,我坐在床沿,两只脚晃来晃去,战栗着,颤抖着,像那树篱中的叶子。我有五十年、六十年可以消遣,我人生的宝藏还没有开启,这只是一个开端。"

"还有无穷无尽的时间,"萝达说,"在我熄灯、悬浮一般地躺在床上,躺在世界的上方之前;在我让一天落幕之前,在我让树苗生长之前——它的枝叶在我的头上颤抖,形成绿色的顶篷,可在这儿我没法让它生长;总有人从中经过,他们打扰我、质疑我,然后把它推倒。

"现在我要去浴室脱鞋洗澡了。当我洗头发时,弯腰把头伸到盆子上方,俄罗斯女皇的面纱就会垂在我的肩膀上。皇冠上的钻石在我的额头上格外耀眼。我到阳台去时,听到一群暴徒在大呼小叫。于是我用力擦干了手,那位小姐(她叫什么名字我忘了)就不会怀疑我甩手时是在向一群暴徒挥舞我的拳头了。'我是你们的女王,子民们',我是不会屈就服从的。我无所畏惧,我能征服一切。

"然而这只是一个薄如蝉翼的梦,这棵树也像纸一样弱不禁风,朗博小姐带来的一阵风把它吹倒了,就连我看到她消失在走廊尽头的时候,我心中的梦都会被击得粉碎。它并非坚不可摧,也没有让我心满意足——这个女王的梦。梦碎了,只留我一个人在走廊里颤抖得厉害,一切都变得更黯淡了。我现在要去图书馆借几本书,我要阅读,翻阅;然后再阅读，再翻阅。这里有首写树篱的诗。我要沿着树篱漫步、采花——白泻根、月色般的山楂花、野玫瑰、斗折蛇行的常春藤。我要捧着它们，放到闪着光的桌面上。我要坐在小河微微发颤的边缘看水中的睡莲，它们舒展又明朗，泛着水光、映着月光，照亮了垂覆在树篱上的橡树。我要把花朵编成花环，捧在手里，献给别人——哦，可献给谁呢？我生命的河水中有一道阻碍，令溪流经过时痉挛般地激起水花，水中央泛起的皱纹与之对抗，像打结了一般。哦，这真叫人痛苦，叫人苦恼！我昏厥了，我溃败了，我的身体融化了，我从前被禁锢的身体打开了，发出炽烈的光芒。这条溪流激烈地向深处俯冲着、滋养着、润泽着、冲开蔽塞，冲击着那些紧紧纠缠的障碍，肆意蔓延开来，获得解脱。这条在我呼吸着的温暖身体中涌动的溪流要交付给谁？我要将我的生命之花采摘汇集——哦，可献给谁呢？

"水手们结队漫步走过，还有那些散发着爱欲的情侣。公共汽车沿着海边朝小镇开去，发出叮当的碰撞声。我会给予，我会变得丰盈，我要把这种美还给这个世界。我要把手中的花朵编成花环，捧在手里、伸出臂膀、向前迈步献给他人——哦!可献给谁呢?"

"今天是最后一个学期的最后一天,"路易说,"对内维尔、伯纳德还有我来说,都是最后一天了——我们收下了老师们传授的所有东西,不论它是什么。他们为我们介绍了这个世界,把我们领到它面前。他们留下来,而我们却要走了。在所有人中,我最敬畏那了不起的博士,他蹒跚着在一张张课桌间走过,给我们分发装订好了的霍勒斯[①]作品集、丁尼生诗集、济慈全集和马修·阿诺德[②]全集,并都言辞妥帖地题了字。我敬重他这双分发作品集的手。他说话时,言辞间充满坚定的信念。对他来说,他的话是真实的,但对我们来说却不是。他低沉粗哑的声音饱含着深情厚谊,语气强烈,但措辞温和体贴。我们就要离开了,他告诉我们。他告诫我们'行动要像大丈夫'[③]。(不论是出自《圣经》还是《泰晤士报》的句子,在他口中都一样威严。)有些人会听从他的话,有些人不会,有些人再也不会见面。

[①] 霍勒斯(Horace),英国作家(1717—1797)。
[②] 马修·阿诺德(Matthew Arnold),英国诗人、评论家(1822—1888)。
[③] 出自《旧约》中《撒母耳记》。

内维尔、伯纳德和我也不会在这里见面了。生命会将我们分开,但我们之间已经形成了一种关联。我们无忧无虑的孩童时光结束了,但我们已经锻造了某种联结。最重要的是,我们已经继承了这里的传统。这些石板路已经存世六百年了,这些墙上刻着的都是一些军官、政客还有郁郁寡欢的诗人的名字(我的名字也会被刻在其中)。愿上帝保佑这些奠定我们的传统、保卫我们的安全,还有制定这些政策条例的人吧。我对你们这些穿黑袍的人充满了感激,还有这些已故的人,是你们引领了我们、保卫着我们。可是,问题还是没有解决,差异也依然存在。花儿们愤怒地仰头伸出了窗子,我看到了野鸟,而我心中喷涌的脉搏比最狂野的飞鸟还要疯狂。我的眼神是狂野的,我的嘴唇是紧闭的。鸟儿飞翔,花朵起舞,但我始终听到海浪拍岸的沉闷声响,被链条束缚的野兽在海滩上顿足。咚,咚,它跺着脚。"

"这是最后一场典礼了,"伯纳德说,"这是所有典礼中的最后一场了。我们都被一些奇怪的情绪笼罩着,头脑不甚清楚。举着旗子的卫士就要吹响他的口哨了,冒着蒸汽的火车下一刻就要出发。在这种场合下,一个人肯定会有所感慨，肯定会想说点什么。有的人心里已经准备好了要说的话，可却嘟着嘴。那时，一只蜜蜂随风飞进来，在将军妻子——汉普丹夫人手中的一束花旁嗡嗡作响。她正不停地嗅着那束花，以示对送花人的感激。要是那只蜜蜂叮了她的鼻子一下会怎样？我们都被这些典礼深深地感动着，但并没有十分的虔诚，没有忏悔之情，很想它快点结束，又不愿分离。这蜜蜂分散了我们的注意力，它散漫轻盈地飞动着，好像在鄙薄我们强烈的情绪。它到处乱窜，依稀发出嗡嗡的声响，停在那束康乃馨上。我们中的很多人都不会再见了，我们的有些快乐再也不会有了，比如我们想睡觉就可以睡觉，想熬夜就可以熬夜，但我再也不需要偷藏蜡烛头来看那些不符合道德规范的闲书了。那只蜜蜂绕着了不起的博士的脑袋嗡嗡作响。看拉朋特、约翰、阿奇、珀西瓦尔、贝克和史密斯——我多喜欢他们啊。我只认识过一个疯癫无状的男孩子，也只讨厌过一个男孩子。事后想想，我还挺喜欢和校长一起吃的那餐难吃至极的早餐的，有吐司、橙子酱、柠檬酱。只有校长一个人没注意到那只蜜蜂。它要是停在了他鼻头上，他估计会豪放地挥一挥手把它弹走。他开了一些玩笑，声音已经开始嘶哑了，但也不甚明显。然后，我们就得到允许可以走了——路易、内维尔还有我，再也不用坐在这张餐桌前了。我们拿着那些抛过光的亮晶晶的书本，书上题着一行细小的、颇具学院风范的草书题词。我们站起身，四散开去，好像获释一般没有了压力，也不再在意那只无关紧要的蜜蜂了——这只昆虫好像受到了冷遇一般，飞出窗外消失不见了。明天我们就要走了。"

"明天我们就要分开了，"内维尔说，"我们的行李箱就在这里，马车就在门外。珀西瓦尔戴着他宽边低顶的毡帽。他会忘记我，就算我给他写信，他也会把信甩给他的枪和狗，不回我的信。要是我给他写诗，他或许会寄回一张带风景的明信片。但正因如此我才爱他，我提出和他见面——在大钟下，在那里的一座十字架旁，我会在那里等他，他却没有来，但正因如此我才爱他。他从我的人生中经过，没有注意到我，几乎完全没有察觉到我对他的爱。但令人难以置信的是，我在此之后也会喜欢其他人，这将是一段离经叛道、不顾后果的冒险，而现在只是一个开始。

虽然我受不了博士装腔作势的辞藻和浮于表面的感情，但我感到那些我们已经隐隐察觉到的东西渐渐靠近了。我可以自由进入芬威克举起球棍的那座花园了，那些曾经鄙视过我的人也将承认我君王一般的权威了。但由于我生命中那些秘而不宣、不可告人的法则，只拥有君王一般的权威和权力是不够的，我要永远拉开那些遮遮掩掩的隐秘之帘，听人们在里面窃窃私语。如此这般，我就可以犹疑不定但情绪高昂地走下去了；我十分畏惧那些难以承受的痛苦，但我坚信在这趟历险中，胜利势必会跟随在巨大的痛苦之后。最后，我肯定会认清自己的欲望。现在，我最后看了一眼这看似虔诚的学校创始人的雕像，几只鸽子落在他的头旁边。每当手风琴在小教堂里呜咽时，它们就绕着他的头打转儿，把它变得雪白。就这样我上了火车，当我在车厢里找到之前预约的座位并坐下来时，我拿起一本书挡住眼睛，挡住我流下的一滴泪水；我挡住眼睛观察别人，偷窥他们的脸。这就是暑假的第一天了。"

"这就是我们暑假的第一天了，"苏姗说，"但它还未开启，像一幅画一样完好地卷起，还未展开。不到晚上我下火车踏上站台的那一刻,我是不会打开看它的;至少在我闻见田野上新鲜凛冽的空气前,我甚至都不会闻一下它。好在现在,这些田野已经不是学校的场地,这些树篱也不是学校的树篱了。这些田野里的人都在做些真实存在的事情,他们把推车装满稻草;那些也是真正的奶牛,不是学校的奶牛。但我似乎还能闻到学校走廊里清洁剂的味道和教室里的粉笔味。门和柜子上那装着的亮闪闪的玻璃、一块一块啮合着的企口板还在我眼前。我一定要看见田野和树篱,牧场和森林,为修建铁道而切开的陡峭的斜坡,点缀其间的金雀花灌木,铁轨旁边行驶的卡车、隧道,郊区花园里走出来洗衣服的女人们,然后又是一大片田野,孩子们挂在大门上荡来荡去。看到如此景象,我憎恨的学校生活才能被彻底覆盖,被深深掩埋。

"我这辈子再也不会在伦敦待一个晚上了,也不会把我的孩子送到学校去上学了。偌大的一个火车站里,任何声音都空洞地隆隆回响着。天光就像被遮阳篷筛过一遍那样暗黄。珍妮住在这儿,她牵着狗,在人行道上散步。可在这儿,人们都着急慌忙地走过,默无声息。他们除了店铺的橱窗，什么都不看。就连他们的脑袋上下抖动的幅度都一样。电缆串联着一条又一条街道。这里的房子上都布满了玻璃窗，被彩带和花环装点得耀眼。每个房子都有前门、门柱和白色的台阶，窗帘都缀着花边。但我现在已经离开伦敦来到城外了，田野又开始蔓延；窗外出现房屋、洗衣的女人，然后又是树林和田野。伦敦已经合上了她的面纱，消失了，瓦解了，崩塌了。石炭酸消毒液和松油的气味也无影无踪了，我闻到了谷物和芜菁的气味。我解开用白棉线系着的一个纸袋，鸡蛋壳滑到了我膝盖之间的缝隙里。现在我们经停了一站又一站，打开了一罐又一罐的牛奶。女人们互相吻别，帮彼此拿着篮子。我把身体伸出窗外，让空气沿着我的鼻子和喉咙冲下去——清冷的空气，咸咸的，带着芜菁的气息。那远处就是我爸爸，他背对着我，正和一个农夫说着话。我颤抖起来，哭泣起来，这就是我那穿着绑腿长靴的爸爸了，这就是我的爸爸。"

"我坐在角落里，又舒服又暖和，火车正往北走，"珍妮说，"火车咆哮着行进，但它行驶得如此平稳流畅，窗外的树篱仿佛都被拉平了，山丘也好像延长了一般。我们飞快地驶过轨道旁的信号箱,大地好像在轻轻地晃动着。远方的路看起来像一个永恒的点,行进中的我们始终不停地把这个点冲撞开来。电线杆不停地立起来,一个倒下了,另一个就立起来。现在火车鸣笛驶入隧道,一位绅士打开了窗子,我在沿隧道排列的闪闪发光的玻璃上看到了车厢内的倒影。他把报纸往下压了压,冲着玻璃上我的倒影笑了一下。他这么盯着我看,令我的身体开始不由自主地摆动起来。我的身体有它自己的生活。现在,黑漆漆的玻璃窗又开始发绿了。我们驶出了隧道,他读着报纸,但我们的身体已经交换了对彼此的赞赏。有一大群身体聚集在一起,我的身体已经向大家介绍过了,它已经走进了一个房间,里面放着一把镀金的椅子。看——这座别墅所有的窗子和它们的白色纱帐窗帘都在跳舞;坐在麦田树篱中的男人把蓝色的手帕扎在头上,他们也有和我一样的激动和狂喜。当我们路过时,他们其中一个向我们挥了挥手。别墅的花园里有树荫和凉棚,一些只穿着衬衫的小伙子们站在梯子上修剪玫瑰。有个人骑着马快跑过田野。火车路过时,他的马飞奔了起来。马上的人回过头来看我们。然后,火车就又呼啸着冲进了一片黑暗中。我靠在了椅背上,任凭自己脑中充斥着狂热的念头:我想,在隧道的尽头,我走进了一个点着灯的房间,房间里有椅子,我瘫坐在其中的一把椅子里,我的裙子在风中轻轻飘舞,人们露出欣羡的眼神。但我抬头一看,却看到一个面露酸色的女人,好像怀疑我正在意淫一般。我于是没好气地当着她的面关上了身体,像收起一把遮阳伞一样。我可以随意开合我的身体。生活终于开启了,现在我已经走进了人生的宝藏。"

"今天是暑假的第一天,"萝达说,"现在,火车驶过这些红色的岩石、碧蓝的大海。过去的这个学期,在我身后尘埃落定一般凝结成一个形状,我看到它是有色彩的。六月是白色的,我看到野草地上开着的白色雏菊,人们穿着白色连衣裙,网球场上画着白色的边界。除此之外还有风吹过,雷声轰鸣。一天夜里,一颗星星从云层中穿过,我对这颗星星说,'毁灭我吧',那是仲夏夜,是我在花园派对上蒙羞之后。七月是云朵和风暴的颜色,七月中旬时,我手拿一个信封去给别人送信,半道上在庭院里看到一个了无生气、糟糕透顶的灰色水坑。我来到水坑边,但过不去，我手足无措，说了句，我们可真没用，然后就摔倒了。我像一根飘零的羽毛，被风裹挟着吹过隧道。我忐忑地迈了一只脚过去，手扒在一面砖头砌成的墙上才走了过去。回来的时候，我又提心吊胆地过了水坑，感到非常痛苦。它灰沉沉的，散发出死尸般枯槁的气息。而这就是我正在经营的人生。

"所以我对暑假感到很疏离。生活拖曳着它漆黑的羽毛浮出水面，间或还会突然带来一些惊吓，像突然跳起的老虎。我们都依赖它存活，绑缚在它之上，像骑马时身体紧贴在野马背上一样。但我们发明了一些办法来填补这些细小的缝隙，粉饰这些深深的裂纹。这儿有个售票员，坐着两个男人，三个女人，篮子里卧着一只猫，我呢，手肘撑在窗台上——就是此时此刻。我们随着火车前行，在絮絮低语的金黄色麦田中仓皇逃离。麦田里的妇人们在锄地，她们即刻就被我们抛在身后，她们应该感到很惊讶吧。火车重重地迈着步子前行，吭哧地喘着气，越爬越高。终于，我们来到了荒野的最高处。这里只有几群野山羊，几匹鬃毛不洁的小马；但我们却能够舒舒服服地坐在车里，有桌子放报纸,还有小圆架放水杯。这些设施一路跟着我们来到了这荒原的顶端。现在我们来到山顶了,寂静在我们背后趋近。如果我回头,视线越过那顶秃脑袋往后看,甚至都可以看到寂静已经如此迫近,云朵的影子在一望无垠的荒野上追逐嬉戏。寂静逼近了,笼罩着我们这些转瞬即逝的过客。我说的这些就是当下这一刻,我们暑假的第一天。这就是那只逐渐显现出真面目的怪兽的一角,可我们都依附在它的身上。"

"现在我们已经离开了,"路易说,"我悬浮在空中,无依无靠。我们现在毫无价值,正在一辆穿越英格兰的火车中。英格兰在窗外一闪而过,瞬息万变,山丘、树林、河流、柳树,然后又重返城镇,我无处可去。伯纳德和内维尔,珀西瓦尔,阿奇,拉朋特和贝克他们要去牛津,或者剑桥,去爱丁堡,去罗马、巴黎、柏林,或者一些美国的大学。可我却一片茫然,我要去茫然地挣钱了。一片惨淡阴沉的影子,一声尖锐的重音笼罩着这片金黄色的麦芒、深红色的罂粟花,笼罩着这片摇曳的麦田;麦浪的波纹直荡到田野的边界,但它从不会漫出这边界。今天是我新生命的第一天，一个正在旋转的车轮上的又一根辐条。但我的身躯像飞鸟的影子一般流离失所。我若不强迫自己的脑袋保持清醒，就会像草坪上那些转瞬即逝的影子一般，不一会就会衰退、黯淡，在林子的边缘消失得无影无踪。此时此刻，我逼迫自己表达些什么，哪怕是一行未被写下的诗也好，来记录这一刻，这悠长历史中短暂的一刻；这历史发迹于埃及，那时还是法老的时代，女人们携着红色水罐去尼罗河边打水。我好像已经活了数千年。但如果我现在闭上眼睛，如果我无法意识到过去和现在的交会点就是现在——此刻，我正坐在一节三等车厢中，周围全是回家过暑假的男孩——那么这一瞬间的画面就仿佛从人类历史中被骗走了一般。如果我现在因为懒散或怯懦而睡过去，沉浸在对历史的遐想中，沉浸在黑暗里，人类历史那原本能够洞悉我的眼睛就会闭上；或者它会默许我就这样睡去，就像伯纳德默许由他讲故事一样；或者它也会自吹自擂，像珀西瓦尔、阿奇、约翰、沃尔特、莱索姆、拉朋特、罗珀、史密斯那样——吹嘘自己的永远是这几个人。他们说着大话，除了内维尔。内维尔会时不时地往一本法国小说的书脊上瞟一眼,然后溜进一个点着炉火、有舒服靠垫的房间里。这里有很多书,还有一个朋友——我斜靠在柜台后的一张办公椅上。这时我的内心忌恨、嘲笑起他们来。我妒忌他们的生活可以沿袭旧路,安闲自在,在老紫杉树荫下玩耍,而我却不得不和东区贫穷的伦敦佬、打工仔们厮混在一起,在街头奔走操劳。

"现在我如灵魂出窍一般,思绪飞过田野,无处栖落——(这儿有一条河,有个人在垂钓;这儿有一个建筑物的尖顶,一个村落街道上的小旅馆安着弯弯的弧形窗)——这一切看起来都奇异晦暗、不真实。这些辛酸的念头,这种嫉妒、苦涩,在我心中是无处栖宿的。我是路易的灵魂,是朝生暮死的过客,梦境控制着我的脑海——清晨的公园里,花瓣飞入不可测的深渊,鸟儿在鸣唱。我急忙跑去,那孩童时代的清泉溅了我一身。它薄薄的面纱纤微地颤动。但被链子困住的巨兽还在海岸上跺脚,跺脚。"

"路易和内维尔,"伯纳德说,"他们都很沉默,沉浸在自己的思绪中。他们都仿佛和其他人隔了一道墙似的疏离。但只要我身旁有人陪伴,我马上就能滔滔不绝起来,像炊烟结成的环一样接连升起——辞藻就是这样从我嘴中一连串儿翻着花跑出来的,好比谁划了一根火柴,然后什么东西烧了起来。一个看起来很有钱的老人上了车,他是个游客,我当时就想靠近他,其实,我本能地反感他的模样,他很冷漠,在我们一群人中显得格格不入。但我相信人是不能脱离群体的,我们都不是孤身一人。同时,我也希望能够丰富我对各种人生活本质的观察,这很珍贵,我还要把它们修订成集。我的集子将卷帙浩繁,涵盖各种类型的男人和女人们。不论房间里、火车车厢里出现了什么人,我都会把他们装进脑子里,就像人们把自来水笔放进墨水瓶里灌墨水一样。我做这件事情的渴望无休无止、永不餍足。现在,我似乎感知到了一些细微的、几乎不可能被察觉到的迹象;我还不知道该怎么解释它,那就过会儿再解释——这位老人强烈的抵抗意识已经开始消融了,他的孤独已经出现了裂纹。他说了一句关于乡下大宅子的话,这时,第一个烟圈从我口中冒出来了(有关麦子的),绕着他打转儿,邀请他加入我们的对谈。人的声音能让人消除防备——我们不是孤立的个体,我们是相互联结的。我们稍微热切地聊了几句关于乡下大宅子之类的话，他就变得容光焕发起来，仿佛变成了一个真实的人。他很宠自己的妻子，但并不是个忠诚的丈夫，他是个小建筑商，手下有几个人，在当地社区中是个有地位的人，已经是个议员了，以后没准儿能当市长。他戴着一个吊坠，是用珊瑚做的，非常花哨，像一颗复锯齿被牙根撕裂成了两截，挂在表链上。像他这样的人叫沃尔特·J·特朗布尔应该很合适吧。他和妻子曾搭一艘商船去美国待过，在一家逼仄的旅馆住了间双人房，用掉了他一个月的工资。他的门牙镶着金。

"我确实没有什么思考问题的天赋，什么事情我都需要眼见其实，只有如此我才能真实地感受世界。但是，一个好句子在我眼里可以是一个独立的存在，我依然觉得最好的词藻必定要在孤独中诞生。它们最终需要一种冷却，这是我无法给予的。我总是喜欢漫不经心地说一些温暖的、别人可以回应的话。即便这样，我的方法也是有过人之处的。这位特朗布尔先生如此粗俗不堪，令内维尔感到嫌恶恐慌。路易呢，拿眼神瞟了他一眼，像一只高傲的仙鹤一般徘徊踯躅着，像拿着一副糖钳夹糖一样挑拣着该说的话。他的眼睛——狂野，好像在大笑一般，绝望——确实表达了一些我们从未琢磨、思考过的东西。内维尔和路易都有一种一丝不苟、洞悉毫厘的态度，这也是我佩服却永远学不会的。现在，我意识到我要开始收拾东西了。我们来到了几条铁轨的交叉口，我就要在这儿换乘了，搭上前往爱丁堡的火车。我到现在都还不确定——它在我的脑海里只有一个模糊的概念，像一枚纽扣、一枚小硬币。现在这个乐呵的老伙计又来查票了。我刚才是有票的——刚才我确实有张票。没关系。我要么能把它找出来，要么找不出来。我仔细地检查了钱包，看了看全身的口袋。我每时每刻都在搜刮能够完美呈现此时此刻的词句，但总有这些琐碎的小事来打断这个过程。"

"伯纳德走了，"内维尔说，"但他没有票。他说了句漂亮话，从我们身边挥了挥手逃跑了。他和饲马员说话，和水管工说话时就像和我们说话一样轻松。水管工热情地和他攀谈起来。'他要是有那么个儿子，'他会想，'他会不遗余力地送他去牛津大学念书的。'可伯纳德又是否会对那个水管工人感同身受呢？抑或他只不过想找个人来讲完他那一直自言自语的故事?他小时候喜欢把面包揉成一个个小球的形状,从那时起他就开始讲故事了。这个小球是个男人,那个小球是个女人,我们都是小球。我们都构成了伯纳德故事中的词藻,他在笔记本的 A 栏或者 B 栏底下写的东西。我们的故事从他嘴里讲出来,他会有一种极不寻常的理解,但他唯独无法理解我们大多数人都能够体会到的事物,因为他不需要我们,也从来不会任由我们摆布。现在他正在站台上朝我们挥着手呢。火车已经开走了,他没有搭上换乘的火车,因为他的票丢了。但是没关系,他会跟酒吧里的女招待讲人类命运的本质是什么。我们走了,但他已经把我们给忘了,我们从他的视线中消失了,我们的火车继续前行,但一股不舍的情绪依然在我们身体里游荡,一半苦涩,一半甜蜜。因为他丢了票,带着他那还未完结的故事与这世界搏击,多少是让人同情的,当然,人们还是会喜爱他的。

"现在,我装模作样地看起书来。我举起书本,让它几乎挡住我的眼睛。但周围有饲马员和水管工,我是看不进去书的,我没有取悦自己的能力,我对那个人一点都欣赏不起来，他也不仰慕我。让我至少对自己诚实吧，让我谴责这个无关紧要、微不足道、自我满足的世界，谴责这个马鬃做的座位，还有这些海港码头和游行列队的彩色照片。看着这自鸣得意、庸俗平常的世界，我恨不得尖叫出声，表链上挂着珊瑚饰物的饲马员就是这个世界的产物。但我有某种特质可以将他们彻底毁灭。我的笑声可以让他们在座椅上坐立不安，让他们在我面前发出痛苦的号叫。不，他们永生不死，他们是胜利者。他们让我无法在三等车厢里一直阅读卡图卢斯。他们把我逼得十月份的时候躲进一所大学，我会在那儿成为一名教师，和校长们一起去希腊，在帕特农神庙的断壁残垣中讲课、养马，在乡下那些红顶小别墅里生活，肯定好过像蛆虫一样在索福克勒斯和欧里庇得斯①的颅骨间钻来钻去，娶一个品德高尚、上过大学的妻子吧——但这就是我今后的命运，我必须要经受这些苦难。我才十八岁，就能够像这样蔑视别人，那些养马的人

---

① 索福克勒斯（Sophocles）和欧里庇得斯（Euripides）和埃斯库罗斯（Aeschylus），并称古希腊三大悲剧家。

应该会恨我吧。然而这就是我的胜利了,我不会屈服,我不会退缩,我有正统的口音,也不会像路易那样老是顾及别人会怎么看'我爸爸是个布里斯班的银行家'这件事。

"现在我们的火车正在慢慢地靠近文明世界的中心地带,熟悉的大燃气罐浮现在眼前。公园里沥青小道交横,情侣们不知羞耻地躺在灼热的草坪上接吻。珀西瓦尔应该已经快到苏格兰了吧,他坐的那班火车开过红色的荒原,他能远望边境一带绵延的山丘和古罗马式的城墙。他虽然只阅读过一本侦探小说,但却懂得一切。

"当我们靠近伦敦——这个世界的中心的时候,火车开始减速,缓慢地前行。我的心也快溢出来了,又害怕,又激昂。迎接我的将是什么?在这些来往的邮车、忙前忙后的搬运工,还有这些忙不迭叫出租马车的蜂拥的人群中,将有怎样不同寻常的冒险在等待着我?我觉得自己又微小,又迷茫,但依然兴致高昂。火车轻微震动了一下,停了下来。我要让别人先下车,在融入这片鼎沸的人群,嘈杂的混乱之前,我要再安静地小坐片刻。我不会预想未来是什么样。巨大的轰鸣声充斥着我的耳畔,它们在这片玻璃棚顶下涌动着、回响着,像激涌的海浪。我们被扔在了站台上,拎着手提包,像潮水一般被卷得四散而去了。我的自我意识几乎要崩塌了,一起崩塌的还有我的轻蔑之心。我融入了人潮之中,被扔在了地上,又被抛向天空。我迈向了站台,手中紧紧地握着我所有的行李——一只手提包。"

太阳升起来了。黄色、绿色的光柱落到了海滩上,给被海水侵蚀殆尽的船舶骨架漆上了一层釉彩,令滨海刺芹披甲一般的花瓣散发出蓝色的、钢铁般的光泽。扇形的海浪迅速扫过海滩,像赛跑一般,层叠、纤薄,光线几乎要把它们穿透了。女孩甩动着头,头上戴着的各色珠宝,黄玉、蓝晶,还有包裹着火焰一般纹理的水蓝色宝石,都一齐舞动起来了。现在,她露出了眉毛,睁大的双眼散发的光芒压着浪花直冲过海面。海浪鱼鳞一般颤抖的细纹原本闪闪发光,现在也暗了下去;碧色的浪尖攒在一起,绿色的波谷沉了下去,颜色越来越深,或许是有几群鱼在水底漫游。海浪拍岸时飞珠贱玉,退回海中时,细树枝、软木塞、稻草和木棍在海浪蔓延的边缘形成一道黑色的弧形印痕,仿佛一架小船的船舷破裂沉没了,船上的水手已经游上岸,爬上悬崖了,撇下他那些易损坏的货物任凭其随着海浪冲刷上岸来。

海浪

花园里，清晨时分那些在树枝上、灌木间不时发出四五声鸣叫的鸟儿现在整齐地唱着歌，歌声尖锐又刺耳。它们一会儿齐鸣，好像在彼此陪伴似的，一会儿又独唱，仿佛在给那淡蓝色的天空献歌。当猫咪在树丛中蹿动，或厨子把煤灰倒在灰堆上的时候，它们就会受惊一般成群地回旋飞起。它们的歌声中带着恐惧和不安，好像怕遭受疼痛，又掺杂着在此刻即将被捕获的恐惧。它们在早晨清新的空气中争相鸣叫着，仿佛要把其他鸟儿压下去那样好胜，它们围着大榆树打转儿，唱着歌儿互相追逐、逃离、撵赶、翻飞到高空，啄着彼此。它们玩累了就飞落下来，身姿优美，体态轻盈，安静地端坐在树间、墙上，明亮的眼睛扫视着周围，机灵的脑袋四处环顾；它们的意识觉醒了，强烈地关注着某一个事物。

它们在意的或许是一个蜗牛壳，它挺立在草丛中，像一座灰色的城堡，一个鼓鼓的小房子，上面有被灼烧一般的螺旋印迹，在草丛的掩映下变得青绿；或许它们看见了花朵华美的紫色流光斜溢在花床上，花茎狭长的倒影呈现出深紫色；或许它们盯着的是那些小片的、明亮的苹果树叶,每欲起舞时又被牵绊住,在镶粉边的苹果花间生硬地闪烁着;或许它们看到了落在树篱上的雨滴,摇摇欲坠但仍挂在那里,晶莹的水滴将整座房子和高大的榆树都圈在了里面;又或许,它们在直直地盯着太阳,眼睛都变成了金色的珠子。

它们时而看看这边,时而看看那边,不知不觉中凝望得更深了。它们看着花朵下面,目光顺着那里一条黑暗的通道来到一个没有光亮的花颓叶败的世界。它们其中的一只优美地翻飞,轻巧地落在一条硕大肥美的虫子旁,拿尖利的喙去啄虫子;那虫子无力反抗,任凭鸟儿啄了一下又一下,鸟儿啄完后就把它扔在那儿任其腐败了。在花根处,花瓣腐烂的所在,一阵阵死尸般的气息在空气里浮动着,腐烂肿胀的地方渗着液滴。腐坏的水果果皮破裂,而里面的果肉又过于黏稠,流不出来。鼻涕虫的体内渗出黄色的排泄物,它那没有固定形状、头尾不分的身子缓慢地左摇右晃。那些金色眼睛的鸟儿们仿佛被它们逗乐了,在叶片间迅疾地跳动,看着这一团黏糊糊、湿嗒嗒、黄色脓液一般的东西,时不时拿喙尖残忍地啄它。

现在,冉冉升起的太阳已经爬上了窗子,抚摸它红色边沿的窗帘,给它画上了一道道花纹和线条。光线越来越强烈,白色的光芒落到了盘子里;光线凝聚了起来,椅子和壁橱都淹没其中,虽然它们四处散落,但在光影的笼罩下看似也不可分离;墙上的穿衣镜反射着光线,像一池白水。窗台上的一朵花被一个花的魅影笼罩着,然而这魅影也是花的一部分;当花蕾绽放时,镜中那个颜色稍淡些的花也绽放了。

起风了。海浪像战鼓一般隆隆地撞击着岸边,像一群戴着黄色头巾的勇士举起了抹着毒药的枪矛。他们高高地抡着胳膊,向一群正在吃草的白色羊群发起攻击。

"事物错综复杂的一面日益呈现,"伯纳德说,"在大学里,生活如此忙乱,压力如此巨大,光是生存就日益让人应接不暇。仿佛每个小时都有一些新的东西从巨大的摸彩袋里被掏出。我是什么?我自问道。是这个事物吗?

不，我是那样东西。尤其是此时此刻，我离开了房间，人们还在说着话，石板地上响起我寂寞的脚步声。我看到一轮月亮升起，超脱、漠然，照映着古老的教堂——这时，我意识到我不是一个单一的存在，而是复杂的、多样的。在公共场合，伯纳德妙语连珠，可在私底下，他却喜欢隐藏自己，这就是他们所不理解的一面。他们现在肯定在议论我，说我从他们身边逃走了，是个喜欢躲躲闪闪的人。但他们却不知道我需要完成一些人格之间的转换——伯纳德其实是几个人，他们轮流扮演着不同的角色，但他们之间相连的入口和出口却需要被隐藏起来。我对不同情景的体察异于常人，我在火车上看书时总会不由自主地问，他是个建造商吗？她不开心了吗？我今天格外注意到西梅斯了，真是可怜，因为脸上长着疹子，他几乎不可能给比利·杰克森留下好印象了，他会多么痛苦啊。这也令我感到痛苦，于是我热情地邀请他吃晚餐。但他反而以为我这是对他有好感，可事实并非如此。这是真的，虽然'有着女性一般的感性'（这里我在引用我传记作者的话），'伯纳德仍旧拥有男子逻辑清晰的节制感'。那些能给人留下单一印象——主要是好印象——的人（因为为人质朴、头脑单纯似乎被看作一种美德），都是努力在最湍急的水流中保持平衡的人。（我眼前此刻好像立即浮现出一群鱼儿，它们的鼻子回避着水流的方向。）坎农、莱西特、彼得斯、霍金斯、拉朋特、内维尔——都是这样立场中庸的鱼儿。但是你懂得，你、我的本来面目，总是可以招之即来（要是召之不来，会多么让人难受啊，那会在午夜让人觉得心空得发慌，单看俱乐部里那些老人们的表情就知道了——他们未能召唤到真正的自己，因此放弃了），你知道我今晚说的那些话只能代表一个肤浅的我。在我的外表之下，内心深处，我虽然由不同的人组成，他们却是紧密相连、统一而完整的。我总是能热情洋溢地对别人产生同情；但同时，我又像只蟾蜍一样，坐在洞里，不论迎来的是什么，都极其冷漠地接受着。现在议论我的这些人里，很少有人能像我这样，既有感知的能力，又有推理的能力。莱西特就喜欢追野兔，霍金斯下午在图书馆勤奋地学习，彼得斯在流通图书馆中和他的女朋友在一起。你们都忙忙碌碌，投入其中，越陷越深，唯有内维尔除外——他的头脑太复杂了,单一的事物无法激起他的兴趣;我也一样,太复杂了,在我的脑海里,总有什么东西一直在漂浮着,游离着。

"我进了房间,打开灯,看到信纸躺在书桌上,长袍散漫地搭在椅背上,顿时感觉自己像一个风度翩翩、若有所思的家伙,勇敢又鲁莽。我于是轻轻地弹开自己的斗篷,提起笔就给这个我深爱的女孩写下了一封洋洋洒洒的情书——好像恰好证明了我很容易受环境影响似的。

"是的,现在万事俱备,我情绪高昂,那封我已经写了好多次的信现在终于可以痛痛快快地写完了。我刚进房间,就把帽子和手杖扔到一边,灵光乍现,我连纸都没铺平就赶紧写下。她肯定会垂青这篇杰作,我一气呵成,连一处修改的痕迹都没有。但看看这封信是多么的杂乱无章啊——这儿随手涂了一个墨渍,但要写得迅速而又不拘小节,也只有如此了。我要用细小的字迹快速、潦草地书写,'y'的收尾一定要写得花哨些, 't'的交叉处要有一种猛冲之势。我们要在星期二约会,那是十七号,然后要打一个问号。但我也一定要给她留下这样的印象,那就是尽管这个小伙子——因为这人不是我——写得如此随意而潦草,但仍透露着一种微妙的亲近和尊重之感。我要隐约提起我们之前的谈话——来唤醒她记忆中的一些画面。但我一定要给她留下这样的印象,那就是我谈天说地极其的游刃有余(这点很重要)。我要从抢救一个落水者的事迹开始讲起(我已经想好措辞了),然后讲到莫法特太太的言论(我也记了笔记了),接下来,就是我最近读过的离经叛道的书籍,说一些看似随意但实则饱含深意的话(深度评论的措辞似乎都不甚讲究)。这样的话,她梳着头或者灭蜡烛的时候就会喃喃自语道,'我是从哪儿读的这些来着?哦,是从伯纳德的信里。'这些火热的、湍急如熔岩一般流淌的句子,就是我要的,它能让人心融化。能够写出这样句子的人是谁呢,当然是拜伦了。我,在某些方面,与拜伦是有些相像的。要是掺杂一些拜伦的语气,或许能让我的语言风格更加鲜明,情绪更加饱满。那就让我来读一页他的诗吧。不,这一页太平淡了,这一页太零碎了,这一页太正式了。现在我已经找到窍门了,他的韵律已经映入了我的脑海(韵律是写作中最重要的事情)。现在,我就急不可待地开始了,我的笔调轻快又活泼——

"可落笔之后,却显得平淡无奇。我的热情渐渐消散殆尽了,它不能支撑我完成这句子间的起承转合了。在我的伪装之下,真实面目开始暴露。要是我此刻重写的话,她肯定会想'伯纳德像某些文人一样矫揉造作,伯纳德在装作他的传记作者呢'(虽然这是真的)。不行,我要明天一吃完早餐就写好这封信。

"现在,我的脑海里又浮现了各种虚构的画面。假设有人让我到离兰利火车站三英里远、国王劳顿城堡里的莱斯多弗家去做客,我到那里时已是黄昏时分了。这座房子高大威严,但又老旧破落,院子里有两三条鬼鬼祟祟的长腿狗。大堂里的小地毯都褪色了。一位军官一样有身份的人在露台上来来回回、急躁地踱着步,吸着烟斗。画面的主调是一种军队背景下充满威严的贫穷。书桌上摆着一只猎狐马的铁蹄——那是匹备受宠爱的马。'你骑马吗?''骑的,先生,我非常喜欢骑马。''我女儿想在客厅里见我们。'我的心在胸腔里剧烈地跳动。她站在一张矮桌旁,刚刚打猎回来,正吃着一个三明治,发出很响的咀嚼声,穿着打扮都像个男孩子。我给这个军官上校留下了很不错的印象,他肯定觉得我既没有聪明过头,也不至于太不谙世事。我还会打台球。这时候,那个跟了他们家三十年的女仆进来了,她人很和善。碟子上的图案是充满东方风情的长尾鹊。壁炉上挂着她母亲的画像,她母亲穿着阿拉伯服饰。我不费吹灰之力就可以把这个场景想象得毫发毕现。但我真能让它活灵活现吗,我能听到她说话吗——比方说,我们两人独处时,她会用精准又清晰的语调叫我'伯纳德'吗?在此之后呢?

"事实就是,我需要其他人的激励。一个人的时候,我的思绪之火熄灭了,看到自己编的故事中贫瘠的一面。真正的小说家都是极其简单、单纯的人,但他们的想象力无穷无尽。他们不会像我这样由多重人格组成,也不会像我这样有江郎才尽的惨烈感,好比炉格里燃尽的死灰一般。我的眼中有一些百叶窗的窗叶在翻飞。万事万物都变得无动于衷,我也失去了创造力。

"让我回想一番,今天总体上十分愉快。傍晚时分,我灵魂的屋顶上结了一些小露珠,圆圆的,色彩斑斓。早上还不错,下午我出去散步了。我喜欢看灰色田野对面建筑物的尖顶，我喜欢人群中肩膀之间闪烁着的画面。一幅幅景象不断涌入我的脑际，我想象力充沛，心思细腻。晚饭过后，我又是富于戏剧性的。普通朋友身上难以察觉的微暗特质我都能看到，还能把它们具象化。我也能自如地在不同的人格之间转换。但是现在，我就要问自己这个终极问题了，当我坐在这堆灰烬边，看到里面裸露的煤块如高耸的悬崖石壁伸向大海——哪一个我才是真正的我？这很大程度上取决于房间的环境。当我叫自己'伯纳德'的时候，回应的那个人又是谁？一个有虔诚信仰、乐于讽刺、幻觉已经破灭但又不至于过度苦恼的人。一个没有特定年龄、职业的人。他就是我自己，仅此而已。此刻这个人正拿着拨火铁棒把煤灰捅得嘎嘎响，它们像雨丝一般散落在炉格里。'主啊，'他对自己说，望着那些散落的煤灰，愀然道，'真是乌烟瘴气'；但声音中带着一丝宽慰之感，'莫法特太太会来把它们打扫干净的——'当我这辈子在命运的车厢中当啷啷左右碰壁——首先撞上这边，然后又撞上那边的时候，就应该多说说这句名言，这是个好主意，'哦，对了，莫法特太太会来把它们都打扫干净的。'然后我就可以上床睡觉去了。"

"在此时此刻的这个世界,"内维尔说,"为什么要对事物区别对待?如果名字不能带来改变,那我们就不应该给任何东西命名,就让它这么存在吧。眼前河畔风光旖旎,让我和它们都沉醉在愉悦中吧,哪怕只有一瞬。日光灼人,我看见这河流,还有两岸树木上被啄开的树皮在秋阳的烈焰下灼烧。一叶叶小船悠悠地前行,远处传来杳杳钟声,但不是丧钟。钟声也可以为生机而鸣,一片叶子掉落了,但那也是喜悦的。哦,我如此热爱生命!你看那柳树吐出的细嫩叶子,如此动人!小船就在这婆娑的柳影中穿行,里面坐着一群年轻人。他们在听留声机,从纸袋里掏出水果来吃,把香蕉皮抛入水中,任它像一条细长的鳗鱼一样沉下去,他们所做的一切都是赏心悦目的。他们身后放着调味瓶,挂着一些小饰品;他们的房间里摆满船桨、油画式石版画,但他们的一切都是尽善尽美的。一艘又一艘小船从桥底钻过。那个就是珀西瓦尔,那个大块头,正一动不动地靠在垫子上安眠。哦不,这只是他的一个小跟班,在模仿大块头安眠的情景呢。只是他本人是不知道他的跟班们的这些把戏的,而每当他抓到跟班们现行时,就会和气地拿手推搡他们一下。树木枝繁叶茂,倒垂形成拱门,他们也穿过桥洞、从这拱门下泛舟而过,穿过一道道杏黄色、梅红色的光影。清风徐来,帘帏颤动。我透过层层枝叶,看到那些庄严但永久喜悦的建筑群,它们装着大窗户,看起来很通透,并不臃肿闭塞;建筑体态轻盈,虽然从那古老到无法追忆的年代起,它们就开始屹立在这片土地上。我的胸中涌起了那熟悉的韵律,原本还在沉睡的文字现在惊醒、升起了,它们的浪尖摇曳起来,柔波起伏,起伏又荡漾。我是个诗人,是的,我确信自己是位伟大的诗人。小船载着年轻的人们从远方的树丛下穿过,'枝繁叶茂、倒垂形成拱门'——我全都看到了,我全都感知到了,我的灵感苏醒了,我的眼里噙满泪水。但当我感受着这一切的时候,我狂野的激情却像脱了缰一般,越涨越高,冒着愤怒的气泡,它变得造作、虚伪起来。文字、词语、句子,像马一样飞驰,鬃毛和尾巴剧烈地颤抖摇晃——但我的内心一定是产生了什么谬误,使得我无法跃上它们的背上驰骋,使得我不能和它们一起飞奔,它们把女人们和她们身上的背包都冲散了。我一定是出了什么差错——那是一种致命的犹疑，但只要我置之不理，它们就会变得像泡沫一般虚浮。我竟然不是位伟大的诗人，这真是太难以置信了。我昨晚写的难道不是首好诗吗？难道是我太仓促，太轻浮？我不明白。我有时并不了解自己，也不知该如何认清、衡量、细数那些构成我的微小颗粒，叫出它们的名字。

"有什么东西离开了我的体内，去迎接那个来者，它向我保证，这个人我不看也该知道他是谁。一位朋友的到来能够使人发生奇异的改变，即便他仍身在远处。当朋友回忆起我们的时候，他们对我们的帮助是多么有用啊。可被人回想又多么痛苦啊，因为情绪会缓和下来，自己的人格和他的人格会掺杂在一起，混为一谈，成为旁人的一部分。当他靠近我时，我就不是单纯的自己了，而是和别人融合在一起的内维尔——和谁呢？——和伯纳德吗？没错，就是他，那么这个问题我也该丢给伯纳德了——我是谁？"

"真奇怪，"伯纳德说，"好像有谁在和我一起看着这棵柳树似的。我刚才是拜伦，这棵树也曾是拜伦的树，柳枝泪渍斑斑，像瀑布般倾泻，像在哀叹着什么。既然是两个人在同时看着这棵树,那应该就有两种眼光浑然交织,让每一根柳条看起来都不一样。让我来告诉你我的感受,既然你的头脑如此清醒,又总是克制不住想要阐述什么的欲望。

"我感受到了你的反对,你强烈的对抗。我现在和你一起,变成了一个邋里邋遢、喜怒无常的人。印花手帕上永远沾着烤松饼上的油点子,是的,我一手拿着格雷的《墓园挽歌》,一手拿着勺子挖松饼吃,松饼把黄油都吸进去了,黏在了盘子底上——这惹恼了你吧,我感受到了你剧烈的悲痛。你的悲痛启发了我,况且我焦急迫切地想要重获你的青睐,那么让我来告诉你我刚刚是怎么把珀西瓦尔从床上赶下去的吧。我把他的拖鞋、桌子、烧出了凹槽的蜡烛,还有他粗鄙又怨气冲天的口音都描述了一遍,还把毯子从头到脚从他身上拽了下来;当时,他正像一只硕大的茧,裹着那毯子睡觉呢。我这么说着,尽管你面对一些隐秘的伤感时显得冷静又克制(我们之间仿佛有一个罩着头巾、遮遮掩掩的东西,掌控着我们的相见),但你的真情实感还是流露了出来,开始大笑,喜欢起我来。我的语言如此流畅动听，既出其不意，又平易近人，也令我自己高兴起来。当我用词藻掀起事物所覆之面纱的时候，总是感到震惊——我眼前的东西横无际涯，但能表达的却寥寥无几。我说着这番话时，脑海中又有越来越多的泡泡涌现，一个又一个的意象层出不穷。我对自己说，这就是我需要的，我自问为什么我总是无法写完一封信，我的房间里到处都是写了一半的信。当我和你在一起时，我开始怀疑我是最天才的那些人中的一个了。我洋溢着青春的喜悦，充满力量，知道未来会发生什么，莽撞但热情四射。我看到自己围着花朵嗡嗡叫，绕着深红色的花瓣哼唱着，蓝色漏斗形的花萼里回荡着我轰鸣的隆隆声。我该多么毫无保留地享受这青春啊（是你让我这么觉得的），还有伦敦，还有自由。停一下，你并没有在听我说话，你在发出抗议，手沿着膝盖摸来摸去，这个动作真是难以言表的熟悉。我们就是通过这些小动作来洞察朋友们心中的不快的。'在你的富庶和丰裕里，请不要，'你好像在说，'把我抛在一旁。''停下，'你说，'快问我都遭受了什么。'

"那么，就让我来为你塑造一片眼前的景象吧（既然你已经为我做了这么多)。你躺在河岸上,十月的秋天已经开始褪色,但天空依然明亮可喜。你看着一艘艘小船在丝丝分明的柳枝下穿梭,希望自己成为一个诗人,是谁的情人。但你的智慧令头脑太过清醒,你的智力令自己诚实得近乎残忍——这些起源于拉丁语的词汇还是你教我的,你的博学让我略感不安,让我看到自己知识的短板、资质的平庸——所以你就驻足不前了。你从不会在一头雾水中彷徨,也从不在玫瑰色或淡黄色的迷雾中迷茫地摸索。

"我说得对吗?你左手的小动作我没看错吧?要真如此,就快给我你的诗篇吧,给我你昨晚写下的诗作;你当时的灵感如此炽烈,以至于现在反倒害羞起来。因为你不信任灵感,不论是你自己的灵感还是我的。让我们一起过桥回去,从榆树下走过,回到我的房间。在那里,有墙壁将我们包围,红色毛织窗帘覆盖在窗前。我们可以将这些搅扰思绪的杂音、酸橙树飘来的奇怪的气味还有其他的人统统关在外面。这些轻佻的女店员倨傲地说着话,这些体态沉重的老妇人磨磨蹭蹭地走过;还有一些模糊不清、即将要消失了的身影诡异地看了我们几眼——可能是珍妮、苏姗,抑或是正沿着林荫路渐渐淡去的萝达的身影?我再一次从你身体微小的颤动中猜到了你的感受,我从你身边逃走了,像一群嗡嗡的蜜蜂一样飞走了,我永远游离不定,无法像你一样,矢志不渝地专注在一件事情上,但我还会回来的。"

"在这些古老而庄严的建筑物面前,"内维尔说,"竟然还有这些女店员的存在,真让我无法忍受。她们神经兮兮地傻笑着,叽叽喳喳地说着闲话,让我很反感;她们打破了我沉静的深思,拿胳膊肘戳我,在最纯粹、狂喜的时刻,提醒着我人性的潦倒和堕落。

"但现在,那些自行车一阵风似的骑走了,酸橙树的气味也消散了,人们的身影消失在让人心烦意乱的街道上,我们重新回到了自己的地盘。我们是安宁和秩序的主人,荣耀和传统的继承者。黄色灯光落到广场上投下一道狭长的光影,河流上泛来的雾气充盈着这亘古的空间。它们轻柔地覆在那块古老的灰白的石头上。乡间小道的落叶铺得一层又一层,山羊在潮湿的田野上发出粗重的喉音。但在你的房间里,我们是干燥的,我们悄悄儿说着体己话,火焰跳跃又熄灭,将门的球形把手照得亮亮的。

"你在读拜伦的诗,把那些看似在赞美你个性的段落都做了记号。我发现所有做过记号的句子都那么愤世嫉俗又充满激情;那是一种急躁的烈性子,像只扑火的飞蛾。当你拿铅笔在那些句子下画线的时候,你想,'我也能像这样把斗篷甩到一边,我在直面命运时也是这样把手指关节掰得啪嗒作响的。'可拜伦从不会像你那样泡茶,你把水加得太满,盖上盖子时茶都溢出来了。你桌上还有一摊褐色的液体——把你的书和纸都浸湿了。于是你掏出小手帕,笨拙地把它擦干净,复又把手帕塞进口袋里——这也不是拜伦;这是你,典型的、精致的你。二十年后,我们都功成名就,患了难以忍受的痛风,到那时我要是再想起你来,就会想起这幅场景。要是你死了,我会哭的。你曾是托尔斯泰的门生,现在又变成了拜伦的信徒,或许你以后还会与梅瑞狄斯亲近。你复活节假期会再去一趟巴黎,回来时便打着黑领带,追随了那个无人知晓、面目可憎的法国人。那个时候我就要抛弃你了。

"可我就是一个人——我自己。我崇拜卡图卢斯,但并不会觉得我就是他。作为学生，我是最喜欢模仿别人，毫无原创精神，这儿放着一本字典可以随时查阅，那儿有一个笔记本，可以记下过去分词的奇怪用法。但一个人是不能一直拿着篆刻刀刻这些古老的铭文的。我难道要永远拉上红色毛织窗帘，阅读这本大理石一样厚重的书，看它静躺在台灯光下，书页被照得惨白？这可能是一种光鲜的生活，让人对完美上瘾，不论这些文字优美的花体字将我们带到何方，我们都一路追随，不顾其他的勾引和诱惑，永远安于贫穷，蓬头散发——哪怕是荒漠，或者是那移动的沙流——这在伦敦中央的皮卡迪利大街上看来是非常荒谬的。

"我太紧张了，连话都不能好好说完。我说得太快了，一边踱着步子，来掩盖我的焦虑。我讨厌你油腻腻的手帕——你会把《唐璜》沾上油污的。你没在听我说话，你还在嘀嘀咕咕着拜伦呢。那么现在趁你正在做各种手势，披着斗篷，拿着手杖的时间，我要对你坦露一个从未告人的秘密。我现在要你（我现在正背对你站着）双手接过我的生命，告诉我，当我爱着别人的时候，是否命中注定要引起他们的反感与厌恶?

"我背对着你,忐忑不安地蹭着衣服。不,我的双手现在什么也没做。我把书阁精准地打开了一条缝,把《唐璜》插进去了,放好了。我宁愿被爱,我宁愿出名,而不是在沙漠中追逐完美。但我就注定要引起别人的反感吗?我是个诗人吗?接着吧。欲望已经爬上了我的唇边,它像铅一样冷漠,像子弹一样凶残;我在这个东西里谴责过那些女店员和女人们,还有生活的矫饰与庸俗(因为我爱它),而我现在要把它扔向你了——接着——我的诗篇。"

"他像箭一般从房间里飞了出去,"伯纳德说,"把他作的诗留给了我。哦,友谊!我也要在莎士比亚十四行诗的书页中夹满鲜花!哦,友谊,你的投掷是多么有穿透力——在这儿,在那儿,一次又一次。他看着我,转过身来面对我,给我他的诗。我灵魂的屋顶上所有的迷雾都盘旋着消散了。这股自信我要一直保留到生命的尽头。他从我的生命中走过,像一道绵延的波澜,像一波又一波厚重的海浪。他摧枯拉朽的阵势将我整个扯开,将一颗颗鹅卵石安放在我灵魂的岸边。这让我蒙羞了,因为我变成了小石头。一切虚假的外表都被掀翻了。'你不是拜伦，你是你自己。'一个人受到另一个灵魂的压制，它们收缩、结合，成为一体——这是多么奇怪啊。

"有一根细长的丝线，从我们身上旋转着吐出，朝着那个阻隔在我们之间、雾气弥漫世界的彼岸延伸而去，这种感觉多么离奇啊。他走了，我还站在这儿，手里拿着他的诗。这根丝线将我们连接在一起。但现在，那个陌生的存在已经消失了，这多么令人宽慰而又安心啊！那双锐利的眼睛已经暗淡了，被罩上了头巾！拉上窗帘之后，房里再无外人，那些衣衫褴褛的囚徒和寄居者在他的威逼下躲进了阴暗的角落，而现在，它们都回到我的身体中来了，我心怀感激！还有那些乐于讥讽、善于观察的灵魂，就算在我被人刺伤、身陷危机的时刻，也替我目光炯炯地探视着；现在，他们也蜂拥着回来了。有了他们的到来，我就是伯纳德了，我是拜伦，我是这个人,那个人,还有其他的人。他们攒动着，黑压压的一片，行为古怪，言论滑稽，使我的人格更加丰盈饱满，一如以前，使我单纯质朴的情感黯然失色。我比内维尔的想象中要拥有更多重的自我。我们并不像朋友们所希望的那样单纯,因为他们需要我们单纯。但爱是质朴的。

"现在他们都回来了,我的囚徒、寄居者们。内维尔用他那令人意想不到的轻灵之剑将我刺伤,在我的防御壁垒上留下了一道裂痕,现在也痊愈了。我现在已经差不多是个完整的人了;看,我多么欣喜若狂啊,内维尔对我视而不见的那一部分,现在又全部活跃起来了。我拉开窗帘,向外望去,心想'这不会让他感到高兴,但能给我自己带来巨大的喜悦'(我们总是通过朋友来衡量自身的状态)。我的臂膀可以拥抱内维尔从未触碰之地。他们一路上大声唱着狩猎歌,和猎兔犬一起庆祝着几次打猎的成果。以前上学的时候,那群戴着软帽、坐着四轮马车去打球的小男孩们总是在马车转过拐角时一同回头看我们,他们互相拍肩打闹、吹嘘。而内维尔呢,总是小心翼翼地躲开这阵子掺和打扰,静悄悄、匆忙地回房间去,像在密谋着什么似的。我看他瘫坐在一张低矮的椅子上,盯着炉火;那火中燃烧着的煤块在那一片刻有种建筑意义上的坚固之感。生活,他想,要是也能像这样永久,也有这样的秩序就好了——

他最渴望的就是秩序，最憎恨我拜伦式的邋遢；想着，他就会拉上窗帘，插上门闩。他的眼睛充满了渴望，饱含着泪水（因为他爱上了某个人，这险恶的爱欲掌控着我和他的见面）。他一把夺过拨火铁棒，把那燃烧中的煤块即将分解的坚固外形捅为灰烬。现在一切都变了。我们的青春和爱也变了。小船已从垂柳的拱门下穿过，行驶到桥下了。珀西瓦尔、托尼、阿奇，或者是另一个人，要去印度了，我们再也不会相见。他伸手去拿抄写本——那个用花纹纸装订得整整齐齐的笔记本——在上面紧张而又激昂地写下长长的诗篇，他当时最崇拜哪个诗人，就用他的口吻写诗。

"但我还想在此处徘徊，靠着窗台，去聆听。合唱团又开始欢唱。他们现在开始砸瓷器了——这也是个惯例。而那合唱团的歌声呢，像一股夹杂着石头的跳脱的洪流，野蛮地冲撞着老树林，不管不顾地放任自流坠下悬崖峭壁。它们翻滚着、奔腾着向前，像猎犬一般，像足球一般；它们紧贴着船桨，像装着面粉的麻袋一样，突升突降。它们之间的分别消失了——像一个人一般。十月的阵阵狂风撼动着那爆发的声响和喧嚣，也吹拂着笼罩球场的一片寂静。

现在,他们又开始摔瓷器了——这是个惯例,一位步态不稳的老妇人抱着包,从炉火映得红红的窗子下小跑回家了。她有点儿害怕那瓷器落到她脑袋上,令她摔到沟里,但她又停了一下,好像是要给她那骨节突起、为风湿症所苦的双手取取暖。那团篝火的舌向旁吐出一串串火花,几片纸的余烬纷飞飘远。那位老妇人在点着炉火的窗外停了下来,这是一个对比——我看到了内维尔所未看到的景象,我体会到了内维尔无法体会的情感。因此,他会臻于完美,而我不会,我只能造着残缺的句子,被黄沙掩盖。除此之外,别的什么也不会留下。

"现在我想到了路易。他要是看到了此番情景,这残褪的秋天的晚上,砸瓷器的场面,还有那慢吞吞的猎歌,内维尔、拜伦,还有我们在这儿的生活,会产生怎样幸灾乐祸而富有探索性的观点呢?他薄薄的嘴唇微微地嘟起,脸色苍白,坐在办公室里仔细地读一些晦涩难懂的商务文件。'我爸爸是布里斯班的一位银行家'——路易总因此蒙羞,所以总是提起他——却破产了。所以,这位学校里成绩最优异的学生只能开始工作了。但当我在这儿寻求反差对比的时候,总觉得他的眼睛在盯着我们——他那大笑的眼睛,狂野的眼睛——把我们一起算在一个数目总和里,像计算一些无关紧要的数据,他在办公室里就一直在做这件事吧。有天,他会拿细钢笔蘸上红墨水,终于算好了,我们的总和就横空出世了,可这还不能算结束。

"砰!他们扔了一把椅子在墙上。我们真是不可救药,我自己也没光彩到哪儿去。我此刻难道没有沉溺于这些莫名其妙的情绪之中?是,我从窗口探出身子,扔掉手里的香烟,看它轻轻地旋转落到地上。我甚至觉得路易在看着我的烟头,然后他说,'这意味着什么,但它意味着什么呢?'"

"人们不停地走过,"路易说,"他们络绎不绝地,从这家餐馆的窗户外走过。摩托车、马车、电车;接着又是电车、马车、摩托车——纷纷从窗外经过。在它们身后,我注意到一家家店铺,一排排房子,还有教堂的灰色尖顶也伫立在那里。在它们前面,有一个个玻璃架,放着一沓沓小圆面包和火腿三明治。茶缸中冒出热腾腾的水汽,把这片景象变得雾气氤氲。牛羊肉、香肠和肉糊蒸腾出一股肥厚的腥气，弥漫在餐馆中央，活像一张湿漉漉的大网。我把书本靠在一瓶伍斯特沙司瓶子上，企图融入周围的环境。

"但我却不能。（他们继续走过，人群杂乱无章。）我无法坚定地看书，或者点一份牛肉。我反复地告诉自己'我就是一个典型的英国人，我和别人一样，是个职员'。我看着邻桌的那个小个子，他怎么做，我就怎么做。他面部表情灵活，皮肤上起着的褶子随着各种情绪轻微地抽动着，像猴子在树丛中攀爬一样，他对这种对话的套路烂熟于心；他们谈论着钢琴的价格，言谈举止无不合宜得体。它把大厅给堵住了，所以十镑就能买走。人们继续走过，从教堂的尖顶下，从一盘盘火腿三明治前走过。我意识的彩带像海浪一般飘摇招展，却永远为这片杂乱的秩序苦恼，感到困厄不堪。所以我无法专心吃晚餐。'我愿意以十镑的价格成交。琴架很漂亮，但它把大厅给挡住了。'他们像海鸟一样猛力扎入水中，羽毛油光水滑。所有僭越这个常规的言行举止都被视为虚荣，而这个常规就是我要表现的、常人的姿态。此时，人们的帽子上下晃动，门一直开关不停。我看到了变幻莫测、错乱无章、湮灭和绝望。如果这就是生活的全部面目，那它就是不值得的。我也感受到了这家餐馆运作的节奏，它像华尔兹的调子，画着一个个圆圈。那女服务员正端平她的盘子，举着装青绿蔬菜的碟子，还有杏子和牛奶沙司，一圈一圈地旋转着，在既定的时间准确无误地将食物端给那些顾客们。而这些平常的人们呢，将她的节奏囊括在自己的节奏中（'我愿意十镑成交，因为它把大厅给挡住了'），接过他们的青菜、杏子和牛奶沙司。那么，在这连续的节奏中，停顿又在哪里呢？有没有这样一个裂缝，透过它可以看到背后的灾难？没有，它的节奏形成一个圆环，是不间断的，和谐又完满。这就是它的主导节奏，这就是掌控一切的那根发条。我看它扩展开来，收缩，然后再扩展，但并未将我包含在内。如果我模仿他们的口音说话，他们势必会竖起耳朵，等待我的再次发言，就为了给我一个准确的定位——来自加拿大或澳大利亚，而我别无所求，只愿被人满怀爱意地揽在怀中。可我却是一个陌生人，外国人。我想淹没在温暖又安全的人潮里，我的眼界已经远在天际，但我注意到周围人头攒动，帽子在永久的混乱中上下起伏着。有人上来发出一声悲叹，她神情游离，精神恍惚（是一个牙齿长得不整齐的女人，在柜台前支支吾吾地说着话），仿佛是对我说的，'把我们重新带回到羊栏里吧，我们如此稀稀落落地，从摆着一盘盘火腿三明治的窗前走过，起伏晃荡。'好的，我会让你们重获秩序。

"我现在要看那本靠在伍斯特沙司瓶子上的书了。书中有一些掷地有声的言论，一些无懈可击的陈述，寥寥几言，但诗歌就是如此。你们，你们所有人，都无视了它。这些已故诗人的遗言，你们都忘记了。可我不可能把它翻译给你们看，不然你们就会陷入它的信条束缚中，认识到自己是在漫无目的地活着，那种节奏是廉价无用的；但倘若你还未察觉生之盲目，我这样做会让你摆脱那些使你堕落潦倒的东西，它们如影随形，使你变得老态龙钟，即使你正当风华正茂之年。我要试着翻译那首诗，让它变得好读易懂。我，柏拉图的同行，维吉尔的伴侣，要敲一敲这带着木纹的橡木门了。我拒绝用这个流行一时、熟铁做的火药推杆，我不会屈从于这时髦的圆顶礼帽和卷边毡帽，还有女人们所有带羽毛的、花里胡哨的头饰,因为它们都是漫无目的的。(所以我敬重苏姗,她夏天只戴一顶草帽,朴素又简单。)还有那咖啡机的研磨声,窗户上流淌下来的水结成稀稀落落的珠子往下滴,那些突然启动、猛然急停的公共汽车,收银员犹疑不决的动作,那些对人类来说毫无意趣的废话,在疲惫中踯躅的文字。我会使你们重返秩序。

"我的根茎向下延伸,穿过流淌着铅和银的叶脉,穿过潮湿、吐出污浊气味的沼泽,来到地心一个由橡树根攒拢在一起的结。在这里,我的周围被封闭起来了,我看不见周遭的事物,土壤堵住了我的耳朵。但我却听到了战争的传言,听到了夜莺的歌声。我察觉到一支支军队迅疾转移的脚步声,他们成群结队地四处游走着寻找文明,像一群群追逐温暖夏阳的飞鸟。我看见妇女们肩负红色水罐走向尼罗河的两岸。我在花园中苏醒过来,有人碰了我的颈后,接着是一个热吻,是珍妮;这一切我都记得,就像一个人记得一场夜间大火中人们仓皇的喊叫、倾倒的柱子,还有红色和黑色的光影。我永远都在沉睡中行走,现在我睡着了。现在我醒来了,我看到那个闪闪发光的茶壶,玻璃架上摆满了淡黄色的三明治，身穿宽松外套的男子坐在吧台的高脚凳上，在他们身后浮现的是永恒的时间。这是一个戴头巾的人拿烧红的铁棍在我颤抖的肉里留下的一个烙印。我在那些密密匝匝、扑扇的鸟翅膀的掩映中看到了这家餐馆，它们的羽毛一层层折叠起来了，它们来自过去。正因如此，我噘着嘴唇，我体弱多病，脸色苍白，每次面对伯纳德和内维尔时都带着仇恨和辛酸，我不讨人喜欢，也没有魅力。他们可以在紫杉树下漫步，生来就有扶手椅可坐。他们把窗帘拉上，灯光落在他们的书页上。

"但苏姗我是敬重的，因为她会坐着缝东西。她坐在一盏静谧的台灯下缝纫，窗外就是麦田，麦穗们舒了口气，令我感到安全。因为我是他们之中最弱小的，最年轻的一个。我看着自己的脚下，看着那些小溪流过砾石滩冲刷出的一条条小隧道。我说，那是一只蜗牛，那是一片叶子。我很喜欢蜗牛，我很喜欢叶子，我总是最幼小、最无辜、最信任他人的那一个。你们都会保护自己，而我却手无寸铁。那个女服务员把辫子编成一个花环，她招摇地走过，毫不踌躇地招待你们吃杏子和牛奶沙司，她像姐姐一样，你们就像她的兄弟。但当我起身时,会拍拍背心上的面包屑,悄悄掏出一笔过于慷慨的小费——一个先令——放在盘子的边缘下。这样,在我离开前她就不会发现它,在我走出餐厅的弹簧门之前,也不会听到她笑着拿起一先令时说的那些刺耳的、挖苦我的话。"

"风吹动了窗帘,"苏姗说,"瓶瓶罐罐,碗,地垫和那破了一个洞的扶手椅的轮廓变得清晰起来。墙纸上点缀着的一根根彩带像往常一样是褪了色的。鸟儿们的合唱结束了,只有一只鸟在卧室的窗户近旁唱歌。我要穿上我的长袜,悄悄地走出卧室的门,下楼来,穿过厨房,出门穿过花园,路过温室,到田野中去。现在还是清晨时分,荒原披着一层青茫茫的薄雾,天空沉闷僵硬,像一张亚麻裹尸布。但它会变得柔和起来、温暖起来的。此刻,天色尚早,我觉得自己就是那广袤的田野、丰盈的谷仓、葱茏的树林;我是那成群的飞鸟、跳脱的小野兔——我刚差点踩在了它身上。我是那慵懒地舒展着宽大羽翼的苍鹭,是那大声地咀嚼着、嘎吱作响迈着步的奶牛,是那俯冲画出一条优美弧线的燕子,是那天空的一抹残红,是那红色退散后的绿影，是阒静和随后的响铃，是农夫把拉货车的马从田野中召唤回来时发出的呼喊——这些都是我。

"这么多的我，不能被划分界限，孤立地存在。我被送去上学，我被送到瑞士去完成学业，但我讨厌油地毡、冷杉树和山峦。现在，让我拥抱这块平坦的土地吧，在这苍白的天空下，云朵在漫游。马车沿着小道驶来，它的身影越来越大。羊群聚集在田野的中央，鸟儿聚集在路的中央——它们暂时不需要飞走。炊烟升起，黎明的凄凉正在消散。白昼开始微微显现，渐渐恢复了它的色泽。谷浪翻涌，把一整天都染成麦黄色。大地沉沉地悬在我的身体之下。

"但我又是谁呢，这个倚着门，看着我的长毛猎犬一圈一圈打转的人是谁呢？我有时想（我还不到二十岁），我不是一个女人，而是一束光，落在这扇门上，这地上。我有时想，我是四季，一月、五月、十一月；我是泥土、雾霭、黎明。我不能被呼来喝去，或优雅地人云亦云，或与其他人交际应酬。然而现在，我靠在这里，直到胳膊上留下门的印痕。我感觉自己身体里的重量已经形成了，它是在瑞士上学的时候形成的，一个坚硬的东西。不是叹息和欢笑，不是浮文巧语,不是萝达从我们肩膀上望出去时那种奇异的意念交流,也不是珍妮舞蹈中的旋转,她四肢和身体的律动浑然一体。我是残忍恶毒的。我不能优雅地与人交际应酬、人云亦云。我最喜欢路遇的牧羊人那凝视的眼神,还有在马车旁的一条沟渠里给孩子喂奶的吉卜赛女人的眼神。我也会那样给我的孩子喂奶。不久之后,在炎热的午时,当蜜蜂绕着蜀葵哼鸣,我的情郎就会到来。他站在雪松树下,他说一句,我答一句。我体内所形成的新的东西,我必给予他。我会有孩子,还有系着围裙的女佣,拿着稻草叉的伙计;还有一个厨房,他们会把生病不舒服的小羊羔用篮子提进来给它取暖,墙上挂着一条条火腿,洋葱闪闪发光。我会像我的母亲,系着蓝色的围裙,安静地锁上壁橱的门。

"现在我饿了。我喊长毛猎犬来。脑中想着,要在一间明亮的屋子里摆一些面包、黄油、酥皮和白色碟子这样琐碎的东西。现在我要穿过田野回去了。我要沿这条草木蔓延的狭窄小道走回去了。我大步走着,步伐平稳,侧身避开水坑,轻轻跳过土块。露珠沾湿了我的粗布裙子,我的鞋子变得柔软,覆满泥土。现在,天空覆盖着一层层灰色、绿色和棕色的剪影,大路上的鸟群也飞走了。

"我回来了,像一只溜出去的猫或者狐狸,皮毛上挂着一层灰白的霜,爪上的肉垫被粗糙的土地磨得发硬。我推开卷心菜堆走回来,菜叶被爪子摩擦着发出吱吱的声音,水珠飞溅开来。我坐在那里等着父亲的脚步声到来,他会沿着石板路慢悠悠地走进来,他的手里掐着一些药草。我一杯接一杯地喝着茶,尚未开放的花苞亭亭地立在桌上,在一罐罐果酱、一片片面包和黄油中高昂起头。我们都静默无言。

"然后我去碗柜那儿,拿出了几包潮湿的袋装葡萄干,它的滋味醇厚浓郁;我又费力把一袋面粉搬到洗刷干净的厨房桌子上。我和了一团面,碾揉它,抻它,拉扯它,我把手插在热乎乎的面团里。我把手放在水龙头下,让冷水依次冲刷我的手指,水流成扇形地从我的指缝里流走。炉火烧得正旺,苍蝇绕着圈子嗡嗡叫着。之后,我重新把所有的醋栗、米、银色和蓝色的袋子都锁在了碗柜里。肉正放在烤箱里;面包躺在一条清洁的手巾下,像一个松软的、圆圆的屋顶一样鼓起来了。午后,我来到河边,整个世界都像在孕育着什么。苍蝇在草叶中穿梭,花蕊上裹着厚厚的花粉,天鹅们整齐地列队凫水过溪。云彩现在也是暖色调的了,扫过小山丘,在山上形成一块块光斑,把水面和天鹅的脖颈都映得闪烁着金色的光辉。奶牛们大声咀嚼着,迈步穿过田野。我在草丛中寻找白色圆顶的蘑菇,折断它的柄,摘下长在它旁边的兰草放在蘑菇的旁边,它的根须上还沾着泥土。然后回家,给爸爸烧一壶开水放到茶几上,桌上的几朵玫瑰刚刚泛红。

"然后夜晚就到来了,我们点上了灯。灯光映着常春藤,像生了一团黄色的火。我拿着针线活,坐到了桌边。我想起了珍妮、萝达;听见农场上的马吃力地拉着车回来了,车轮发出咯咯的响声;晚风中,来往的车辆呼啸着。我看到黑暗的花园里颤抖的叶子,想着,'他们在伦敦跳舞,珍妮亲吻了路易'。"

"真奇怪,"珍妮说,"人们竟然还要熄灯、上楼睡觉。他们脱下礼服,换上了白色睡袍。这片房子一点灯光也没有。天空映着烟囱的剪影,一两盏街灯还在亮着,但并没有人需要它们的光亮,现在依然还在街上的只有忙忙碌碌的穷苦人家。这条街已经空无一人了，一天结束了。几个警察站在拐角处。黑夜降临了，我却感觉自己在暗夜里发光。我的膝盖上覆盖着丝绸做的睡裙，我光滑的双腿互相换擦。项链上坠着的一串石头冰冷地勒着我的脖子，我的鞋子有点挤脚，我直挺挺地坐着，以免头发碰到椅背。我穿着打扮完毕，现在万事俱备。接下来是一刻短促的暂停，黑暗的片刻。小提琴手们举起了他们的弓弦。

"汽车渐渐停了下来。小道上的一段路被车灯点亮，车门打开又关上。人们到来了，但他们不讲话，只是匆匆地进来。大厅里有斗篷飒飒扫过的声音，这只是前奏，一个序曲。我瞥了一眼，我偷看了一眼，然后给自己的脸上擦起粉来。一切都精准无误、准备就绪。我的头发做成波浪一样的卷发，我的嘴唇是无可挑剔的红色。现在，我已经做好准备加入台阶上站着的那些男人、女人们了，他们是我的伙伴。我从他们身边走过，他们都注视着我，我也注视着他们。我们的目光如电光石火一般，我们相见时的目光并没有变得柔和，而是像不认识一样，唯有我们的身体在沟通，这是我的天赋，这是我的世界。一切都明白无误，万事俱备。仆人们恭敬地站在这儿,听我报着名字,我那尚且陌生的、无人知晓的名字,然后他们在我面前大声往里通传,我走了进去。

"这个让我饱含期待、空荡荡的房间里,摆放着一张张镀金的椅子,还有鲜花,它们比长在地里的鲜花更静谧、庄严,一片绿色、白色铺展开来,它们的光彩映照在墙壁上。一张小桌上躺着一本精装书,这就是我梦想的,这就是我预言的,我该生来就在这里。我泰然自若地踏上了厚实的地毯,从容地走在柔滑的、抛了光的地板上。我沉醉在这里的香气中,好似一株羊齿植物慢慢展开它蜷曲的叶子,舒展在这富丽的光泽里。我停下脚步,打量着这个世界,望着这一群我不认识的人。女人们穿着艳丽的衣服,亮绿、桃红、珍珠灰,男人们在她们中间站得笔挺,身着黑白色衣服;在他们的衣服底下全像是溪流经年累月地切出的一道道深深的沟槽。我在窗子里看到了隧道的倒影,它动了一下。我倾身向前时,这些穿黑白色衣服的陌生男人就会看着我;我侧身去看一幅画,他们也会随我转身。他们拿手拨了拨领带,摸了摸背心口袋,掏出了手帕。他们非常年轻,他们非常渴望给我留下好印象,我感到胸中有一千种能量在踊跃。我是挑逗的、快乐的、懒散的、忧郁的,这些情绪在我体内轮番转换。我既植根在某处,又可以随心流动。我光彩夺目地走到一边,像一个金人一般,对他们其中一个说,'你来',然后荡起黑色的波纹,阴沉地对另一个说,'不行'。他们其中的一个从玻璃橱窗后原本站着的位置走了出来,他向我走来,一步一步向我靠近,这是我所经历过的最激动人心的时刻了。我像蝶翼一般扇动着,我像水波一样荡漾着;我像河流里的一株植物,一会儿顺流而下,一会儿逆流而上;但我其实是植根于河底的,因此他才能靠近我。'来,'我说,'来。'这个走来的人忧郁又浪漫,他脸色惨白,一头黑发。既然他如此忧郁、浪漫,那我就得挑逗、任性。他走过来了,他站在我身边了。

"我猝然一动,像一只帽贝从它依附的岩石上脱落一般,倒了下去,我和他一起倒下,我被卷走了,我们一同把自己交付给了这条缓慢流淌的音乐洪流。我们随着这犹疑不定的音乐起舞,时而跟着音乐游走,时而脱离它。有几块岩石打破了舞蹈的潮流,它猛然震动、寒栗哆嗦。我们在音乐中进进出出,它像一张大网,将我们卷入,把我们连接在一起;我们无法走出它那婉转、犹疑又急转的调子,音乐像一面没有缺口的圆形墙壁,将我们环绕。音乐将我们的身体紧紧地贴合在一起,他坚硬的身体,我流动的身体;它用它平滑而又蜿蜒曲折的褶皱将我们连接、延伸,使我们在其间滚动,不停地颠簸、翻滚。突然,音乐停了下来,我依然血脉贲张,但身体静止了下来。整个房间在我眼前摇摇欲坠,音乐停止了。

"既然这样,那么来吧,让我们围绕着这些镀金的椅子旋转。这个舞阵比我想象中的还要厉害,我比自己想象中的还要晕眩。我不关心世界上的任何东西,我不关心任何人,除了眼前的这个人,虽然现在我还不知道他的名字。月亮啊,难道我们两个人不被人接受吗?难道我们不是愉快地坐在一起吗?我穿着光洁柔滑的缎面裙子,他穿着黑衣白裤,我的同伴们现在可能在看我,但我会直直地望回去。那些男人和女人们,我是你们中的一个,这是我的世界。现在,我举起这只细脚玻璃杯小啜一口,酒的味道浓烈又苦涩。我喝着它,不禁皱起了眉。香气和花朵,光彩和热量,都被蒸馏到这火焰般热烈的黄色液体中。那个躲在我的肩胛骨后面、长着一双单调乏味、圆圆的眼睛的家伙,现在轻轻地闭上了眼,渐渐地入眠了——此刻就是狂喜,就是解脱。我喉头的闸门打开了,一个个字眼、一句句话簇拥成团,你推我搡地喷薄欲出。它们说的是什么并不重要,它们互相推挤、攀缘着,爬上了彼此的肩膀。那原本形单影只、孤零零的言语,现在越滚越多,我说的是什么并不重要。有一句话从这些话语中挤了出来,穿越了横亘在我们面前的空间,像一只振翼的鸟,落到了我的嘴唇上。我又满上了酒杯,喝下它。我们之间那道遮遮掩掩的面纱落了下来。我被另一个温暖而私密的灵魂接纳,我们在一起了,从高耸的雪山关隘上走过,他忧郁地站在路的顶端。我俯下身,摘了一朵蓝色的花,踮着脚尖把它别在了他的外衣上。瞧!这就是我狂喜的时刻,现在它已经过去了。

"现在,懈怠和冷漠侵入了我们的关系中。其他人匆匆经过,我们不再有身体在桌下碰触时的亲密感了。我也喜欢浅色头发、蓝眼睛的男子。门开了,门不停地被人打开着。我想着,下次门打开的时候,我的整个人生都会发生改变。这次进来的是谁?只是一个仆人,拿来了一些酒杯;又进来了一个老人——年纪都可以当我爸爸了;接着是一位华贵的夫人——在她面前我应该戴上伪装的面罩。也有和我年龄相仿的女孩,对我剑拔弩张,真是勇气可嘉,因为她们和我身份相同,毫不掩饰自己的敌意。我生来就该在这样的世界里,它充满风险,但这就是我的冒险。门又开了,哦,来吧,我对这一个说道,从头发到脚跟都泛起金色的波纹。'来,'然后他就向我走来。"

"我要跟在他们身后慢慢走,"萝达说,"好像看到了我认识的人一般,但我一个也不认识。我要猛然拉起窗帘,看看月亮,忽视周围的景象可以扑灭我的焦躁和紧张。门打开了,老虎一跃而入。门打开了,恐惧涌了进来,层层叠叠的恐惧追逐着我。让我偷偷去看一眼我之前四散安放的宝藏吧。在世界的另一头,大理石柱的倒影映在池塘里,燕子的翅膀在黑暗的水面掠过。但在这里,只有门打开,人们进来,向我走来。他们向我抱以若有若无的微笑,来掩盖他们的残酷和冷漠,然后他们一把抓住了我。燕子的翅膀掠过池塘,月亮独自穿越蔚蓝的海洋。我必须抓住他的手，我必须回答他的问题。但怎么回答呢？我抽回手，笨拙、不匀称协调的身躯因羞愧而发热，接受他对我一阵阵的冷漠和蔑视。但我只是渴望那世界另一端的大理石柱、池塘和翅膀划过水面的燕子。

"烟囱上方的夜空又深了一层。我的目光越过他的肩膀，看到窗外一只气定神闲的猫。它没有被湮没在黑暗中，没有被囚困在丝绸睡衣里，它可以随心所欲地停下来休息，舒展四肢，然后继续活动。我讨厌个人生活的所有琐碎细节，但我却被困在这儿，不得不听它们的声响。我感受到巨大的压力，如果不把几个世纪的沉沉负重移走，我连动都不能动。百万个箭头刺穿了我，轻蔑和嘲笑穿透了我，我的心胸足以抵御风暴，就算冰雹呛住喉咙我也心甘情愿，但我却被死死地钉牢在这里，暴露在凶险中。老虎向前跃动，闲言碎语像鞭子一样落在我身上，闪动着、毫不间断地落在我的身上。在他们面前，我必须闪烁其词，用谎言将他们挡开。有没有什么护身符可以抵御这个灾难？为了缓解这焦灼不安的情绪，我应该摆出一副什么样的面孔？我想起了箱子上的名字，想起了母亲膝上垂落的宽大裙摆，想起那些山丘的陡峭崖壁环绕的林中空地。把我藏起来吧，我哭喊道，保护我，因为我是最年幼、最弱小无力的那一个。珍妮像一只海鸥驾驭着波浪一样欢快，灵巧精致地展现着自己，口齿伶俐地说着真心话。但我在说谎，闪烁其词，遮遮掩掩。

"独自一人的时候，我晃动着盆子，我就是舰队的女主人。但在这里，我却不停地摩挲着女主人家锦缎窗帘的流苏，仿佛自己四分五裂开来，不再是一个完整的人。当珍妮跳舞时，她为什么如此胸有成竹？当苏姗安静地在灯下埋首做她的针线活，将白线穿过针眼时，她为什么如此沉着自信？她们说，是的；抑或她们说，不；她们可以手握成拳，坚定地捶桌子。但我会怀疑自己，我会颤抖，我看见一棵野荆棘树在沙漠中不安地摇晃着自己的影子。

"现在，我要装作知道去哪儿一样走几步，穿过房间，到阳台的遮阳篷下。我看见天空像羽毛般轻柔，霎时间，一轮银月涌起。我还看见两个看不清面孔的人在广场上倚着栏杆，像两尊雕塑一样站在天底下。此刻，我眼前是一个岿然不动的世界，但在客厅里，人们众口铄金，他们的舌头像刀一样割在我身上，让我结结巴巴说不上话，逼我对他们撒谎。我从客厅走过时，发现他们一个个面孔模糊不清，但都裹着华美的袭服。情侣们蜷缩在梧桐树下，警察在角落里站岗，一个男人从旁走过。然后，这又是一个岿然不动的世界。但我还不够镇静，踮脚站在壁炉火焰的边缘，它灼热的呼吸炙烤着我，我害怕门被人打开，老虎蹿进来，因此一句话都不敢说。我永远是心口不一的。每次门打开，我就觉得被打扰了一般。我还不到二十一岁，就觉得自己已经要四分五裂了，我会被人嘲笑一辈子。我会在这些男男女女中浮沉——在他们抽搐的面孔、说谎的舌头中浮沉，就像波涛汹涌的海面上的软木塞一样，无力反抗。我像一片轻飘飘的杂草，每当门打开，就被一股气流吹得远远的。我是一层泡沫，扫过那最远海域的礁石，将它的缝隙填补成白色。我也是一个女孩，就在这个房间里。"

太阳已经升起，她不再躺在碧绿的海面上，间或扫视一眼外面浪花飞溅的珠玉。她露出了脸，直视着海浪。海浪扬起、落下，规律地发出沉闷的声响，像一群烈马的蹄音席卷过赛马场，地震山摇，溅起的浪花好似马背上的骑士在挥舞他们的矛枪。钢青色的波浪冲上海滩，浪尖像镶着钻石一般晶莹。它们强劲地涌上岸来，又用力撤回海里，翻涌着，仿佛背后有一座无穷无尽的永动的引擎。阳光洒落在麦田和森林里，河水变得碧蓝，一道道水纹拧在一起，由细变粗。水边斜坡上工整的草坪变得像鸟儿的翅膀一样翠绿，像羽毛一样柔和地起伏着。山峦平缓地起伏着，像被绑缚了一般，好似手臂上的肌肉盘根错节地攀附着；树丛在山的侧翼傲然林立，像马的脖子上修剪过的、短促的鬃毛。

花园里，浓密的树木掩映着花床、池塘和温室，鸟儿们在烈阳下独唱。有一只在卧室的窗户下歌唱，另一只在丁香花丛最上面的枝杈上,还有一只在墙头。每只鸟都激动地唱着,充满热情,但声音刺耳,语气强烈,好像要让这首歌冲破阻拦、迸发出来一般,无论它们的杂音是否打乱了彼此的歌声。它们的圆眼向外凸起,炯炯有神,它们的爪子紧紧地抓着枝丫或栏杆。它们并没有站在遮阳棚下,而是站在蓝天下歌唱,歌声献给空气和太阳。它们新换的羽毛光彩夺目,花纹像贝壳上的脉络一般,或遍布着亮蓝色的条纹,或点缀着金色的斑点,或有一根璀璨的羽毛镶嵌其间。似乎是黎明的威逼才迫使它们像这样放歌,好像生命的利刃被磨得太过锋利,必须要割断点什么——要劈开那蓝色、绿色的柔和光线,潮湿泥土的温润湿气,还有从那油腻的厨房冒出来的烟雾和蒸汽、羊肉和牛肉热乎乎的气息、甜饼和水果的浓郁滋味。湿答答的食物碎屑和蔬果皮从厨房的桶里被扔出来,一道浓稠的液体从中缓慢地流出,流到垃圾堆上。它黏湿不堪,长着点点霉斑。转角处积着一摊液体,鸟儿们飞了下来,降落到垃圾堆上。它们的喙干燥无情,它们的动作迅猛、生硬又突然。他们突然从丁香丛的树枝上或栅栏上猛扑了过去。它们窥见了一只蜗牛,于是衔着它的壳磕了磕石头。它们衔着蜗牛在石头上猛烈地敲击,似乎深谙其道。终于,壳破了,裂缝中流出了浓浆。它们又如一阵风刺向天空,发出短促的、尖利的鸣叫,它们栖落在树木高耸的枝丫上,轻蔑地看着身下的树叶和教堂的尖顶,看着乡间漫山遍野的白花,草叶摇动,还有那擂鼓一般地动山摇的海浪,扬起的波涛像一群披着羽衣、戴着头巾的战士。鸟儿们时不时齐声急促地鸣啭着,像山中奔流的溪水,交汇时的激端泛起白色的泡沫,接着便沿着原来的河道越来越快地流淌着,冲刷着沿岸宽厚的叶片。但溪水中一出现礁岩,它们就又飞散了。

太阳跃入室内,像一道道锋利的楔子,它碰触之物,皆被赋予一种极端狂热的兴奋。阳光下,盘子好像积满了水,变成了一个白色的湖;刀具变得面目狰狞,活像一把冰冻的匕首。突然间,平底玻璃杯好像在缕缕光线中站了起来。桌子和椅子浮现在水面上,仿佛先前沉没在水底一般。太阳光红色、橙色和紫色的薄膜包裹着它们,光鲜得像一枚枚熟透的水果。瓷器釉面的纹路，家具木头的纹理，地垫上的纤维变得愈发分明，像篆刻的一般。一切事物现在都没有影子了。一个绿色的罐子色彩极为浓郁，它的洞眼有种漏斗般深邃的坠落之感。随后，事物的形状逐渐显现，棱角变得分明。这是一张椅子上凸起的装饰，那是橱柜的大块头。光线逐渐增强，将一团团影子驱赶了出来。它们的形状错综复杂，但聚在一起，悬在布满皱褶的背景中。

"多么壮阔，又多么奇妙啊，"伯纳德说，"伦敦就躺在我眼前，她灯火闪耀，到处都是尖顶的教堂；圆形穹顶的建筑层出不穷，笼罩在这雾气之下。大型燃气罐和工厂烟囱守卫着这座城市。我们到来时，她还在沉睡着。而那些微不足道的事物，像蚂蚁筑巢时堆积的土包一样，都被她藏进了胸中。那所有的喊叫、哭泣、喧哗，都被轻柔地掩藏了，留在外面的只有一片安静。古罗马城也没有如此壮阔。我们此行就是专为这座城市而来的，但她母性一般的安宁和平静已经开始动摇了。一条条高垄密密匝匝地建满了房子,从薄雾中慢慢显现。一座座工厂、大教堂、玻璃圆顶的建筑、学院和剧院兀自耸立着。从北方开来的早班火车凝重地驶进它的站台,我们经过它时拉上了窗帘。当火车拖着行李咔嗒咔嗒地从车站呼啸而过时,一张张茫然又仿佛充满期待的脸凝视着我们。火车带起一阵风,他们把手中的报纸抓得更紧了,他们以为自己快要死了,但我们依然风驰电掣地行驶了下去,好像要在这座城市的侧翼爆炸一般,好像一枚炮弹击中一只沉闷、庞大又庄严的母性动物的腰窝。她哼着小曲儿,低语着,等待着我们的到来。

"此时,我正站在火车窗口往外看,产生了一种奇异的感受,因为幸福感是如此强烈(因为我订婚了),我觉得自己成了这速度的一部分,这缓缓驶入城市的火车的一部分,这也是有说服力的。乘坐火车的种种隐忍和默许都不再让我感到难受了。我亲爱的先生,我大概会对一位旅客这么说,您为什么坐立不安,急着把手提箱拿下来,把您戴了一整晚的帽子塞进去?毕竟我们做什么都无济于事呀。此刻我们所有人的愿望都是一致的,像在完成一场盛大的仪式一般，像坐在一只巨大的鹅灰色的翅膀上（这是一个美好、但平淡无奇的早晨），因为我们只有一个渴望——到达目的地。所以，我不想火车伴随着一声重击停下来。我和其他的旅客面对面坐了一整晚，形成了一种联结，我不想让它断开。我不想看到敌对和怨恨又重新开始支配一切，各种各样其他的欲望又开始复苏。与此相比，坐在这列疾驰火车上的所有人却都只有一个愿望，那就是到达伦敦市的尤斯顿火车站，这种状态是非常愉快的。但请注意，旅程现在结束了！我们的愿望已经实现了。火车已经停靠在了站台。人群仓促混乱起来，因为显然大家都想第一个穿过大门，进到电梯里。但我并不想做第一个，重新开始背负起生活的负担。自从星期一，她接受我求婚的那天起，我的每一根神经都开始充满一种对自身的认同感。就算我的牙刷放在玻璃杯里，要是不说一声'我的牙刷'，我仿佛看不见它似的。现在我想松开双手，把行李扔在地上，站在路旁，事不关己地望着那些公共汽车，我的心里没有一点欲望，也没有艳羡，如果还有什么事能让我产生一点兴趣的话，那大概只有对人类命运永无止境的好奇心了，但我此刻对它了无兴趣。我已经到达了目的地,她已经接受了我。除此之外,我别无所求。

"下了车之后,我像一个刚刚吃完奶的孩子一样心满意足。现在,我可以无拘无束、深深地沉湎在周遭的一切中,这亘古不变的芸芸众生中。(让我在这儿说一句,裤子是多么的重要啊,一颗聪明的脑袋要是碰上了一条破旧的裤子,也是会变得一头雾水、无法思考的啊。)我在电梯门口游移不定地徘徊着,看起来有些奇怪。是走这边,还是走那边,还是往其他方向?这个时候,我个体的独特性无疑就凸显出来了。他们都走了,他们都知道自己需要做什么,比如有一些不太想办的事情已经约好了时间,比如买帽子,诸如此类事情,令这些一度在火车上亲近相处的可人儿各奔东西了。可我呢,我没有目标,也没有志向。那就把自己交付给大众的意志,随波逐流吧。我的意识像一条流淌的浅灰色小河的水面,岸上有什么,它就倒映出什么。我记不住我的过去、我的鼻子,还有眼睛的颜色,或者有关我自己是什么的一些基本的看法。只有在一些紧急关头,比如在十字路口、马路边,保命的渴望才会突然映入我的脑海，让我赶紧止步，比如现在——正因如此我才没有撞上这辆公共汽车。我们似乎执念于活着，而当这个愿望被满足后，对周遭的漠然又降临了。交通工具的轰鸣声，还有那些来回穿梭的、毫无差别的面孔，把我拖入梦境，他们的面貌都被磨平了。人们或许都能从我的身体中穿过了，我发现自己此刻已经被时间困住、身陷其中了，那么这一天、这个时刻究竟是什么？车水马龙的轰鸣声也可以是任何一种喧嚣——森林间树木的嘶吼、野兽的咆哮。时间在它行进的轨道上迅速地往回缩了那么一两寸，我们的那一点点进展就被抵消了。我们其实是赤身裸体的，我们身上只不过覆着一层薄薄的、系扣子的衣服。在这人行道下，堆积着贝壳、骨骼，还有沉默。

"然而，我做的梦，我举棋不定的前行，也就是那些人们在水流的表面之下悄悄做出的尝试，都被一些知觉和感受搅扰、撕碎、刺痛、掐断——它们自然萌生，且与好奇心、贪婪和欲望无关，好像在睡梦中一样，不必对其负责，这是真的。（比如我觊觎那只包，诸如此类。）但不，我渴望走下去，对事物做更深入的探查，时不时运用我想象的特权去刨根究底，而不仅仅总是茫然地行动；去倾听大树枝丫的绽裂声、猛犸象的足音，那些来自远古时代的模糊声响；去让那些不可能被满足的欲望尽情地张开它豁达的双臂拥抱这个世界——茫然行动的人是无法做到这一点的。而当我走在路上时，我难道没有轻微地颤抖，意念发生奇异的动摇，一股怜悯之情油然而生，令我心神飘忽，去拥抱那些充满执念的人。那些瞪大眼睛打量别人的人和肤浅的游客，跑腿的男孩，还有那些探头探脑、东溜西逛的女孩们——她们并没有意识到自己无法逃脱的厄运，只是盯着商店的橱窗看。但我知道，我们的路途很短暂，朝生暮死。

"可事实是，我感到生命被奇异地延长了，我现在不能否认这一点。这是因为我可能会有孩子吗？好比撒出去了一把种子，让他们落入了更广阔的天地，而不会像我这一代——这为厄运所困扰的人群，在大街上、在无休无止的竞争中前攘后搡？以后的夏天，我的女儿们也会来到这里，我的儿子们会开创新的领域。如此这般，我们就不会像雨珠一样，一时半刻就被风吹干；我们让花园簌簌摇曳，让森林发出雷鸣电响般的咆哮;我们会不断地以新的面貌呈现,周而复始。这大概可以解释我的内心为什么如此安稳平静,充满自信,而不是从这大街上拥挤的人潮中突围,从人们紧挨的身体中挤出一条路来,伺机寻找安全的过马路的时机——那副面孔真是太骇人、太荒诞了。这并不是我自吹自擂,因为我的志向已被清空。我也不记得自己有何种天分、怪癖,或是其他的个人印记了;也不记得我的眼睛、鼻子和嘴巴长什么样了。此时此刻,我不是我自己。

"可你瞧,它又回来了。这持久弥漫的气味不可消除,一个人的人格但凡出现一丝裂缝,它就会偷偷钻进去。我此刻不是这条大街的一部分——不,我在观察街道,而这观察的时刻,意念就会分裂开来。比方说,一个女孩站在后街上等人,她等的是谁呢?大概是一段浪漫的情缘吧。那家商店的墙上安着一只小起重机,于是我想,那个起重机为什么要安在那儿?我又想象在六十年代的某个时候,一位衣着花哨、颐指气使的贵妇被她的丈夫满头大汗地从一架四轮马车里拽了出来。一个怪诞的故事,那就是了,我生来就会编造那些前所未有的好词佳句,借着一件事或者另一件事吹着浮华的气泡。随后，我会把这些词句随手甩开，开始让自己的思想变得更加复杂精密，区分自己不同的人格。我散步时，听到脑中有个声音在说，'看！快把那个记下来！'我设想，自己在一个冬夜被人召唤，让我讲一讲我所有遣词造句的意义——它包罗万象，会被人口耳相传，也算是我臆想完美的终结。但是，像这样在后街上的独白很快就会黯然失色。因为我需要一群观众。没有观众，我就会词穷。没有观众，我的最后一句话总是不能呼之欲出。我不能坐在肮脏的餐厅里，日复一日地点着同样的酒，把自己完全融入同一种酒中——它就是此生。我可以用我的词藻和字眼，在眼前营造出一个安置好家具的屋子，屋子里点着几十支蜡烛。我需要在别人的注视下才能造出这些辞藻来。我发现，只有在别人目光的启发和照耀下，我才能做我自己。所以，我不能十分地确信自己到底是谁。而一个真正的人，像路易、萝达，在孤独中反而更加完整。他们讨厌众目睽睽的场合、连篇累牍的文辞。他们的画像一经画好，就被他们迫不及待地扔到麦田里去了。路易的言辞结着厚厚的冰壳，仿佛被冻住了，只有寥寥数语,却精炼简洁,因而经久不衰。

"在我的神思经过这一段昏暗的时光之后,我希望可以在朋友们的注视下重新闪烁出多彩、耀眼的光芒。我已经穿过了一片暗无天日、令我思维停滞的地带。那是一块陌生的土地——在我对它进行宽慰、安抚的时刻,在我暂时忘掉一切、心神愉悦的时刻,一声叹息在我耳边响起,它从潮水中传来,有时又跟潮音相混合。潮水漫过了这个明亮的光圈,漫过了那了无生气的愤怒的擂鼓声。我已经有了极为平静的一刻。或许那就是幸福。现在,一阵刺痛感、好奇心还有贪婪(我饿了)把我拉回了现实,除此之外,还有做回自己的渴望。我想起了那些可以促膝长谈的人,路易、内维尔、苏姗、珍妮和萝达。在他们面前我是多面的,他们让我从黑暗中得到解脱。今晚我们就可以相见了,谢天谢地,我不要孤独一人。我们要一起吃饭,我们要向珀西瓦尔道别,他就要去印度了。现在时间还早,但我已经感受到远方朋友到来的前兆,他们的气息,还有他们的体态,已经像先驱者一般来到我面前。我看到路易的人格像雕塑般沉静凝重;内维尔的思想像剪刀般精准笃定;苏姗的眼睛像块明亮的水晶；珍妮总是如火焰般舞蹈着，火苗发散开来，把土地炙烤得干涸；萝达像山泉水泽的仙女，身上总是湿漉漉的。这些画面都美不胜收，但并不是真实的——我仿佛看到了这些不在我身边的朋友，它们是幻象，怪诞又膨胀，像一只水泡，只要拿脚一碰就会破掉。但是是朋友们，让我精神振奋，使我能够继续活下去，他们把这些幻象一扫而光。我开始对孑然一身的孤独有些厌倦了——它的褶皱裙摆悬在我眼前，把我捂得闷热，并不十分爽朗。哦，把它扔到一旁、振作起来吧！来一个人跟我说话吧，谁都可以，我不挑剔。在街上为人们扫地收取小费的人可以，邮差、这家法国餐馆里的服务生也可以，那位和蔼可亲的业主就更好了，他的和蔼可亲似乎是为某位贵客预留的——他正在为某位贵客拌沙拉，但到底是哪位呢，我问，他为何有此特权？他对那位戴耳环的夫人又说了点什么，她是他的朋友还是顾客？我一坐在桌旁，脑中的混乱、犹疑、揣测立刻活跃起来，拥挤在一起，十分诱人。一个个画面立即涌入了我的脑海，我简直要为自己如此文思泉涌感到不好意思了。我可以轻而易举地就将这里的每把椅子、每张餐桌、每个吃午餐的人都描绘得活灵活现。描绘万事万物的词藻像面纱一般笼罩着我的思绪,它哼鸣着,飘来跑去,哪怕是和服务生说一句有关葡萄酒的话,都会让它一触即发,像火箭一般势不可挡。它金黄的谷粒掉落在我想象力的肥沃土壤上,在那里生根发芽。这种文思泉涌是突如其来、出乎意料的——这才是与人攀谈、产生交集所带来的喜悦。在和一个不认识的意大利服务生结合之后——我变成了什么呢?这个世界从无稳定性可言。这个事物有什么意义,那个东西又有什么含义,是谁说了算?又是谁在那儿预设一个词会经历怎样奇妙的旅程?它就像一个游荡在树梢的气球一样,行踪不定。因此,谈论既定的知识是徒劳的,一切都是实验和冒险,我们永远都在和一些未知的事物发生交集。下一个要到来的是什么?我不知道。但当我放下玻璃杯时,却记得我订婚了,今晚我要和朋友们一起吃饭。我是伯纳德,是我自己。"

"现在是八点差五分,"内维尔说,"我来早了,我提前十分钟就坐到了桌边,为了享受这充满期待的每一秒。每当门被打开的时候,我就会问,'是珀西瓦尔来了吗?

不,他不是珀西瓦尔。'我说这句话时有一种病态的快感:'不,他不是珀西瓦尔。'我看那扇门开开关关二十次了,每一次,悬念都加深了。这就是他要来到的地方。这就是他将要坐的桌子。等会儿,他的身体就会在这个地方,虽然现在看来还不可思议。这张桌子,这些椅子,还有这个插着三枝红色花朵的金属花瓶都将焕然一新,变得不同寻常起来。当一个人期待着某件事情发生时,房间的弹簧门、堆放着水果的桌子,都会呈现出一种摇摆不定、不真实的面貌。周遭的事物颤抖起来了,好像不是真实存在的一般。桌布白茫茫的,十分刺眼。其他用餐者的敌意和漠视压迫着我。我们看看对方,发现彼此并不认识,互相瞪一眼,然后移走彼此的目光。这眼神如同鞭笞,我感受到了他们内心世界的残暴和冷漠。如果他不来,我是无法忍受的,我该走了。但是现在,一定有谁正在见他。他一定是在出租车里,路过一些商店。每分每秒,他都似乎要突然闯进这房间一般,走到这刺眼的光线下,在这强烈的存在感中,让事物丧失它们本来的用处——这把刀刃似乎只是一道光,而不是用来切东西的。标准正在被废除。

"门一直打开着,但他就是不来。路易犹豫地站在那里,他身上的笃定和怯懦奇妙地混合在一起了。他进来时在穿衣镜前照了照镜子,摸了摸头发,对自己的形象并不满意。他说,'我是一个公爵——古老族裔的最后一个传人。'他尖酸、多疑、跋扈、难相处(我在拿他和珀西瓦尔做比较呢)。他同时也是个难对付的人,因为他的眼睛里总是含着嘲笑别人的神情。他看到我了,他走过来了。"

"苏姗也在这里,"路易说,"她没有看到我们。她没有盛装打扮,因为她鄙视伦敦的虚荣。她在弹簧门那儿站了一会儿,打量着自己,像打量一只被灯光照晕了的动物。现在她过来了,她的步态活像只悄没声息但又自信的野兽(即便她穿行在桌椅间)。她仿佛是在靠直觉认路一般,在这些小桌子间来回穿梭,但没有碰到任何东西,对服务生也视而不见,径直走到角落里我们所在的桌边。而当她看到我和内维尔时,脸上突然浮现出一种确认感,好像找到了她要找的人似的,但这表情把我们吓了一跳。得到苏姗的爱,就好比被鸟锋利的喙刺穿,被钉牢在谷仓的门上。但我有时候希望能够被矛枪一般的利喙穿透,钉在谷仓的门上,永远地在那里,我很确信。

"现在萝达趁我们没注意,不知从哪儿蹦出来了。她的行进路线一定曲折复杂,一会儿跟在一个服务生后面,一会儿躲在一根装饰柱身后,这样,她就可以尽量推迟和我们相认时的激动了;这样她就有多一刻的时间来摇晃她盆子里的花瓣了。我们唤醒她,我们折磨她。她畏惧我们,她藐视我们,但还是畏畏缩缩地来到了我们身边,因为尽管我们对她残忍,我们之中总还有一个人的名字和脸庞给她带来了巨大的欢乐,照亮她的道路,给她实现梦想的机会。"

"门开了,门开关不停。"内维尔说,"但他还是没来。"

"珍妮也来了。"苏姗说。"她站在门口。一切似乎都静止了。服务生停下了手里的活儿,餐桌上的食客都朝门那儿望去。她似乎成了一切事物的焦点,一张张桌子,一道道门,一扇扇窗户,还有天花板,都主动环绕着她排列起来,散发出光芒,像一面被打破的玻璃上散布在小孔四周的辐射状的裂纹。她把所有事物的注意力都集中到一点上,使它们秩序井然起来。现在,她看到了我们,走了过来,所有交会的目光也跟着波动起来,像海浪一样,流过我们的头顶,掀起了一轮新的关注浪潮。我们因她而发生改变了,路易摸了摸他的领带;内维尔正极为焦虑不安地等待着,并紧张地把面前的叉子摆正;萝达看见她觉得非常惊讶,好像看到了远在天际的亮烈火光;而我呢,虽然我的脑海中堆满了潮湿的草莽、润泽的田野,雨打屋檐的声音、冬天强劲的朔风卷过房子的声音也在我脑海中回荡,裹挟起我的灵魂免受她的侵害,但我还是感受到了她的轻蔑在我四周窃窃地游荡,她的笑声卷起了火舌,在我的周围徘徊,毫不留情地点燃了我寒酸的裙子、我方形的指甲。我赶紧把它们藏到了桌布底下。"

"他还是没有来。"内维尔说。"门一直开着,但他就是不来。那是伯纳德,他脱下外套,毫无保留地露出了腋窝之下的蓝衬衫。然后,和我们其他人不一样的是,他根本没用手推门就直接闯了进来,仿佛不知道里面是一屋子陌生人似的。他也没朝镜子里看一眼,他的头发乱七八糟的,但他根本不知道。他丝毫没有觉察到我们和其他食客有什么不同,也不知道该来这张桌子。他站在那儿,犹豫起来,不知道该往哪儿走。那个人是谁?他自问道,那个穿着演歌剧用的斗篷的女人他好像似曾相识。他和谁都似曾相识,但不了解任何一个人(我又拿他与珀西瓦尔做比较了)。但现在,他似乎察觉到我们的存在了,好心肠地向我们挥了挥手,像致敬一般;他努力地表现出他仁慈的一面,充满人性的关爱(我这么说是想佐以'人性关爱'无用论这个笑话)。珀西瓦尔还没有来,令这一切都显得虚幻不实,要不是因为他,我应该像大伙儿一样,早就觉得现在是我们的节日了;现在,我们又聚在一起了。但珀西瓦尔没有来,这一切仿佛摇摇欲坠。我们是晦暗的轮廓、空洞的魅影,像雾气一般飘忽不定,没有背景的衬托。"

"弹簧门还在不停地开关,"萝达说,"陌生人不断地进来,那些我们永不会再见的人。人们擦肩而过,有些人过于亲近,有些人又极其冷漠,他们的神情仿佛在说世界抛下了我们依然在继续转动,这让人觉得很不舒服。我们不能就此在人群中销声匿迹,我们不能忘记自己的容貌,即便是像我这样没有面孔之人——当我走进来时,别人会无动于衷(苏姗和珍妮会让人为她们驻足,面露欣喜之色）——而我东躲西藏，飘忽不定，从不在一处长久流连。我无法维持自己的留白，一种连续的存在，或者说一堵高墙，抵挡那些走来的人群。这都是因为内维尔和他的悲伤，他痛苦而尖锐的呼吸声把我搅扰得心烦意乱，任何事物都变得无法安定、无法平息了。每次开门时，他都目不转睛地盯着桌子——因为他不敢抬眼看——然后抬起头来晃了一眼说，'他还没来。'但现在，他终于来了。"

"现在，"内维尔说，"我的花树开花了，我的心又欢欣地振作起来了。所有的压抑都得到了释放，所有的障碍都被移除。这片肆虐的混乱终止了，他让秩序重新降临，刀具又恢复了它切割的本能。"

"珀西瓦尔来了，"珍妮说，"他并没有特意打扮。"

"珀西瓦尔来了，"伯纳德说，"他正在捋头发，但不是出于要面子（因为他没照镜子），而只是为了让自己看起来更得体。他是因循保守的，他是个英雄。小男孩们成群结队地跟在他身后穿过操场。他擤鼻涕的时候，他们也跟着擤鼻涕，但都不如他那般迷人，因为他是珀西瓦尔。现在，当他即将离开我们去印度的时候，所有这些记忆中的琐事都一起浮现了。他是个英雄,是的,这无须否认。当他坐到苏姗身边时——他爱她——这个气氛达到了它的高潮。我们之前还大呼小叫,像一群豺狼一样互相撕咬打闹,现在他一到来,我们即刻沉着冷静起来,像士兵见到了长官一般。我们这一群年轻人中,最年长的还没有二十五岁。之前,我们各奔东西,互不见面,每个人都像急于表达自己的鸟儿一样,独自歌唱,带着残忍无情、近乎野蛮的年轻人的狂妄,敲着自己的蜗牛壳,直到将它砸得碎裂(我也参与过);抑或独自栖息在卧室的窗外,歌唱着爱情,或者名利——这些羽翼未丰、嘴上还长着黄色茸毛的小鸟儿所珍爱的个人经历。现在,我们的关系变得更加密切了。我们栖落在这家餐馆中,彼此之间挪坐得更近了,我们每个人的兴致各不相同,窗外川流不息的人潮分散着我们的注意力,令我们不快。镶着玻璃的大门永远开关不停,对我们施以无数的诱惑,挫伤我们的自信——但我们坐在这儿,爱着彼此,并相信我们可以长久相处下去。"

"现在,让我们从孤独的黑暗中走出来吧。"路易说。

"现在,让我们直截了当地说出内心的想法,"内维尔说，"我们相互孤立的时代已经结束了，我们的准备也已经完成了。那些偷偷摸摸、遮遮掩掩的日子，在楼梯上泄露秘密、充满害怕和狂喜的时刻，都已经一去不复返了。"

"康斯特布尔太太举起了她的海绵，把温暖的热水浇灌在我们身上。"伯纳德说，"更衣时，我们裹着的浴巾和皮肤相互摩挲。"

"街边的小混混和帮厨女佣在厨房花园里做爱，"苏姗说，"在被风吹得翻飞的晾晒衣物中间。"

"风的气息像一只老虎在喘气。"萝达说。

"躺在沟渠里的男人被划开了喉咙，他面色铁青。"内维尔说，"上楼时，我想到那些面目森怖的苹果树上僵硬的银白色树叶，无法抬脚迈步。"

"没有风，但树篱里的叶子在跳舞。"珍妮说。

"在烈日灼烧的角落里，"路易说，"花瓣在深色的绿影中游泳。"

"在埃弗顿，园丁们拿着大扫帚不停地清扫着花园，一个女人坐在桌边写信。"伯纳德说。

"当我们重逢时，"路易说，"我们像从这个紧紧攒起的毛线球上抽丝剥茧一般回忆着什么。"

"然后,"伯纳德说,"马车就来到了家门口接我们去上学了。我们紧紧地压着新买的圆顶帽子,遮住眼睛,企图隐藏怯懦的眼泪。我们驱车穿过街道,连做杂务的女佣都看着我们。箱子上用白色字母印着我们的名字,仿佛在昭告全世界我们要去上学了。箱子里装着编好了号的袜子和衬裤,我们的妈妈提前几晚在上面缝了我们名字的缩略首字母。这仿佛是我们和母体的第二次断绝。"

"学校里,朗博小姐、卡廷小姐和巴德小姐,"珍妮说,"这些有威严的女教师们主宰着所有的事物。她们的衣服上有一圈白色的立领,面色铁青,高深莫测,戴着的紫水晶戒指像一支贞洁的白色蜡烛一样摇曳着,反射的光线像萤火虫一般在法语书、地理书和算术书上飞舞。学校里还有地图,铺着绿色粗呢布的餐桌,架子上放着一排排鞋子。"

"闹钟准时响起,"苏姗说,"女佣们扭打成一团,咯咯地笑。油地毡上,椅子不停地被拖来拖去,发出摩擦声。但从阁楼看出去,可以看到蓝天、田野,光景迢迢,丝毫没有受到这里的污染,没有这里的严格管理和其他虚幻的存在。"

"面纱从我们头顶降下,"萝达说,"我们手捧着花环,它绿色的衬叶簌簌作响。"

"我们的面貌改变了,变得认不出来了,"路易说,"在这些多变的光线的照射下,我们的本来面目断断续续地显露出来了(因为我们每个人都如此不同),它们剧烈地突显在表面,一小块、一小块的,中间隔着渺茫的虚空,好像一些酸涩刺鼻的液体不均匀地洒落在盘子上。我是这一小块,内维尔是那一小块,萝达又不一样,伯纳德也大相径庭。"

"那一叶小舟从秋日些许发黄的柳枝中悄悄游过,"内维尔说,"伯纳德用他那一贯消遣的步伐从这大片大片的绿荫下、从这一带亘古的房子前走过,在我身旁被一个小土丘绊倒了。我的心头一阵情绪翻涌——比秋风更肆虐,比闪电更急促——我拿起诗稿,扔了出去,砰的一声关上了背后的门。"

"我呢,"路易说,"却见不到你们了。成日坐在办公室,一天天撕着日历纸,和一批船舶经纪人、谷物零售商和保险精算师们打交道,告诉他们十号星期五,或者十八号星期二已经在伦敦降临了。"

"现在,"珍妮说,"万众瞩目之下,萝达和我都穿着亮闪闪的连衣裙,脖子上戴着的项链上嵌着几颗宝石。我们向人们行礼、握手,微笑着从盘子里拿起一块三明治。"

"老虎往前跃了一步,世界的另一端,燕子的翅膀在黑暗的水塘上轻轻掠过。"萝达说。

"但现在,我们又在一起了,"伯纳德说,"就在此时,就在此地,我们重聚了。是一种深厚的、共同的情谊使我们能够如此恳切地聊着天,倘若要为这种感情起个应景的名字,不如叫它'爱'吧?'对珀西瓦尔的爱',因为他要去印度了?

"不行,这个名字太狭隘,太单一了。我们无法将此刻广阔的、磅礴的情感都倾注到这一个字当中。我们从天南地北聚集到这里(苏姗也从她家的农场过来了,路易也从他工作的事务所抽身前往了)——这才有了这次聚会,虽然它是短暂的——但又有什么是长久的?——人们又可以同时见到不同的老面孔了。那个花瓶中有枝康乃馨,当我们坐在这儿等人的时候,它只不过是枝孤零零的花,但现在它变成一朵真正完整的花了——繁厚的花瓣分为七褶,绛紫的颜色,好像一片紫色的影子,叶片涂着银粉,让它看起来很单纯——是众人的目光成全了这枝花。"

"在经历了反复无常的热情和青春那糟糕透顶的无聊之后,"内维尔说,"现在我们的注意力转移到了真实存在的事物上,这餐桌上躺着一对刀叉。世界真正呈现在我们眼前,我们也真正地呈现在彼此眼前,这样我们才能畅快地聊天。"

"我们之间的差别若用语言来解释或许会太过深奥,"路易说,"但让我们试一试吧。我进来的时候,拿手捋了捋头发,把它弄得平滑,因为我希望看起来能跟你们一样。但是我不能,我不可能和你们其中任何一个人一样。我已经存活了一千年,我每天都从坟墓中重新爬出来——重现天日。数千年前的妇人们堆起的沙丘里有我的遗迹;那时,我听到尼罗河边的歌声和被链子拴住的野兽的顿足声。现在,坐在你们面前的这个人,路易,只不过是那过去的辉煌灰飞烟灭后的一堆黄土，繁华落尽时蜕下的躯壳。我曾是阿拉伯王子，看我的体态多么雍容而随和；我曾是伊丽莎白时代的一位伟大的诗人；我曾是路易十四宫廷里的一位公爵。我孤高傲世，自命不凡；我的欲望不可估量，让女人们发出同情的叹息。我今天没有吃午餐，这样苏姗就能看到我形容枯槁的样子，珍妮也会对我施以她得体的同情。我钦慕苏姗和珀西瓦尔，但憎恨其他人，毕竟像捋头发、掩饰自己的口音这些古怪又可笑的行为是为了他们而做的。我是个咔哧咔哧啃着坚果的小猴子，你们就是那些打扮得土里土气、拎着亮闪闪手提包的女人——包里装着长了霉的面包；我是被囚困在笼子里的老虎，你们呢，就是那手拿烧红烙铁的饲养员。我拥有比你们更强健的体魄、更锋利的爪牙，但我这从经年累月无足轻重的生活中爬出来的鬼魅却要成日活在恐惧中，唯恐你们笑话；这鬼魅在黑压压掀起的尘土中随着摇摆不定的风暴改变着自己的方向，竭力把我刚看到的海鸥和牙齿不整齐的女人、教堂的尖顶和那宽边低顶的礼帽写成一首诗，让它读来像一枚钢环一样干净漂亮——看到那些礼帽时，我正吃着午餐，把我的诗集——可能是卢克莱修①的诗?——靠在那个装调味料的小盒子旁,还有那张被肉汁浸淫了的菜单。"

"但你们绝不会恨我的,"珍妮说,"就算在一个摆满镀金椅子、站满使臣的房间,你们若不穿过房间来到我身旁,寻求我的同情,就永远不会看到我。当我进来的时候,一切都静止了。服务员忘了手中的活计,食客们的叉子停在半空中,可我早就料到、司空见惯了。我坐下的时候,你们或摸了摸领带,或把双手藏到了桌子底下。但我什么也没有隐藏,我做好了准备。每当门打开时,我的内心都会呐喊'再多来些人吧!'我能想象到的只有身体,对于我身体近旁这个圈子之外的地方,我的想象力是匮乏的。身体是我的先行者,就像黑暗的车道上的一盏灯笼,在暗夜中把一个又一个东西圈进它的光环。我让你目眩神迷,我让你相信这就是全部。"

"但当你站在门口时,"内维尔说,"你把这静止的

---

① 卢克莱修曾写道:"灵魂若在出生时钻入体内,为什么我们对前世没有一点记忆? 为什么过去的行为没有一点痕迹?"

时空搅乱了。你要别人向你投来钦佩的目光,这是我们产生自由交集的一个很大的障碍。你站在门口,让我们都注意到了你。但你们所有人都没注意到我的到来。我早就来了,疾步走了进来,一点儿也没磨蹭,到这里来,为了坐到我爱的人旁边。我的生活直截了当,这是你们所匮乏的。我像一只猎犬,四处嗅着气味,从黎明开始狩猎,直到黄昏。在沙丘中穿行、追求完美,或是追名逐利,对我都了无意义。任何事物对我来说都没有意义。我会功成名就、家财万贯,但永远不会得到我想要的,因为我没有优雅的体态,因此也缺少某种勇气。我的思维过于敏捷,和身体太不相称了。我在抵达终点之前就失败了,倒下了,倒在了一堆潮湿的、乌漆麻黑的污秽中。在生命的危机里,我会唤起别人强烈的怜悯,而不是爱。这让我感到十分痛苦,但我的痛苦并不会像路易那样,令他举止怪异,遭人嘲笑。我对事物的体察太过细腻,那些掩人耳目,矫揉造作的小动作,我是不会做的。我可以把每件事都看得一清二楚——除了一件事,那就是我的财富,那永远让我感到痛苦的东西。它使我即便在沉默的时候也能够支配他人。因为某一方面,我被迷惑了,虽然和我在一起的人总是在变,但他们的欲望却不会变,早上的时候,我不知道晚上谁会坐在我身边,所以我从不会停滞不前。我从最困难的处境中站起身来,翻转着,改变着。我的身体延展开来,肌肉像一片片缀起的铠甲,抵御一块块小卵石,令它们弹开去。在这种追求中,我将慢慢老去。"

"如果我能相信,"萝达说,"我会在追求和变化中老去,我的恐惧会消散,没有什么东西是持久的,此时并不会导致彼刻。门打开了,老虎一跃而入。你们没看见我进来,因为我围着椅子绕了一圈,来躲避我心中一跃而入的恐惧。我害怕你们所有人,我害怕这种情感朝我扑来时带来的惊恐,因为我不能像你们那样对付它——我无法把此刻和下一刻相融。对我来说,它们都是暴烈的,都是互不粘连的;如果此刻的惊恐扑倒了我,你们就会控制我,把我撕碎。我的眼里没有目标,我不知道该如何度过这每一分钟、每一小时,让它们自然而然地流过,形成你们口中的生命,一个不可分割的整体。你们眼中有一个目标——比如说,可以是坐在身边的一个人,一个想法,或者变得美丽?但我并没有这样的目标——你们的时间和日子就像一只猎犬追逐着气味时,森林里的枝丫和青葱的树木在身旁飞驰。但对我来说,没有一丝气味,没有一个人能让我这样追寻。我也没有面庞。我就像那疾卷过海滩的泡沫,就像那月光,箭一般地射到这锡罐上、洒落在海冬青披着铠甲般狭长的花瓣、一块骨头或者一艘被海浪侵蚀了一半的小船上。我回旋着坠入幽深的洞穴,纸片一般飞入无尽的走廊,我要使劲扒着墙壁才能拽回我自己。

"与其他任何事物相比,我最渴望尘埃落定,有所依靠。所以,当我们上楼时,我有意落在珍妮和苏姗之后,假装眼里是有目标的。我看见她们穿袜子时,也拉上自己的长袜。我会等你先开口,然后像你一样说话。我现在横穿伦敦,来到这个特定的地点、特定的位置,并不是为了来看你,或她,或他,而是为了在你们这群人中点燃我的生命之火——你们的生活是一个整体,不可分离,火光烛天,而且无忧无虑。"

"当我今晚走进房间时,"苏姗说,"我停了下来,像一只眼睛贴近地面的动物一样,左右凝视着。地毯、家具的气味和香氛都使我作呕。我喜欢独自走过潮湿的田野,或驻足在家门口,看着我的长毛猎犬原地打转,然后问'野兔在哪里?'我喜欢和那些手里拈着药草的人在一起,他们朝炉火里吐口水,穿着拖鞋蹭着脚走下长长的过道,像我的父亲一样。在所有格言中,我所能理解的,只有出于爱、恨、愤怒和疼痛的呼喊。所以我们相聚时的谈话,好比褪下一位老妇人身穿的礼服,看到她渐渐羞红的身体,长满皱纹的大腿,松弛下垂的乳房——而她的礼服已经成为她身体的一部分。静默无言的时候,你们就又开始重现美丽的一面。除了那些无须刻意经营就能得到的幸福,我什么都不要;只要有它,我就几近满足。疲倦的时候,我就上床睡觉。我要像那一年四季轮作的田野一样,盛夏里,暑气在我上方徘徊;冬日里,我的土壤在严寒中冻裂,但寒来暑往,都不是我的意志可以决定的。我的孩子们会把我的生活驱赶向前,他们长牙、哭泣,他们上学、回家,好像我身下起伏的海浪,每天都隆隆地翻腾着,没有一天停歇。我伏在四季的背脊上,它将我高举,高过你们中的任何一个。当我死去的时候,我所拥有的比珍妮和萝达还要多。但当你们和别人谈天说地,眉开眼笑、低头莞尔之际,我却闷闷不乐,怒形于色,脸气得发紫。我对母性充满热忱——她充满野性且美丽——但遭人贬损,被人说老掉牙。我会不择手段地扶持我孩子们的社会地位,让他们获得成功;要是有谁看到了他们的缺陷,我就会憎恨他们;我会用卑鄙无耻的谎言来庇护他们。如此,他们就会将我和你、她和他隔绝开来,但与此同时,我也会被嫉妒撕裂。我恨珍妮,因为她让我的手烧得通红,指甲也惨遭咬啮。我对爱的投入如此狂热,我爱的人一旦流露出一丝要逃跑的言语,那简直要了我的命。他逃跑了,徒留我紧紧地抓着一根线,在树梢的叶间滑进滑出。我无法了解那些言辞的含义。"

"如果我不是生来就知道,"伯纳德说,"我是这样一个说起话来滔滔不绝的人,谁知道我会成为一个什么样的人呢。但凡所到之处,我都会寻找可以连成一串的故事。我无法承受孤独的重负。如果我无法看见语句和辞藻像一个个烟圈一样蜷曲,在黑暗中将我环绕——我就什么都不是。当我独自一人的时候,我的思绪迟缓又愚钝,在炉格的栅栏间捅煤渣,没精打采地自言自语,说莫法特太太会来的，她会过来把它全部打扫干净的。路易一个人的时候目光如炬，他会写下一些文字，在我们死后依然流传。萝达喜欢独自一人，她害怕我们，因为个人的存在感在孤身一人时极为强烈，而我们却会将它打破——你看她抓起叉子的样子——那就是她对抗我们的利器。而水管工、马贩子，或是随便什么其他人对我说几句话，就能将我点亮，只有在这个时候，我才能感受到自己的存在。然后，我言语的烟圈就会优雅地升起，在空中招摇、落下，落在红通通的龙虾和黄澄澄的水果上，把它们编织成一个美丽的花环。但这些看似光鲜的句子实则多么俗不可耐啊——它们实则东躲西藏，撒着一些老旧的谎。因此，我性格中的一部分在别人的驱使下才能存在，它并不是我自己的性格，这和你们不一样。有一些致命的性格特征在削弱我自身的人格，它们像一些游走的、流淌着银色汁液的叶脉，没有规则的形状——就是它，令我曾经在学校时经常离开内维尔，让他感到愤怒。我和那些戴着便帽、徽章，吹着牛皮的男孩们一起坐马车去打球；有时又和他们一起用晚餐，穿着准确得体，然后再一起去音乐厅。我很喜欢他们，因为他们给我确信无疑的存在感,就像你们所感觉到的一样。因此,当我离开你们,当火车开始行进的时候,你们会觉得在动的不是火车,而是我;你们会觉得我不在乎离别,也没有感情,也没有车票,或许还丢了钱包。苏姗盯着桦树叶子里滑进滑出的那根线,喊道:'他走了!他从我身旁逃走了!'但本来也没有什么是我们可以牢牢抓住的。我一直不断地被创造、被重塑。不同的人会引导我说出不同的话。

"因此,今晚我想和五十个人坐下来倾心交谈,而不只是一个人。但是你们中再没有一个人像我这样,既无拘无束,又不至于太过随意任性。我既不鲁莽,令人生厌;也不势利,谄上傲下。如果我面临社会的压力,我精巧的言辞总能将一些难以理解之事解释得令人信服,取得成功。看看我的这些小把戏,它们瞬间就无中生有地冒出来了,多么令人愉快啊。我也不是一个囤积者,把好东西全部偷偷藏起来——我百年之时,只会留下一柜子旧衣服——那些让路易饱受折磨、不足为道的虚荣,我几乎从不在意。但我也牺牲了不少。我的血脉由铁和银铸成,浑身散布着泥淖绘成的花纹,所以我的身躯是不会被那些不需要外界刺激就能紧握的拳头所把控的。我不像路易和萝达那样懂得拒绝，那是他们勇毅的体现。即便在谈话中，我也永远不会成功地说出一句完美的话。但我对于这流逝的时间所做出的贡献比你们中的任何一个都多；我要去往不同的房间，更多的、互不相同的房间，比你们任何一个人去过的都多。但我会被你们遗忘，这是由于某个外界声音的干扰，而不是你们内心的声音。当我沉默不言时，你们就会忘记我，只会依稀记得曾经有个回声，把水果都变成像花环一样令人回味的文辞。"

"看，"萝达说，"听。看那光芒如何一秒一秒变得更加饱满，开放的花朵和熟透的果实举目皆是；当我们环视这个摆满桌子的房间时，我们的目光好似在拉上那些五颜六色的帘子，红的、橙的、棕黄的，还有一些奇怪的看不清的斑驳色彩，它们像面纱一样在餐桌后面合拢，一件件事物都融合到了一起。"

"是的，"珍妮说，"我们的感官拓宽了。脑膜、神经纤维网原本洁白、绵弱无力，现在，它们聚拢在一起、四散开来，像细丝一样漂浮在我们周围，使空气变得有形，可以从中听到一种遥远的、前所未闻的声音。"

"伦敦的轰鸣声,"路易说,"环绕在我们周围。汽车、马车、公共汽车,一辆接一辆地驶过,毫不停歇。所有的声音都融入了一个巨轮的声响中。所有个体的声音——车轮声、钟声、醉汉的哭嚎、欢乐的呐喊——都被搅在一起,汇聚成同一个声音——钢青色的、屈曲盘旋着。接着,希腊神话中的海妖塞壬向航行中的水手们唱起了魅惑的歌,所有的海岸都退散无踪,烟囱缩回了它们的脑袋,轮船奔向开阔的远海。"

"珀西瓦尔要走了,"内维尔说,"我们围坐在这儿,灯光明亮,周围色彩丰富,各种各样的东西——手、窗帘、刀叉,其他来吃饭的人——都互相碰撞着。我们被这些东西包裹在这里,但印度却是在这之外的世界。"

"印度浮现在我眼前,"伯纳德说,"我看到低洼、狭长的海岸;我看到蜿蜒曲折的小道覆着被人踩过的泥土,在一群摇摇欲坠的宝塔中迂回穿梭;我看到那些镀金的、楼顶带着雉堞的建筑,呈现出一股孱弱的颓靡之气,好像那些东方展览中临时搭建的楼阁一样。我看见一对小公牛在阳光炙烤的路面上拖着一辆低矮的车,略微有点左摇右晃。一时间,牛车的一只轮子卡在了车辙中,无数个裹着缠腰布的当地人蜂拥跑来围观,兴奋地叽叽喳喳说着闲话,但他们都袖手旁观。时间似乎没有尽头,任何意志都徒劳无用。在场的人都笼罩在一种人算不如天算的感慨中,空气中弥漫着一股奇怪的酸味。一个沟渠里的老人继续嚼着槟榔,陷入沉思。但现在,看哪,珀西瓦尔进入了视线,他骑着一匹饱受跳蚤咬啮的母马,戴着太阳帽。他运用了西方的原理,言辞一如既往的激烈,不出五分钟,那辆小牛车就从车辙里被拉了出来。这个东方的疑难杂症就此解决了。解决完这件事之后,他继续骑马前行,一大群本地人簇拥着他的坐骑,仰望着他,仿佛他是神灵一般——他的确是一尊神。"

"不为人知,有没有秘密,这都不要紧。"萝达说,"他就像一块掉进池塘里的石头,一群小鱼在水里环游。我们就像这些小鱼一样,一会儿往这边闪动,一会儿向那边俯冲,但在他进来时都冲到了他的身边,把他围起来。我们像鱼群看到石头被扔了进来一般,随波起伏,环游着,感到心满意足。安逸悄悄地控制住了我们。金子流淌在我们的血液里。一下,两下;又一下,又两下;心脏静谧、自信地跳动着,让我们恍惚之间觉得生活就会这么一直幸福地过下去。命运如此和善,让我们感到狂喜;看啊——在大地的最外沿——有一些暗淡的影子从最远处的地平线上升起,其中就有印度的影子,它逐渐浮现在我们的脑海中。这个在我们的意识中本来已经枯萎的世界现在重新变得丰满起来,有关这偏远省份①的遥想又被我们从黑暗中拾起。我们眼前出现了泥泞的道路,曲折的丛林,一窝一窝的人,还有以臃肿腐烂的尸体为食的秃鹫——这个让我们引以为豪、物产丰盈的省份。珀西瓦尔独自骑着一匹饱受跳蚤咬啮的母马,沿着一条幽僻的路前行着,让手下在荒凉无人的森林里扎营,然后独自坐下,凝望着那些巨大的、绵延的山脉。"

"这个人就是珀西瓦尔了,"路易说,"微风轻轻地将云吹散,一会儿复又合拢来,草叶簌簌作响,像人咯咯的笑声,他沉默地坐在其中。这个画面不禁令我们发觉,

---

① 《海浪》成书于1931年,时年印度仍为英属殖民地,分为十三个省。

那些'我这么觉得，我那么觉得'的言语都是虚假的。我们现在的聚会就像一个人四散的身躯、灵魂聚集起来一样。因为恐惧，有些东西我们未曾料想到；因为虚荣，有些东西被篡改了。我们试图强调我们的不同之处，我们渴望彼此分离，所以着重强调了我们的过错和特质。但现在，在我们下方，有一根链条像涡流一样，在一个钢蓝色的圆圈中不停地、婆娑地旋转着。"

"这是恨，这是爱，"苏姗说，"这就是那条愤怒的、墨黑色的河流，如果我们朝下看，就会头晕目眩。我们站在峭壁突出的岩石上，如果往下看，就会感到眩晕。"

"这是爱，"珍妮说，"这也是恨，这就是苏姗曾经在花园里看到我亲吻路易时的感受，因为我如此美貌动人，所以当我走进时，她会觉得'我的手烧红了'，而把它们藏到桌下，但我们的爱恨几乎没有分别。"

"我们在这条咆哮的河水上搭起了颤颤巍巍的平台试图立足，"内维尔说，"但即便这样，这咆哮的河流也比我们站起身、想说话时发出的那看似狂野实则羸弱、无足轻重的呐喊更加稳固。我们相互争论着，一句一句、断断续续地叫喊着这些虚假的话,'我这么觉得,我那么觉得!'言语本就是虚假的。

"但我也会吃点东西。当我吃东西时,我可以忘却所有的知识细节,任凭食物操控自己。我大口大口地吃着美味的烤鸭,和蔬菜精心搭配在一起;接着,一道道珍馐轮番而至,我的味蕾触碰到了一阵阵温暖、妥帖、甘甜、苦涩,它们沿着食道滑进我的胃里,它们让我感到安稳。我很平静,仿佛被什么控制了一般,被牢牢地锁在地面,然后一切都变得稳固了。出于本能,现在我的味蕾想要尝一尝甜蜜、轻盈的东西了,一些含糖、入口即化的东西;还有清凉的酒,它恰好可以安抚我上颚颤抖的纤细的神经,把它变成一个圆顶的洞穴,爬满长着绿色叶子的藤蔓,结着紫色的葡萄,弥漫着麝香的气味。现在,我就可以四平八稳地注视着身下这个湍急的、冒着白泡的激流了——但我们该给它起个什么名字呢?让萝达说吧。我在对面的镜子里看到了她脸庞模糊的倒影,她摇晃着棕色盆子里的花瓣的时候,我打扰了她,问她伯纳德偷走的那把小刀在哪里。爱对她来说并不是个旋涡,她往下看时也并不头晕。她从我们的头顶眺望远方，望得很远，远过了印度。"

"是的，我从你们的肩膀之间、头上望去，看到远方的一片土地，"萝达说，"那是一片盆地，四周似被刀削斧砍的山峦的峭壁像鹘鸟折起的羽翼。在这片狭小但坚固的地面上，有一些深色叶子的灌木丛。在它们的暗影中我看见了一个白色的东西，不是石头，它在动，可能是个活物。但它不是你，不是她，也不是他；不是珀西瓦尔、苏姗、珍妮、内维尔和路易。它白色的手臂放在膝盖上时，整个看上去是一个三角形，它又直立起来了——像一根柱子；现在它变成了一个喷泉，水花四处散落。它没有做什么动作，也不招手，也没有看到我们。它的背后是大海在咆哮。那不是我们能够企及的地方，但我还是冒险走到了那里。我要到那里去填补我的空虚，让我的夜晚变得更长，填满一个又一个梦境。但即便在此时此刻，我也可以一下子走到那个东西近旁，对它说'别再徘徊了，所有其他的东西都是试验、一场虚幻的自我欺骗，只有这里才是终结。'但这些朝圣般的旅途，这些离别的时刻，总是在你的面前开始的，从这张桌子这儿开始的，从这些灯光下开始的，从珀西瓦尔和苏姗的近旁,从此时此地开始的。从你们的头上、肩膀之间,或者当我在一个聚会中穿过房间,从窗口俯瞰下面的街道时,总能看到那片茂密的丛林。"

"但他拖鞋的声音呢?"内维尔问道,"还有他在楼下大厅里的说话声?当我们看到他时,他却看不到我们其中的一个?有人等他,他却不来。他迟到得越来越晚,他已经忘记了,他此时正和别人在一起。他是不忠的,他的爱毫无意义。哦,这多么让人痛苦——然后让人感到无法忍受的绝望!然后门就打开了,他来了。"

"我浑身像金色的水波一样舞动着,对他说'来吧',"珍妮说,"然后他就过来了。他穿过房间,来到我坐的地方。我的裙子像面纱一样,充盈着空气,搭在镀金的椅子上。我们的手彼此碰触,我们的身体爆发出烈火。椅子、茶杯、餐桌——无不被点亮。所有的一切都在颤抖,都被点燃,照得毫发毕现。"

"萝达,你看,"路易说,"他们像两只夜行动物,像着了魔。他们的眼睛就像飞蛾的翅膀,因为扑扇得如此之快,仿佛纹丝不动。"

"圆号和小号吹响了,"萝达说,"蜷曲的叶片舒展开来,牡鹿在茂密的灌木丛中鸣叫。有一阵舞蹈和击鼓的声音,像赤裸的男人拿着矛枪在跳舞、击鼓。"

"像一群野蛮人,"路易说,"围着篝火舞蹈。他们是野蛮的,他们是残忍的。他们环绕成一个圆圈跳舞,拍打着身上的囊袋。他们的脸上画着彩绘,火焰在他们的面孔上跳跃,映着他们身上披的豹皮,还有从活的动物身上撕裂下来的流着血的肢体。"

"节日的火焰高高地升起了,"萝达说,"壮观的游行队伍走过来了,抛洒着绿色的粗树枝和开着花的枝茎。他们的号角溢出蓝色的烟雾,火把将他们的皮肤照射成一片红色、黄色的斑驳光影。他们还抛着紫罗兰,在那片四面环绕着陡峭山峦的谷地的边缘,他们为心爱的人戴上月桂树叶编织的花环。游行的队伍走过来了,他们走过的时候,路易,我就知道我们要衰微了,我们已经察觉到腐朽的到来。日影西斜,我们是共谋者,侧身靠在一只逐渐冷却的骨灰瓮上,看它紫色的火焰渐渐熄灭。"

"那些紫罗兰的枝条编织着死亡,"路易说,"死亡,接着是又一次的死亡。"

"我们坐在这里,是多么自豪啊,"珍妮说,"我们还不到二十五岁!窗外,树木开出花朵,女人们在徘徊,马车转着弯,不停地穿梭着。我们渐渐摆脱畏手畏足的年少时的作风,青春的不谙世事、光彩照人,直视着前方,准备迎接可能到来的事物(门开了,它一刻不停地被人打开着)。一切都是真实的,一切都是坚定的,没有阴影也没有幻象。我们的眉眼绽放着美丽,我有我的美丽,苏姗也有她的美丽。我们的肉体坚固而冰凉,但我们的差异也是清晰可见的,就像岩石在艳阳的照耀下阴影分明。我们的手边躺着酥脆的面包卷,油黄又结实;桌布是白色的;我们的手微微蜷曲,随时可以紧握。未来还有无穷无尽的日子,冬天、夏日,我们还几乎没有闯入人生的宝藏。叶子下面的果实变得鼓胀,整个房间都金碧辉煌,我对他说'来吧'。"

"他的耳朵是红色的,"路易说,"城市里的小职员在午餐店里吃东西的时候,肉的气味像一张潮湿的网,悬挂在半空中。"

"我们面前还有无限的时间,"内维尔说,"我们问道我们该做些什么?是在伦敦繁华热闹的邦德街闲逛,看看这个,看看那个,买一支绿色的自来水笔,问问那个镶蓝宝石的戒指多少钱?或者,我们该坐在室内,看着煤块烧成深红的颜色?抑或我们该去拿几本书,随意地阅读两段?我们是否该毫无缘由地大喊大笑?我们要不要穿过开满鲜花的大草坪,采摘雏菊来编成一串?我们要不要查查下一班去往苏格兰西海岸赫布里底群岛的火车什么时候开,然后提前预订一个车厢?一切都有待我们去践行、去探索。"

"对你来说确是如此,"伯纳德说,"但昨天,我走路时撞到了一个邮筒上,昨天,我订婚了。"

"我们盘子旁的一小堆糖看起来真奇怪。"苏姗说,"还有那些斑驳的梨皮,还有那穿衣镜华贵的边沿,我从来没有见过它们。一切都已经尘埃落定,一切都成定局了。伯纳德订婚了,一个不可逆转的齿轮已经启动。有人在水面上画了一个圈。链子束缚着我们。我们再也不会自由了。"

"仅仅只有一刻,"路易说,"在链子断裂之前,混乱无章重新到来之前,且看我们被捆缚住的模样吧,好像被夹在一副钳子里,展现在世人面前。

"但现在,圆圈破裂了。现在,水流冲散了它,我们越奔越快,越来越汹涌了。水底生长着黑暗的杂草,欲念在其中伺机潜伏;现在它们升起来了,它们的波浪冲击着我们。那些痛苦和嫉妒,艳羡和欲望,还有比它们更深的东西,比爱更强烈的东西,伏在更深的地下、深不可测的东西。行动的声音在说话。听啊,萝达(因为我们是共谋的反叛者,把手搭在冰冷的骨灰瓮上),听那随意、敏捷、又扣人心弦的行动之声,那是追逐着气味的猎犬。他们现在说着话,却又不想把话说完。他们像恋人一般卿卿我我地说着话,一股专横跋扈的蛮力笼罩着他们。他们大腿上的神经在颤动。他们的心在胸腔里翻腾,跳动。苏姗拧紧了她的手帕,珍妮眼中的火花在跳舞。"

"那些指指点点的手指和四处瞭望的眼神,"萝达说,"已经影响不到她们了。她们或转身,或轻謦,神色是多么自如,体态是多么充满活力又傲然啊!珍妮的眼中闪耀的是怎样一种生命力,而苏姗的眼神又是多么凶残,她全神贯注地在草叶的根部寻找昆虫!她们的头发闪着莹亮的光泽。她们像摩挲着树叶走过、闻见了猎物气息的动物一般,眼里放出像燃烧的火一样的光芒。圆圈被摧毁了,我们被抛散出去,四分五裂了。"

"但很快,简直太快,"伯纳德说,"这种以自我为中心的欢欣就开始消退。很快,我们贪婪的欲望也溃散了,对快乐、更多快乐、再多一点快乐的渴望也已经被纵情满足,变得烦腻了。石头沉了下去,此刻结束了。一大片淡漠铺展开来,环绕在我的周围。在我的眼中,一千只好奇的眼睛都睁开了。现在,任何人都可以随意谋杀已经订婚了的伯纳德,只要他们还未曾触动这个未知地域的边界,这片未知世界的森林。为什么,我问道(我谨慎地低语道),女人们要单独在那里一块儿用餐?她们是谁?是什么让她们今晚聚集在此处?那个角落里的年轻人应该是从乡下来的,因为他总是紧张地拿手去摸后脑勺。他的姿态非常谦卑,非常渴望对他那客气的主人应答得体——那主人也是他爸爸的朋友——所以他对明天上午十一点半就可以尽情沉醉的一个什么东西没有心思。我还看见有位女士在一次热切的对谈中给她的鼻子扑了三次粉——那或许是个关于爱的对话，又或许是关于她们一个极好的朋友的不幸生活。'啊，但我的鼻子要补粉了！'她这么想着，接着就掏出了她的粉扑，把人心中最为热切的情感流露都扑灭了。此外，房间里还剩下一个戴眼镜的孤独的男子、一个独自喝香槟的老妇人，他们的问题棘手难解。这些不认识的人都是谁，都是什么人？我问道。他说了什么，她又说了些什么，我可以编出十二个版本来——一大堆画面从我脑中闪过。但故事本身又是什么呢？是我拧过的玩具，我吹过的泡泡，一个圆圈从另一个圆圈中穿过，有时我开始怀疑它们是否真的是故事。我的故事是什么？萝达的故事是什么？内维尔的故事又是什么？但事实却是存在的，比如，'一个英俊的年轻人穿着灰色的西装，他的内敛沉稳与周遭喧嚣聒噪的人群形成十分奇异的反差。此刻，他拍了拍马甲上的面包屑，以一个充满气概又和气的手势叫服务生过来，那是他的招牌动作。服务生随即就到，顷刻之间拿来了一个小碟子，上面放着一张仔细折叠好的账单。'这是事情的真相，是事实，但凡超越它的东西都是黑暗和揣测。"

"现在，"路易说，"我们结账了，又要分离了。

我们血脉的联结曾经常常尖锐地破裂——因为我们如此不同——但现在它又合拢成为一个圆了。有件事情已经被完成。是的,当我们起身挪动时,微微感到不安,于是祈祷起来,我们手握着手,都产生了这种同感,'不要动,不要让这扇弹簧门将我们刚刚营造的世界绞碎,它在这里形成了一个大球,在这片灯光下,果皮间,在这些面包屑的残迹里,走动的人群中。不要动,不要走,将它永久保存吧。'"

"我们再让它多停留片刻,"珍妮说,"不论它叫什么名字,爱也好,恨也好,现在这个把我们圈在里面的大球,它的球壁是用珀西瓦尔做成的,是用青春和美丽做成的,是一个深深地埋在我们体内的东西。再也不会有这样一个人令我们如此凝聚在一起了。"

"在世界另一端的那个遥远的国家,森林密布,"萝达说,"它们都在这个大球里,海洋和丛林,胡狼的嚎叫,月光落在高耸的山峰上,鹰隼在其间翱翔。"

"幸福也在里面,"内维尔说,"还有平凡万物的静谧。一张桌子,一把椅子,一把裁纸刀夹在一本书的书页里;

还有玫瑰掉落的花瓣,还有我们静坐沉思,或想到了什么小事,突然开口说话时那闪烁跃动的灯光。"

"平日劳作的日子也在里面,"苏姗说,"星期一、星期二、星期三;马儿到田野去了,马儿又回家了;白嘴鸦起起落落,往它们的巢穴里衔去细小的榆树枝,不论是四月还是十一月,都是如此。"

"还有那些即将降临的事,"伯纳德说,"因为珀西瓦尔,我们共筑了一个丰满华丽的时刻。现在,这就是我们要滴进去的最后、也是最明亮的一滴来自神界的水银了。将要到来的是什么?我问道,把面包屑从背心上掠下,大球的外面是什么?我们坐在一起吃饭、谈笑,证明我们能够让此刻更加珍贵。我们不是奴隶,弯曲的后背注定要遭受持续不断的卑劣的打击,却不会被载入史册;我们也不是追随着主人的绵羊。我们是创造者,我们所做的事会像其他数不胜数的事情一样,汇成流逝的时间。当我们戴上帽子、推开门大步走出去时,等待我们的并不是一片混乱,而是一个我们的力量所能征服、一个坐落在一条永久的光明之路上的世界。

"快看,珀西瓦尔,在他们去叫马车的时候,快看看这些你再也看不到的街景吧。街道坚硬油亮,无数个车轮在搅扰辗转。我们巨大的能量汇聚成一面黄色的棚顶,像一块燃烧的绸子,悬在我们的头上,剧院、音乐厅和私人宅子里的灯光明亮堂皇。"

"尖尖的云朵,"萝达说,"像一条磨得光亮的须鲸游过黑沉的夜空。"

"现在,极度的痛苦就要开始了;现在,恐惧的毒牙已经衔住了我。"内维尔说,"现在,马车来了,珀西瓦尔走了。我们要做点什么才能留住他?要怎样才能跨越横亘在我们之间的这遥远的距离?要怎样才能煽动这一团烈火,让它的光芒永久不熄?要怎样才能向永久的时间示意?我们,站在街灯光线里的我们,曾爱着珀西瓦尔?现在,珀西瓦尔已经走了。"

太阳已经升到了中天,它不再是影影绰绰地,只露出半边脸,光线熹微,像一个女孩躺在海面那绿色的卧榻之上,额上覆着水光盈盈的宝石,零星的猫眼石般的光泽像矛剑一般扫过变幻莫测的空气,好似海豚跃出水面时一闪而过的侧翼,或是一道落下的利刃。烈日当空,势不可挡。光线击打着坚硬的沙滩,砾石好似熔炉一般,散发着红色的热气。阳光掠过每个水洼,照见了躲藏在缝隙里的小鱼,照见了锈迹斑斑的车轮,船上的白骨,还有埋在沙子里的一只鞋带散开、黝黑如铁的靴子。太阳照得一切事物都色泽分明——沙丘上闪烁着不计其数的晶莹光点,野草间闪过一抹绿色的流光;或是落在干旱的荒地上、被风侵蚀得深长的沟壑中,扫过荒凉的石冢,洒在伶仃的深绿色丛林中。它让那镀了金的清真寺屋顶变得光亮,它照亮了粉红和白色相间、纸牌屋一般脆弱的南部村庄的房子，还有那些乳房松垂、头发银白、跪在河岸边石头上拍打着皱巴巴的衣服的女人们。蒸汽船发出沉闷的汽笛声，缓慢地驶过海面，太阳就在它身后凝视着它们；透过遮阳篷，阳光落在那些在甲板上小睡、散步的人身上。他们用手挡着眼睛，遥望陆地。日复一日，他们挤在轮船油腻不堪、震荡不已的船舷上，任由它载着他们，百无聊赖地驶过一片又一片海域。

南方峰峦攒聚，阳光照射着峰尖，俯冲进深谷中石块嶙峋的河床。河水已经落下了高高的吊桥，就算洗衣的妇人们跪在发烫的石头上，也快要够不着水面来将她们要洗的亚麻布打湿了；瘦骨嶙峋的骡子背上挂着箩筐，在咯咯作响的灰色碎石中拣择着落脚之地。正午的烈日把山峦照得发灰，像在一场爆炸中烧焦了似的，草木无存。而在北边的乡间，阴云密布，雨水充沛，山峦看似平滑，像是被铁铲拍平的一般；山坡上闪烁着一个光点，像一个心思凝重的狱吏，拿着一盏散发着绿色幽光的灯，一个房间一个房间地巡查着。透过灰蓝空气细小的微粒，太阳照射在英格兰的田野上，点亮了沼泽地和池塘，一只站在篱笆桩上的海鸥，还有那在平原的树林、麦苗和翻滚的草场上悠游的云影。它照在果园的墙上，让砖头的每一个凹槽和沙砾都像是用银铅笔素描出来的，紫色的、火热的，仿佛摸起来很柔软，一触碰就会熔化成一摊炙烤得热热的尘土。果园的墙上挂着一串串红醋果，它们在风中舞动着，大把大把地挂在那里，色泽光亮。李子丰硕饱满，从树叶间鼓了出来。风吹过草地，草叶翻动形成一道绿色的流光。树的浓影落在树根处，恍若一个小潭。洪流一般的光影将分散的繁茂树叶融为一体，形成一座翠绿的小丘。

　　鸟儿们热情高歌，过一会儿就停了下来。那歌声仿佛是唱给一个家伙听的。它们雀跃着，欢快地嬉笑着，衔着一截截小树枝、细稻草，钻到树枝更高处黑色的节疤上。它们都被太阳镀上了一层金光，栖落在花园的高处。花园里，金链花的吊穗和紫色的松果球流溢着金色和淡紫色的光泽。正午时分，花园子里花团锦簇，流光溢彩。阳光穿过红色和宽阔的黄色花

海浪

瓣,或是那些难以穿透、长着厚厚绒毛的绿色花茎,把植物叶片覆盖住的地方都蒙上了一层斑斓的绿色、紫色、浅棕色的光影。

太阳直直地打在房子上,令暗色窗户间的白墙格外刺眼。窗户玻璃上缠绕着层叠厚重的绿色枝叶,令房里的景象看起来一片漆黑,不可辨认。光线锐利如同楔子,钉在窗台上,照见房里那蓝色边沿的盘子、弧形把手的杯子,还有一只大腹便便的碗;照见小地毯上交错纵横的十字形花纹,还有橱柜和书架硬朗的棱角和线条。在这些东西的背后,在更深处的暗影中,或许还有一些模糊不清的形状有待阳光来照亮;又或许,那是更深的、更浓重的黑暗。

海浪在岸边击碎,破碎的水纹迅疾地扫过海滩,一层一层地叠起、跌落,带起一阵水雾往后阵阵摇荡。海浪通体深蓝,只有浪峰闪着钻石般璀璨的光芒,它们涌动着,像踊跃的骏马背脊上律动的肌肉。海浪拍岸跌落,向后涌,坠落到更深处,发出沉闷的声响,像一只巨兽在顿足。

"他死了,"内维尔说,"他摔下来了,他的马被绊了一下,他被甩了出去。世界的风轮在不停地转动,把我弄得晕头转向。一切都结束了,世界上的一切光亮都流失殆尽了。眼前的这棵树,我再也走不过去了。

"哦,我要把手中的这份电报揉烂——让光线逆流回来——这件事就会像从没有发生过一样!但人为什么要逃避?这就是真相,这就是事实。他的马被绊倒了,他被甩了出去。匆匆掠过的树林和白色铁轨一起突然飞上了天。他被猛地抛了上去,耳边咚咚的像在打鼓一样,然后重重地摔在了地上。整个世界都摔碎了。他粗重地喘息着,死在了跌落的地方。

"谷仓,还有我们在乡间度过的夏日,那些我们坐过的房间——现在都像在另一个不真实的世界里似的,消失不见了。过往已经和我割裂。人们急急地跑来看他怎么样了。他们把他抬到了一处亭台下,那些穿着马靴的人,戴着草帽的人;他死在了一群默默无闻的人当中。孤独和沉默总是环绕着他,他总是丢下我。然后,当他回来时,我总是说,

'瞧,他来了!①'

"女人们依然慢条斯理地走过窗前,仿佛街上没有裂痕,也没有那些长着僵硬的叶子、令我无法走过的大树。我们就该被鼹鼠打洞时扒出的小土丘绊倒,像这样拖着步子,闭着眼走路,我们真是卑劣无耻到了可恨的地步。但我为什么要逆来顺受?为什么要极力地抬起脚步,登上楼梯?这就是我站着的地方,我就站在这里,手里拿着电报。那些过往、夏日和我们待过的屋子,就像烧成灰烬的纸一般,闪烁着红色的火星,飘走了。我为什么还要与人相见、重新开始过这样的生活?为什么还要与其他人聊天、吃饭,建立起这样那样的联系呢?从今以后我将是孤身一人了,没有人会再了解我。我手上有三封信,"我要跟陆军上校玩套环去了,就此驻笔",他就这样给我们的友情画上句号,挥挥手穿过摩肩接踵的人群消失不见了。这场闹剧不必再多纪念。但如果有人肯说一句'稍等',将马肚带再系紧

---

① 原文"See where he comes!";这是《罗密欧与朱丽叶》中罗密欧在第一幕上场时他表弟班伏里奥的一句台词。

三个孔——他就可以再行五十年的正义,出入法庭,统领军队,推翻某些荒谬的暴君,再回到我们身边。

"我觉得现在有人正咧着嘴笑呢,有人在使诡计,有人在我们背后搞起了阴暗的勾当。那边有个男孩跳上巴士的时候差点跌倒。珀西瓦尔跌落了,被杀了,被埋了。而我瞧着来来往往的行人,紧紧地抓住电车扶手,企望拯救他们的生活。

"我不会抬起脚去攀登楼梯了。当厨子在楼下重重地做着面团的时候,我要到荫翳下小站片刻,独自跟那个喉咙被割断的男人在一起。我不会登上楼梯。我们所有人都已经被写进了自己的命运。女人们提着购物袋慢条斯理地走过。人们来来往往,但你们是无法摧毁我的。因为就在此时,就在此刻,我们正在一起,我将你紧紧抱住——来吧,痛楚,尽管来吧。将你的毒牙埋进我的身体,将我撕成碎片。我就这样呜咽着,呜咽着。"

"真是让人费解的结合。"伯纳德说,"事情就是这么错综复杂,我从楼梯上下来的时候完全没想过什么是喜什么是悲。我的儿子出生了,珀西瓦尔却死了。我强撑着才站起来,被鲜明的情感两面夹击。但究竟哪个是悲伤,哪个是喜悦?我这样问道,却无从得知,只知道自己需要安静,到户外独自清静清静,腾一个小时好好想想我的世界到底发生了什么,死亡到底把我的世界变成了什么样。

"这是珀西瓦尔永远不会再看到的世界。让我看看。屠夫正把肉运送到邻居家里;两个老头颤颤巍巍地跨过人行横道;几只麻雀飞掠而下。接下来某部机器开始运作起来;我记下它的节奏,它的搏动,但这仿佛与我毫不相干,因为珀西瓦尔已经不会再看到它了。(他正缠着绷带,苍白地躺在某个房间里。)现在是该我好好想想非常重要的东西是什么了,我必须小心谨慎,也不能再说谎。关于他,我真实的感受是:他曾处在那里正中央的位置。现在我再也不会到那里去了,那个位置空了。

"是啊,我可以老实地告诉你们,戴着毡帽的男人们和挎着篮子的女人们——你们失去了本该备受珍视的东西。你们失去了本可追随的领袖,你们中的一人失去了幸福的生活和孩子。原本能带给你们这些东西的人已经死了。在印度某间炎热的医院里,他躺在折叠床上,缠着绷带,而一些苦力则跪在那边摇着蒲扇——我忘了他们怎么叫它们了。但重要的是'你们全部置身事外'。我说出这话的时候,鸽群正降落在屋顶,随后仿佛注定的一般,我的儿子降生了。我又想起了还是孩子的时候,珀西瓦尔那淡然处事的特殊气质。于是我接着说(眼眶湿润又干涸):'但这可比畏惧希望要好得多。'话语间提到那抽象的、从道路尽头的天空中虚无地朝向我们的幽灵。'这就是你们竭尽全力所能做到的一切了吗?'那么我们就心安理得了。你们已经竭尽所能了,我说着,徒劳地想起那张苍白而残酷的面孔(他才二十五岁,本该活到耄耋)。我是不会躺下来,将这关怀谨慎的一生耗费在呜咽上的。(这句话要被记在口袋里的笔记本上,蔑视那些让人白白送命的家伙。)还有一点也很重要,就是我得把他置于无聊又滑稽的境地,这样当他攀在马背上时才不至于觉得自己荒谬。我得说出来:'珀西瓦尔,真是个可笑的名字。'但同时我也要对你们说,冲向地铁站的诸位,你们本该尊敬他的,你们本该聚集在他身后追随他的。真是奇怪,我就这样穿梭于人潮,从空洞而焦灼的眼里看到了生命。

"然而信号灯已经亮起,向我示意,意图引诱我回头。我的好奇心仅仅被激发了一小会儿。人能摆脱机器生活的时间大概最多不超过半个小时。这些躯体,我写道,已经开始看上去很普通了;但藏在它们背后的东西却是不同的——那便是观看的角度。新闻告示牌的背后就是那间医院,一些黑皮肤的人在某间长长的屋子里拉起绳子,然后他们埋葬了他。不过新闻里讲的是某个知名女演员离婚了,我还是条件反射地问道是谁。但我还不能掏出钱来,也不能去买份报纸,我还不能忍受被打扰。

"我问,如果我不能再见到你,再将目光停留于那个实实在在的躯体,我们的谈话该以何种方式进行?你已经穿过庭院,越行越远,将我们之间的连线牵得越来越细,但你还存在于某处,你还留下了你的一部分。一个定论,就是它,如果我发现自己某处新的气质,会私下请你判定。我会问,你的结论是什么?你依然是仲裁者。但这会持续多久呢?事情会变得越来越难以解答。新的事物将会出现,现在我的孩子已经出生了。现在的我正处于生活的顶点,但它终会衰落。我再也不会深信不疑地大喊:'这真是好运!'那伴着鸽群落下的喜悦已经结束,琐碎和杂乱又重新回来。我不再对商店橱窗上印着的名字大惊小怪,也不再去想为什么要匆忙而行?为什么要去赶火车?秩序回来了,事情一件接着一件,以最平常的次序发生。

"是的,但我依然怨恨循规蹈矩。我还不会让自己变得甘愿接受事物的秩序。我会行走,我不会让思绪随着脚步或目光停下;我会行走,我会踏上这些台阶,走进画廊,沉浸于秩序之外与自己相似的思想里。没有多少时间去回答问题了,我的力量扬起了旗帜,而我变得麻木。现在展现在眼前的是画像,是梁柱间冰冷的圣母。愿它们能使焦灼的心灵、缠着绷带的脑袋和拉着绳子的人都平静下来,这样我或许可以察觉到沉淀其间、眼睛不可观测到的事物。这幅是花园,还有花丛中的维纳斯;这幅是圣徒和忧伤的圣母。令人宽慰的是这些图画全都没有由来,它们无所指示。而正因如此,它们加深了珀西瓦尔在我心中的印象,使他以不同的方式回到我身边。我回忆起他的英姿。'瞧,他来了。'我说道。

"线条与色彩,几乎让我相信自己也能显得像个英雄。

我,既能如此信手拈来地编出词句,又是如此受人摆布,随遇而安,无法自立,只能随着眼下的处境造些轻浮的词句。而此刻,透过自己的无力,我重新发现了他对于我来说意味着什么——他正是我的相反面。他生性光明伟岸,不懂那些夸大其词的用处,凭与生俱来的分寸感便可成为最伟大的生活艺术家。于是他仿佛活了很久,为周围带去平和。由于自身条件的优越,人们几乎觉得他近于冷淡,尽管他其实富于同情。有孩子在玩耍——那是一个夏日的傍晚——门开开合合,会一直开开合合,而透过它我看到那些令人落泪的光景。我们的孤独与寂寞也是如此浑然一体、不可分离的。我转向心中那一角时,发现它是空的。自身的虚弱深深袭来,他再也不会帮我抵抗它们了。

"看啊,忧伤的圣母落下了眼泪。这就是我的葬礼,没有仪式,只有私下的挽歌;没有一句总结陈词,只有强烈的情感正在相互分离;没有一句说过的话可以被用在这里。我们坐在国家美术馆的意大利展厅里拾起生活的碎片,我怀疑提香是否受过这卑劣的折磨。画家按部就班地描绘着生活,一笔接着一笔,他们没有像诗人那样被绑在岩石上,成为生活的替罪羊，正因如此才有了这份静默、这份庄重。不过这道暗红一定也灼烧过提香的喉咙，毫无疑问，他神奇的手臂一定也曾环抱着丰饶的事物时抬起，随后在那下落的笔触中落下。但这份静默压在我身上——这便是眼眸中永恒的要求。压力时断时续，朦胧不清。我所能看到的太微小也太模糊了。响铃被按下，而我没有发声，也没有给予无关的喊叫。我非同寻常地沉迷于一些夺目的色彩中；深红的褶边对着绿色的衬里；一排排顶柱；橄榄树漆黑的枝丫背后透出的橘色光亮。

"但我的理解中还夹杂着别的什么东西，它深深地埋藏在其中。某一时刻我曾想抓住它，但是任由它深藏其中吧；任由它根植于深深的脑海中，直到某天结出果实。在漫长的生命过后某个带来启示的时刻，我也许会轻轻地将手覆在它上方，但现在这想法却碎在我的掌心里了。思绪裂成了一千块碎片，只为在某一时刻合成整体。它们纷纷碎落，落在我身上。'它们存在于线条和色彩中，因此……'

"我打着哈欠，我的内心被各种感觉充斥着。我被这紧绷的神经和漫长的时光弄得万分疲倦——二十五分钟，半个钟头——我已经将自己置身于机器之外那么久了。我已经变得麻木,变得僵硬,又该如何走出这份困扰我脆弱心灵的无动于衷呢?旁人也在受苦——众多的人都在受苦。内维尔正在受苦,因为他热爱珀西瓦尔。但我再也无法承受窘境,我想和其他人一起欢笑,一起疲倦,一起回忆他挠头的小动作,和某个他也熟悉并喜爱的人待在一起(比起他所爱的苏姗,我更倾向于珍妮)。在她的房间里我可以忏悔,我可以问问,珀西瓦尔跟你说过那天我是怎么回绝他去汉普顿宫的邀请的吗?这些想法会让我在深夜恼怒地醒来——这是会让某人到全世界的市集上当众剃发忏悔的罪过,只因为那人在那天并没有去汉普顿宫。

"然而现在,我想让生活环绕着我,置身于书籍和一些小小的饰物间,疲倦之后在头枕平凡的叫卖声中休憩,在一番忏悔之后闭上我的眼睛。之后我就会径直离开,下楼拦下第一辆出租车,直奔珍妮那儿。"

"这儿有个水坑,"萝达说道,"但我却无法越过它。我听见风轮就在离头顶不到一尺的地方转动,它卷起的风呼啸在我脸上。对生活的一切感知已经离我而去,除非我能抓住某件坚实的东西，不然就要在走廊上被永远地吹散了。但我能触碰的都有什么呢？得要砌上什么样的砖块、垒上什么样的石头，才能使我跨越无限的海湾安稳地回到自己的身体里？

"现在暗影已至，紫罗兰色的光线倾泻而下。曾经穿戴着美的躯体，现在裹起一片虚无。当他们说起喜欢他留在楼梯上的声音、他的旧鞋子和共处的时光时，我告诉他们，那个倚在小丘坟墓旁的身影已化为尘土了。

"现在，我正沿着牛津街行走，直面电闪雷鸣下的世界。我要看着橡树裂成碎片，开满鲜红色花朵的枝丫折断下来。我会在牛津街上买几双派对穿的袜子，我会在划过的闪电下做些平常的事，我会在贫瘠的土地上采集紫罗兰，并将它们献给珀西瓦尔，我要献给他的就是这些了。现在，再看看珀西瓦尔给我带来了什么吧，再看看珀西瓦尔死去之后的街道。房屋根基很浅，一阵风就能吹倒；车辆横冲直撞，好像恶犬一般赶得我们无处可逃。在这充满敌意的世界里，我孤身一人。对我来说，人们的面孔是如此的丑恶。我期望置身于大庭广众之下，直面暴力和冲撞，像小石子一样被击碎在岩石上。我喜欢工厂的烟囱、吊车和货车。我喜欢擦肩而过的一副又一副的面孔,它们模糊不清,毫无差异。我已经厌倦了美丽,厌倦了人与人之间的距离。我划过水面,必将下沉,而没有人会伸出援手。

"珀西瓦尔,以他的死亡,为我带来了我的今日,为我揭露了这样的恐惧,留我承受这样的耻辱——人的一张张面孔好像厨师端着的汤盘,粗糙、贪婪、随意。看那橱窗里悬挂的礼盒,迷魅、闪耀,能摧毁一切,在它们肮脏的触碰下,我们的爱也不再纯洁。

"这就是那家长袜店,我几乎又开始相信美丽重新出现了。它的细语传遍走廊,穿透蕾丝,在挎篮里的一条条彩色缎带间呼吸。温暖的洞穴在喧嚣的心灵中滋生,我们可以藏身其中,藏进美的羽翼下那静谧的壁笼里,避开我所渴求的真相。当一名女孩静静地拉开抽屉时,痛楚暂缓了。然而紧接着,她开始说话,她的声音惊醒了我。我在杂草丛中寻觅,在她的话语间看见了嫉妒和妒忌,憎恨和恶意,它们好像小螃蟹一样爬满沙滩。这些就是与我们形影不离的东西。我要付清账单,拿包走了。

"这就是牛津街,这里充斥着憎恨、嫉妒、匆忙,还有满满的冷漠粉饰的疯狂的生活,它们是我们的同伴。我想起了一起吃喝的伙伴,想起了路易,他在读晚报的体育专栏时还担心被嘲笑,真是个势利眼;他观望走过的人,说如果我们肯跟随他,他就会看护我们;我们服从,他就会减少我们的任务。就这样,他让自己从容地接受珀西瓦尔的死亡,目光专注地越过调味瓶,掠过一栋栋房子。而与此同时,伯纳德会红着眼睛笨拙地倒在某张扶手椅里,他会拿出笔记本,在 D 栏下面写上'当亲友亡故时需要的词语'。珍妮,会踮着脚尖旋过房间,落在他靠椅的扶手上发问,'他爱过我吗?''爱我多过爱苏姗?'而苏姗,已经和农场主订婚的苏姗,会呆呆地愣住一秒钟,一边盯着电报,一边举着盘子,然后抬脚踢在烤箱门上。还有内维尔,会在泪光中望向窗外好一会儿后,在朦胧的泪眼中看到什么,然后发问,'刚才路过窗户的是谁?'——'哪家可爱的男孩子?'而这是我献给珀西瓦尔的贡品,枯萎的紫罗兰、暗黑的紫罗兰。

"我还能到哪儿去?去博物馆,那儿玻璃底下放着戒指,一座座陈列柜和女王穿过的裙子?或者我该去汉普顿宫,看看那些红墙、庭院,还有黑色尖塔般的紫衫木整齐地排列在花间草丛里?我该在那里找回美丽,重整我散乱而歪斜的灵魂吗?但孤独寂寞的人能做些什么呢?独自一人,我该站在空荡荡的草坪上说:白嘴鸦起飞呀,有人带着包路过呀,那边的园丁推着独轮小车呀。我会站在队伍里,感受着汗味和同样糟糕的香水味,和其他人一个挨着一个地站着,就像关节上的一块肉连着另一块肉。

"这儿是人们付钱进入的大堂,在这儿,你可以和那些在炎热的下午用过午餐、昏昏欲睡的人一起听音乐。我们吃牛肉和布丁,分量足够一周都不用再吃东西。就这样,我们虫子般地聚集在什么东西的背后,被带领着前行。高雅而健硕——我们有着帽檐下飞舞的白发,瘦长的鞋子,精巧的提包,剃得干干净净的两颊;无论这边还是那边都有人留着军人式的胡须;笔挺的着装上不容一点灰尘落下。人群鱼贯而入,剧目开演,随着朋友间的几句问候,我们入座,仿佛搁浅在崖上、沉重得无法划入海里的海象,只能期盼一阵海浪过来将我们托起。但我们太重了,被干燥的小圆石隔得离海太远了。我们躺在那儿,腹中塞满了食物,在暑气中昏昏欲睡。随后那个裹着一身海绿色光滑绸缎的胖女人过来解救我们了。她抿了抿嘴唇,假设气氛紧张,鼓足了劲找准时机,仿佛面前有一个苹果,而声音就像直击果核的箭头,'喂!'的一声正中目标。

"一把斧头将树木直劈两半。树心是温暖的,声音在树皮间颤抖。'喂!'仿佛一个女人从威尼斯的窗畔探出身,向她的爱人喊道。'喂,喂!'她呼喊着,然后又是一声'喂!'她为我们带来了几句呼声,但只是呼声,但这呼声是什么?紧接着,甲虫般身形的男人们带着小提琴进来了,他们稍作停顿,开始计数,点头示意,拉弓弦响。此起彼伏的欢声笑语仿佛橄榄树和交错相间的灰色树叶在风中起舞。航海家嘴里衔着枝条,划过数个陡峭的山丘,驶向海岸。

"'好像''好像''好像'——但事物的表层之下又是什么呢?就在这时闪电划落,树木迸裂,花枝折断,而珀西瓦尔,以他的死亡,为我带来了这份礼物,使我看清了事实。那边有个方块,那边有个长条。演奏者们拿起方块架在长条上。不偏不倚,那便成了最好的居所,只有很少的部分余出来。现在结构变得可见了,过去还未发展的部分也逐渐成形。我们并没有那么独特或是卑微,我们都制作出了长条,并将它们摞在方块上。这便是我们的凯旋,这便是我们的慰藉。

"这层甜蜜的含意在意识的内壁间流溢,释放思绪。无须徘徊,我说,这就是尾声了。长条已经搭在方块上,回旋在顶端。我们跃过海边的石子,跳进海里。演奏者们又回来了,不过他们正在擦拭脸颊,他们不再整洁而文雅。我要离开,我要在这个下午到别处坐坐。我要去朝圣,我会去格林尼治。我要将自己无怨无悔地投向电车、巴士。我们跌跌撞撞地行走在摄政大街,我撞向了这边的女士、那边的男士,却没有受伤,也没有被这碰撞激怒。方块立在圆柱上,这里是主街,集市上的讨价还价还在继续,一切笔直、扭打或钉起的铁条全部陈列在外,人们拥挤在人行道上,肥硕的手指捏着肉块。这里框架鲜明,我们造出了一个安居之所。

"这些就是牧场的杂草间生出的花朵,经受过奶牛的践踏、狂风的撕咬后，几乎不成样子，结不了果实也长不出繁茂的枝叶。这就是我带来的花束，从牛津街旁连根拔起的、我小小的紫罗兰花束。此刻，透过电车的窗子，我能看到烟囱间的桅杆；那边是河流，那边是开往印度的船只。我会沿河而下，我会一步步走到岸边，那边有个上了年纪的男人在玻璃亭里读着报纸。我会走过这座平台，看船只划开水面。一个女人走出甲板，小狗围绕在她身边叫着；她的头发被吹散，裙裾翻飞飘舞。他们要到海那边去，他们要离开我们，消失在这夏日的傍晚。现在我会放手，我会释然。就是这个时候，至少我会让那被束缚的、被强行抑制的渴望消磨殆尽。我们会一同越过沙丘，那儿的圆柱完整而挺拔，燕子会在漆黑的积水里浸湿翅膀。就这样，向着拍打岸边的海浪，向着沿岸无尽的白色浪花，我将献给珀西瓦尔的紫罗兰抛出。"

太阳不再当空，光芒倾斜，余晖洒落。它捉住一块云角，把它烧成一道光，变成一片无可立足的耀眼小岛。接着光线里又是一片云，一片接一片的云朵之下，波浪被炽烈的光箭刺散，搅乱这蓝色的涟漪。

树梢的叶子在阳光下变得清脆，它们在习习的风中沙沙作响。小鸟静静地伫立着，忽地把脑袋从这边扭向那边。现在它们停止歌唱，就像被声音填满，被这饱和的正午填满了。蜻蜓静静地停在一段芦苇上，蓦地细长的蓝色身体又飞远到空中。远方的轰鸣时断时续，仿佛来自轻薄羽翼的震颤，在地平线上时舞时落。溪水静静地托起芦苇，好像有玻璃凝固其间，接着这层玻璃泛起波纹，而芦苇低低地倾倒着。小牛立在田地里，深沉地低着脑袋，笨拙地一只脚又一只脚地挪动着。水龙头在临近房屋的水桶旁停止滴落，接着一滴、两滴、三滴，又接连落下。

窗上毫无规律地映照着斑驳的赤焰，一根弯着的树枝，接着是圣洁宁静的空隙。深红的阴影自窗棂升起，而在屋间，一道道光正划过或是光洁或是涂漆的表面落在桌椅上。绿壶变大了，白色的窗向一侧延展开来。光线驱赶的暗影，分头占领着屋内的边边角角，以无形的形态驾凌黑暗。

波浪散乱，弓着背直涌冲撞着，卷起沙石和鹅卵石。它们冲刷着岩石，溅起高高的浪花，溅湿原本干燥的洞穴壁，留下片片积潭，搁浅的鱼儿在海浪回卷时啪啪地摆动着尾巴。

"我签下自己的名字，"路易说，"已经有二十次。我，然后我，再然后我。工工整整，明明白白，我的名字就写在那儿。我本人也是如此循规蹈矩，丰富的生活经历在我心中聚合。我仿佛已经就这么生活了数千年，就像老橡木梁里撕咬的虫。不过现在我已经完整了，在这晴朗的早上归于一体。

"日光自清澈的天空落下，但十二点钟到来的既不是雨也不是阳光。正是那时，约翰森小姐捎来了托盘上的一封信，我在那洁白的纸上签了名字。草叶低语，流水潺潺作响，幽绿的小径上点缀着大丽花和百目草。我，此刻是君主，是柏拉图，是苏格拉底的伙伴；漫漫长路上的黑种人和黄种人走遍四方，这就是永恒的行进，女人们提着文件包走过，就像她们曾经带着水罐走向尼罗河那样。那些边角蜷曲的往昔之叶已经成捆绑紧，将我的名字整洁而显眼地在纸上落款。现在的我已经是完全成熟的大人了，现在的我直面大雨或者骄阳。我必须像利斧一样重重地挥下，用锋利的刃直劈橡树；因为如果我脱离轨道，这边瞧瞧、那边看看，我将同细雪般徒劳地凋零而下。

"我几乎爱上了打字机和电话机，通过信件、电报，致电巴黎、柏林、纽约，发布简洁而有礼的指令。我将自己生活的方方面面合为一体，勤勉和决断促使我将这些线路标记在地图上，就这样将世界各地连接在一起。我喜欢十点钟准时来到自己的房间；喜欢黑桃花心木泛紫的光泽；喜欢这张桌子和它锋利的桌角，还有方便开合的抽屉。我喜欢从听筒中能接收我话语的电话机、墙上的日历还有日程计划书。我会在四点钟去见普林特斯先生,四点三十分准时会见埃尔先生。

"我喜欢被叫到博查德先生的房间汇报与中国有关的委托详情,也希望能接管一把扶手椅和一块土耳其地毯。我的肩膀像滚轮一样,卷起身前的黑暗,前往世界上各种喧嚣遥远的地方铺展事业。如果我继续推进,并在混乱中建立起秩序,说不定会和查塔姆伯爵站在同一位置,再加上皮特阁下、伯克先生和罗伯特·皮尔爵士。于是我擦去污迹,扫去旧尘,想起了那个将圣诞树顶上的国旗递给我的女人,想起了我的乡音、败北和其他的折磨,想起了那些爱吹嘘的男孩们,也想起了我的父亲,布里斯班的银行家。

"我在小馆子里读了自己的诗,然后边搅拌咖啡,边听店员们围着小桌下注,看顾客在吧台旁犹豫不决。我要说一切皆有关联,好比那漫不经心地落在地上的棕色纸张。我认为一切旅途皆有目之所及的终点。有人会在熟练工的指导下一周挣到两镑零一便士。我会抚平这些裂痕,化解这些残暴,这样它们就不必被任何辩解或道歉而白白削弱力量了,那时,我会将那些在艰难时光里遗失于坎坷浅滩的东西物归原主。我会准备些说辞,为我们铸造一枚千锤百炼的钢环。

"但现在我没有一分空闲。这儿没有缓冲,没有树叶晃下的影子,也没有房间能让我避开阳光坐下来,与爱人同享清凉的晚上。世界的重量压在我们肩上,将它的形态展现在我们眼前;如果我们眨眨眼,或是移开目光,或是转头想起柏拉图的话语、想起拿破仑的征程,我们便为带来了某些让这世界伤痕累累的东西,这就是生活。四点钟去见普林特斯先生,四点三十分会见埃尔先生。我喜欢听电梯静静地升起,到我所在的楼层响亮地停下的声音,随后有男人般坚毅的脚步声踏过走廊。就这样我们汇聚起实力,将船只送往世界的边远角落,到处建起盥洗室和健身房。世界的重量压在我们肩上,这就是生活。如果我就这样前进,准能接管一把椅子、一块地毯、萨里郡带玻璃暖房的一片地方,还有珍稀的松柏、甜瓜、开花的树,这准会被其他商人嫉妒。

"不过,我依然保留着阁楼上的房间。在那儿我会打开常看的小书;在那儿我会观望闪烁在瓦片上的雨滴,直到它们泛起巡警冲锋衣般的光芒；在那儿我会瞥见穷苦人家破碎的窗户，弓背的猫，风尘女子在玻璃碎片的倒映里为即将到来的约会整理容貌；在那儿，有时萝达也会来，因为我们是恋人啊。

"珀西瓦尔已经死了（他死在埃及，他死在希腊，一切死亡皆为一死）；苏姗有了孩子，内维尔循序渐进地攀上巅峰。生活仍在继续。在我们的屋子上方，云朵依然持续地变幻着形状。我有时做做这个，做做那个，然后又做回这个，做回那个。伴随着相聚与分离，我们收集起不同的表格，做出不同的图样。但如果我不将这些印象钉在板上，将内心的千面融为一体；如果我像那些环绕在遥远山上的白雪一样，不带任何修补或掩饰地存在于此时此地；如果我走过办公室时邀请约翰森小姐去看场电影，并端起我的茶杯，收下我最喜欢的饼干——那么我就会像细雪一样毫无用处地飘散。

"一如往常，当六点钟到来的时候，我向门卫致礼示意，出于被接纳的无限渴望，我对这类仪式一直饱含热情。接下来便是用尽全力地迎风而行，将衣领竖起，我有着青色的下巴和湿漉漉的眼睛,希望能有一个小巧的打字员过来依偎在我的膝上;我觉得自己最喜欢的食物是鹅肝和培根,我也同样想到河边散散步,到那家经常光顾的小酒馆所在的狭窄街道上,看船只的影子从街道尽头飘过,女人们也常在这儿互相掐架。但是我对自己说,恢复理智吧,四点钟去见普林特斯先生,四点三十分会见埃尔先生。斧子必须砍向枝干,橡树必从正中裂开,世界的重量压在我肩上。这边就是笔和纸,我在篮中的一封封信上签下自己的名字。我,我,还是我。"

"夏天到来了,接着是冬天,"苏姗说道,"四季变化不停。饱满的梨从树上落了下来,枯叶在它边上休憩。我坐在火炉旁看着煮沸的水,雾气模糊了窗户,透过窗上的雾气,我看到了那棵梨树。

"睡吧,睡吧,我低声吟唱,无论冬夏,五月还是十一月。我哼唱着催眠曲,我——声音并不悦耳,除了质朴的乡村之声几乎听不到音乐;只有那小狗的吠声,铃铛的响声,车轮行驶在碎石上的咯吱声。我坐在炉火边唱着我的歌,像一只海滩上低吟的贝壳。睡吧,睡吧,我说道,用这声音来警醒那些会将牛奶罐打翻、朝白嘴鸦开火、狩猎野兔或以任何形式惊扰这个柳编摇篮的人。摇篮里载着柔软的幼儿,他蜷在粉色的被单下。

"我不再拥有与众不同的地方,我空洞的眼睛,我那一望见底的梨形眼睛,现在都已失去。我不再是一月、五月或任何季节,而只将自己织成细线环绕起这个摇篮,环抱起这个由我自身血液造就的小小孩童的柔软手脚。睡吧,我说,我感到心中涌起更加猛烈的情绪,好像一下就能击退任何会侵入屋内、唤醒深睡之人的强盗或闯入者。

"我整日轻手轻脚地在房子里行走,围着围裙,趿着拖鞋,就像我那得癌症去世的母亲一样。我不再靠荒野的草和荒地的花来辨认冬至夏来,而是靠印在窗上的水汽或窗畔的霜冻来判断它们。当云雀高鸣,像削落的苹果皮一样从空中落下时,我便停下脚步给孩子喂食。我曾徒步穿过山毛榉林,发现松鸦的翅膀在下落时会变得发蓝;我曾路过牧羊人和流浪汉,他们正斜眼瞥着货车旁蹲着的女人;我现在手拿掸子从这边扫到那边。睡吧,我说,指望睡眠像沉落的毯子一样覆盖轻柔的四肢,同时我令生活收起魔爪,掩起光芒,平静匆忙地走过,为我自己的孩子搭起温暖的睡眠庇护所。睡吧,我说,睡吧。或者我会走到窗前,看看高处的白嘴鸦巢穴,还有那棵梨树。'当我闭上眼睛的时候他就能看见了,'我想,'我应该脱离自己的身体,成为白嘴鸦的一员,这样我或许就能看见印度。他会回家,他会带来战利品放在我的脚边,他会为我增添财富。'

"睡吧,我说,睡吧,这时壶里正煮着水,从壶嘴喷出的气流越来越重了。生活也是如此填补着我的空虚,生活也是如此地浇灌着我的躯体。从黎明到薄暮,我就这样前行,进进出出,直到能够喊出声来:'够了。我已经被自然而然的愉悦填满。'但是接下来还会有更多:更多的孩子,更多的摇篮,厨房里有更多的菜篮子、腌制的火腿、泛光的洋葱,更多的莴苣和土豆。我像飞卷在大风中的树叶,有时掠过湿漉漉的草地,有时旋转着飞上天空。我被自然而然的愉悦填满;偶尔,当我们坐下来阅读,而线头在我手中的针孔处停留时,我希望这满足感能由我发出,唤醒沉睡的房屋。灯盏的火光在窗畔摇曳着。火光在帘上常青藤的中心燃烧。我在四季常绿的植物间看到点亮的街,我

听见车辆在风中驶过街道，还有时断时续的声音，还有欢笑，还有珍妮在打开门时的喊叫，'来啊！来啊！'

"但没有一种声音能打破房内的寂静，田野就在门旁呼吸。风沙沙地穿过榆树。一只蛾子扑在灯上，一头奶牛在低吟，天花板上传来噼啪的轻响，而我将线穿过针孔，低声说着，'睡吧'。"

"是时候了，"珍妮说，"现在我们已经见面了，走到了一起，是时候互相聊聊天、讲讲故事了。他是谁？她是谁？我怀着无尽的好奇，不知道接下来会发生什么。如果你在我们第一次见面时这么说：'巴士四点钟从皮卡迪利出发。'我肯定不会浪费时间去收拾零星的日用品，把它们塞进小手提箱里，我会立即赴约。

"让我们坐到画像旁的沙发上吧，瓶子里还插着花，让我们一起用事实与真相装点圣诞树。人们离开得太快，让我们来捉住他们。坐在小屋旁的那个男人，你说道，他住在一个摆满瓷壶的地方，只要打碎一件就是一千镑打水漂。当他在罗马恋上一个女孩，而她弃他而去时，这些壶，就仿佛跟出租屋或大沙漠里挖出来的旧破烂没什么两样了。

当美的东西必须整日有被打碎的可能以保持美丽时,他却停留在了原地,他的生活就停滞在了这片瓷器的海洋里。这可真是奇怪,曾几何时,他还年轻的时候,也曾坐在潮湿的草地上,和士兵们一起喝着朗姆酒。

"人必须迅速而敏捷地理清事实,就好像把玩具挂到树上、再弯弯手指调整它们的位置一样。他弯下了腰,甚至在杜鹃花旁,他依然得弯下腰。他甚至得为年迈的女人弯腰屈膝,因为她耳上戴着的钻石,而他得问问关于她那间小马棚边房产的事情,指引指引谁需要帮忙,哪棵树倒下了,哪个人明天会来。我已经活了许多年,我得告诉你,现在我已经年过三十,危机四伏,像一只从悬崖跳到峭壁的山羊。我在哪儿也待不长久,也不会依赖任何特定的人。不过你会发现,如果我抬起手臂,准会有人立刻放下手头的其他事情赶过来。那边的男人是评判员,是百万富翁;而那边的男人,戴眼镜的那个,十岁时就用利箭刺穿了他家庭教师的心脏;之后他带着信件驰骋沙漠,参加革命,目前正在收集跟自己母亲家族有关的史料,常年住在诺福克。那边青色下巴的小个子男人有只枯萎的手,那是怎么回事呢？谁也不知道。不过那边的女人，你谨慎地说道，耳上坠着用珍珠串成的小塔的那个，曾经点亮过某位政治家的生活；而他去世后，她看见了鬼魂，窥见命运，还收养了一个咖啡色皮肤的孩子，取名梅赛亚。那边留着下垂小胡须的男人，就像一名骑兵统帅，之前曾过着最糜烂的生活，直到有一天他在火车上遇见一个陌生人，那人在从爱丁堡到卡莱尔的途中，靠读《圣经》转变了他的信仰。

"就这样，短短几秒钟的时间里，我们就熟练敏捷地破译了这些刻在人们脸上的象形文字。就在这儿，在这房间里，仿佛有了许多坑坑洼洼的贝壳被投掷在海岸上。房间门开关不停，房间内不断充溢着知识、烦恼、许多雄心勃勃、许多冷漠以及一点点绝望。只要我们同心协力，你说，我们就可以建起几座教堂，可以下达命令，可以判人死刑，可以实施某些国家大事。这类经历让我们的收获源远流长。你我有许多孩子，男孩，女孩，我们教导他们，在他们患上麻疹的时候去学校看望他们，养育他们，希望他们继承我们的房产。通过这样或那样的事，我们来到了今天，这个星期五，有些人去法庭，有些人去城里，有些人去托儿所，有些人通过列队行军，排成四列纵队。无数的手在做针线活，无数的手在搬运一斗斗瓦砖。这样的活动真是永无止境的。接下来这些活动明天又将开始，明天是星期六，有些人乘火车去法国，有些人乘渡轮去印度，有的人再也回不到这间屋子了，有的人今晚说不定就去世了，还有的人也许会生下孩子。从我们开始，各种各样的建筑、政治、企业、绘画、诗歌、工厂和孩子不断出现。生活来来往往，而我们制造着生活，你如是说道。

"但寄身于血肉之躯的人，也只能以其血肉之躯的想象观测到事物的轮廓。我在明晃晃的阳光下看见的是岩石。我不能将这一事实带进哪个洞穴里，然后蒙住自己的眼睛，将那些黄色、蓝色、棕色统统混为一物。我不能久坐，我必须马上动身出发。巴士说不定会从皮卡迪利出发。我抛开一切——钻石、枯萎的手、瓶瓶罐罐和其他事物——就像一只猴子张开手掌丢开坚果一样。我无法告诉你生活究竟是这样的还是那样的。我会挤进纷纷扰扰的人群，我会猛烈地抗击，我被推挤得颠簸起来，好像大海中的小船行进在人海中。

"从现在开始,我的身体,同时也是我的同伴,一直在发出信号,一个漆黑潦草的'不',一个金光灿灿的'来',正在不断闪现的感知箭头里召唤。有人开始行动了,是我抬起手臂了吗?是我张望了吗?是我织着草莓图案的黄色围巾飘出暗号了吗?他穿破了墙壁,他追随而来,我被追入了森林。一切都是如此令人着迷,一切全都开始于夜间,伴随着鹦鹉在枝杈上的尖叫,而我全神贯注。现在,我感觉到了推开帘幕时那粗糙纤维的触感,感到了冰冷的铁栏扶手和它摩挲在我掌面的涂漆。此刻这片黑暗的潮汐向我涌来,我们走出门外。夜色在眼前展开,悠悠飞蛾横穿夜空,而夜幕遮掩了寻求冒险的恋人。我嗅到玫瑰的香气,紫罗兰的香气,我看到若隐若现的红色和紫色。而现在,脚下是碎石,是草地。房屋高高的背影被灯光卷起。整个伦敦都不适应太过耀眼的灯光。现在,让我们唱起我们的爱歌——来吧,来吧,来吧。此刻我金光闪闪的信号仿佛飞舞的蜻蜓,啾,啾,啾,我的声音好像夜莺缩在细小的喉咙里歌唱。这时我听见树枝开裂、鹿角折断的声音,仿佛林间野兽正在狩猎。它们大肆吼叫着,横踏荆棘。有一头野兽刺穿了我,有一头野兽深深地刺进了我的身体。

"但是紫色的小花和树叶,冰凉地浸在水里,它们洗清我的全身,覆盖我,抱紧我。"

"哦,"内维尔说,"为什么要去看那座壁炉上嘀嗒作响的时钟?是啊,时光在流逝,我们也在变老。但是与你,只要与你坐在一起,在伦敦这间炉火照亮的屋子里,你在那儿,我在这儿,这便是一切。世界的边边角角已经被掠取,所有的山峰也已经被掠夺,不再鲜花锦簇。看那炉火的光芒,高高低低地照映在窗幕的金色丝线上。被光芒环绕的果实沉甸甸地缀在那里。光线落在你的鞋尖上,将你的面容描出红晕——我以为那是炉火而非你的脸庞,我以为靠在那堵墙边的只是书本,这边的只是一面窗帘,再那边的说不定只是一把扶手椅。不过伴随着你的到来,所有的东西都变了样,杯子和茶盘全都在你清晨来到时变了样,这是毋庸置疑的。我一边这么想着,一边把报纸放到一旁。我们如此平凡的生活,渺小得几乎不容一视,只有在爱的目光里才能缀上光芒,显出些许意义。

"我站起身来,我已经用过早餐。我们拥有的是整整一天,因为它是如此晴朗、柔和、轻松、惬意,我们穿过海德公园走向了堤岸,又沿着斯特兰大道走向了圣保罗,然后走进一家商店里,我还在那儿买了一把伞。我们一路上不停地交谈着,时不时地停下来瞧瞧。但这会一直持续下去吗?在特拉法尔加广场上那头让人过目难忘的狮子旁边,我对自己发问了。就这样,我开始一幕接着一幕地回顾自己过去的生活;这边是一株榆树,而珀西瓦尔正躺在那边。我们要永生永世地信守承诺,我发誓道,随后我又忽然陷入往常的疑虑。我抓紧了你的手,你离我而去。走进地铁简直就像一场死亡。我们被阻隔开来,被无数面孔,还有仿佛从荒漠呼啸而来的风隔离着。我就这么坐着,呆呆地盯着自己的房间,五点钟一到我就知道你是不守信用的。我抓起电话,正当那愚蠢的嗡嗡声在你空荡荡的房间里回响、折磨着我的心时,门开了,你就站在那儿。那是我们最美妙的一次相见,但是这些会面,这些别离,最终却摧毁了我们。

"现在这间屋子对我来说仿佛成了中心,成了某种从永恒之夜中挖掘出来的东西。身外之物的线条交错相织,却时时环绕着我们，覆裹着我们。在这里我们处于中心，在这里我们可以沉默，也可以轻声细语。你可曾注意到这个，注意到那个？我们交谈着。'他之前也说过类似的话，意思是……'她欲言又止，而我半信半疑。不管怎样，我听到过声音，那是夜里从楼梯上传来的低低的哭泣声，那是他们关系的终结。就这样我们无休无止地环绕着纤细的灯芯旋转，构造出一个系统。柏拉图和莎士比亚被包含在内，还有一些既没什么名气、或许也无足轻重的人。我讨厌在马甲左边佩戴耶稣受难像的人；我讨厌所有的庆典和哀悼，或是基督悲伤地蜷曲在另一个悲伤蜷曲的躯体旁。盛典、淡漠和强权，一直存在于错误的地方，那里的人们身着全套的晚礼服在枝形吊灯下装腔作势，身上都佩戴着星形勋章和饰物。然而，一些树篱上的小枝，或太阳落在平坦冬季原野上的景象，或某些上了年纪的妇人双臂交叉、挎着篮子坐在电车上的姿势——每当遇上这些，我们同样会跟同伴指指点点，让他们也看看。即使微不足道，这也是可以瞧上一眼的事物，然后便沉默不语了。我就这样沿着隐匿在意识中的印象之路行走，进入往事，去造访书本，拨开层层枝叶撷取果实。你领会到了它并表示惊奇,我也领会到了你身体的无意行动并惊奇于它的灵敏、它的力量——你打开窗子的动作显示出你的双手是如此的敏捷。因此,啊!我的大脑有些不听使唤,它会迅速疲倦;对于一个目标,我会感到乏味,也许会有厌恶。

"唉!我不能假装头戴太阳之盔在印度骑行,却最终回到简陋的小屋里。我不能像你一样跌跌撞撞地前行,好像那些在甲板上半身赤裸、用软管往对方身上泼水的男孩一样。我想要的是这座炉子、这把椅子。我希望在一天的奔走和不断地苦恼、不断地倾听、无限地等待和无限地疑虑之后,能有人陪伴在我身边。在经历了争执和调解之后,我需要自己的时间——只与你待在一起,让喧嚣平息。在温巢里我就像只整洁的小猫。我们必须与这个世界的散乱与散漫对抗,任凭人们在那儿推推挤挤,来来往往。人必须用小刀平平整整地裁过书页,再用绿色的绸缎整整齐齐地扎好信封,然后用小羽毛清理清理炉灰。这些例行公事会让散乱所带来的恐惧相形见绌。我们来念念古罗马作家的严章德律吧,让我们在沙粒中寻觅起完美的踪迹。是啊,但我喜欢在你灰色眼眸的注视下,略过古罗马时代的纪律与美德,或舞动的青草、夏日的风,或男孩们玩耍时的叫喊和欢笑——那是赤裸的少年水手在甲板上互相用软管泼水时的欢笑。看,在寻觅完美的沙滩上,我并不是个像路易那样事事毫不关心的追寻者。色彩时常染上书页,云朵越过头顶上方。而诗歌,我想,只是你说话的声音。阿尔西比亚德斯①、埃阿斯②、赫克托耳③和珀西瓦尔都是你。他们都热爱骑马,过着桀骜不驯的生活,也不是什么热心的读者。但你不是埃阿斯或珀西瓦尔,他们不会用你特有的方式皱皱鼻子或挠挠额头。你就是你。想起这些让我在无限的缺憾中感到些许慰藉——即便我样貌丑陋,身体虚弱——而世界腐朽,年华已逝,珀西瓦尔也已经死去,留下的是数之不尽的苦恼、怨恨和忌妒。

"但如果有一天你早餐时分没有到访,如果有一天我

---

① 阿尔西比亚德斯(Alcibiades,前450—前404),雅典杰出的政治家、演说家和将军。
② 埃阿斯(Ajax),荷马史诗《伊利亚特》中英雄的名字。
③ 赫克托耳(Hector),荷马史诗《伊利亚特》中参加特洛伊战争的一个王子。

在镜子里看到你望向别处,如果电话只能在你空荡荡的房间里一声又一声地响起,在这一切无法言说的愤怒后,我会——由于人类内心的愚蠢念头是无止无休的——去寻找另一个,我会去找到另一个你。但是现在,让我们忽略时间在指针上的嘀嗒作响,靠近些吧。"

太阳在空中逐渐下沉了。云朵构成的小岛渐渐变得浓重,它们就这样穿移过太阳,使岩石蓦地蒙上阴影。颤动的海冬青褪去了蓝色,呈现出银色,而影子也聚簇在海上,仿佛一块块灰蒙蒙的布面。浪花不再造访更远处的池塘,也不再伸向沙滩上弯弯曲曲、圈圈点点的黑色标记线了。沙滩是珍珠般的白色,平平柔柔,闪闪发亮。

飞鸟在高高的空中盘旋环绕。一些鸟儿迎风追逐、翻旋,穿梭于风的间隙,好像一块完整的形体被分成一千个碎片。成群的鸟儿像散下的网一样降落在树顶。这边,一只鸟儿拍打翅膀独自飞向沼泽,孤零零地栖在白色的树桩上,翅膀时而张开,时而合上。

花瓣落在园中,仿佛贝壳一样躺在泥土里。枯萎的叶子不再摇挂于枝尾,而是随风飘浮,一会儿飞舞,一会儿又在哪儿的枝茎旁停下。忽然,一阵光波炫目地掠过花朵,好像鱼鳍划过湖中碧绿的镜面。又一阵风娴熟地吹着,掀起一层层的叶片,它们上下翻动,随后风儿散去,所有树叶又变回原来的样子。有些花儿的花盘在阳光下晒得闪闪发光,在吹拂的风中它们就会不时地避开光照,随后,一些沉甸甸的花朵轻轻地低下了头。

午后的暖光溢满田野,给影子泼上蓝色,将玉米晒成红色。一阵光波好像涂漆一般掠过田地。一驾马车,一匹马,一群白嘴鸦,一切被光线照耀的东西都朦朦胧胧地抹上了金色。若有一头奶牛动动腿,田里便会涌起金红的涟漪,它的犄角仿佛也被光线连成了一片。淡黄色的玉米穗散落在树篱旁,那是被从草地另一头驶来的那架简陋朴实的低矮马车擦落下来的。圆滚滚的云朵在滑行过程中也不曾减少,依然保持全部的弧形。当它们掠过上空时便将整座村庄罩入网中,飘走时再将它放手自由。那边,在那条远远的地平线上,在数之不尽的灰蓝色尘埃里,一扇窗格闪闪发亮,直挺挺的尖塔或孤树伫立在旁。

火红的窗帘和洁白的纱帘被风吹得飘进飘出，扑打着窗棂。随着帘幕的鼓起与舒展，涌入的光线带来了些许棕色，在阵风中于舞动的帘中欢纵。有时它染深了橱柜，有时它映红了椅子，有时它让窗影在绿色的罐子旁摇摆。

蓦地，一切全都沉入不安与朦胧，好像一只飞蛾从房间掠过，扑打着翅膀给庞大的桌子和椅子都蒙上阴影。

"又是时间，"伯纳德说，"任由它嘀嘀嗒嗒地去吧。时间在哪儿，灵魂也从那儿的屋檐上落下。在我意识的屋檐上，时间就是这样形成的，就让它嘀嘀嗒嗒地去吧。上个星期，就在我站在那儿刮胡子的时候，时间的水珠滴落了。我就这么站着，拿着剃刀，忽然领悟到自己手上的动作纯粹是不经意间形成的（这便是时间水珠的形成），因而不无讽刺地感激我的双手竟能一直保持这样的习惯。刮啊，刮啊，刮啊，我念道，就这样继续刮啊。时间的水珠滴落了，接下来整整一天，工作间隙我的思绪总是一片空白，自问道，

'但失去了的是什么？结束了的是什么？'然后，'过去了的就过去了'，我一边自言自语道，'过去了的就过去了'，一边用这样的词句来安慰自己。人们注意到我脸上的空洞和话语间的茫然。我常常一句话还没讲完就模模糊糊地陷入沉默。最后，扣上大衣领的最后一枚扣子准备回家时，我带着略微强烈的语气说出了：'年华已逝，一去不返。'

"不可思议的是，每当危急关头，一些一点也不恰当的词句就会坚定地跳出来想要解围——这是总生活在老旧时代、依赖笔记本过活的惩戒。时间的嘀嘀嗒嗒与我逝去的年月毫无关联。这嘀嘀嗒嗒只是时间滑到一个点上。时间，如果像晴朗天空下的草地舞动着的闪光，如果像正午时分的无限延展的旷野，那么它就会变得悬而未决。时间会滑到一个点上。正如水珠带着沉积从玻璃杯滑下，时间也是如此嘀嘀嗒嗒地走着。这些就是真实的轮回，这些就是真实的经历。接下来，仿佛大气中的光辉逐渐消退，我便能看到那埋藏在底部的事实了。我观测到了被日常习惯所掩藏的事物，我倦怠地整天整天地躺在床上。我外出就餐，像鳕鱼一样张着嘴。我并不打算为说完一句话花费任何心思,而我时常犹豫不决的行动,需要机械般的准确力来支撑。就在这样的状态下,路过一个售票厅时,我走了进去,载着全部的冷静和沉着买了一张去往罗马的票。

"现在,我坐到公园的石凳上观察着这座城市,那个五天前还在伦敦剃须修面的小个子男人,如今已经变得像一堆摞起的旧衣服了。同样,伦敦也变得支离破碎,堆积着这些倒下的工厂和煤气桶。但这幅壮观的景象同我并没有关系。我看见腰上围着紫巾的祭司们,还有如画像中姿态的育婴女佣,我所能看见的只是表象,我像尚未痊愈的病人一样坐在那儿,像一个头脑简单、只认得笔画最少的字的人。'太阳大,'我念道,'大风吹。'同时感觉自己像昆虫一样没头没脑地绕着大地转圈,并且我可以发誓,坐在这儿,我能感觉到地面的坚硬和它旋转的状态。我有种奇怪的预感,似乎再将这感知的触角向前延伸六英寸,便会触达某种奇异的境界。但我并没有那么发达的触角。我并不想让这种超然物外的感觉延伸到更远的地方。我不喜欢它们,我甚至唾弃它们。我不想变成那种止步不前、在个人小事上浪费过多时间的男人。我希望被绑在一架马车上,一架载满蔬菜的马车,在崎岖的卵石道路上咔嗒咔嗒地前行。

"事实就是,我和那种可以从个人或无限之中获得满足的家伙根本不是一类人。单人间让我觉得无聊,天空也是如此。只有当自己生活的方方面面被很多人了解之后,我的存在才开始闪闪发亮。让他们离去吧,留我千疮百孔,像纸片一样越烧越小。噢,我说,莫法特太太,莫法特太太,过来把这些都扫走吧。琐事从我身上一片片落下,我已经耐得住一些折磨了。我失去了一些朋友,有些是被生死隔开的——比如珀西瓦尔——而有些只是由于无法跨过街道。我不像从前某段时间表现出来的那么天资聪颖,总有事情躺在我的视野范围之外。我永远无法理解更深层次的哲学问题。罗马也已经是我能抵达的最远的地方。在一些昏昏入睡的夜晚,我会猛然惊醒,感到自己也许永远不会看到塔希提淳朴的岛民乘着闪耀的灯亮捕鱼,或看到狮子扑入丛林,或赤裸的男人生吃肉块。我也不必学习俄语或阅读《吠陀经》,也不该再走着走着砰地撞到邮筒上。(不过由于那次强烈的冲击,在我的夜空中,仍会有零零点点的星光不时优美地落下。）不过当我思考时，真相也变得越来越近了。很多年来我一直自鸣得意地歌颂着'我的孩子……我的妻子……我的房屋……我的小狗……'。我用弹簧钥匙开门进屋后总会进行这番往常的仪式，为的是将自己裹进温暖的氛围里。现在那层温柔的帷幕已经掉落，我也不会再念想任何事物了。（顺带一提：一个意大利洗衣妇同一个英国公爵的女儿一样优雅体面。）

"但是让我想想。时间的水珠滴落了，时间进入了另一阶段。一个阶段接着另一个阶段，为什么非要有个尽头呢？而它们又通向哪里，通往何种结局？它们是披着庄严的长袍出现的。在这样的双重困境里，虔诚的人要向那些腰缠紫带、面相世俗的家伙请教，那些家伙正目不斜视地从我身边走过。但是我们，我们憎恶这些导师。如果有人站起来说道：'看啊，这才是真理，'我马上便会发现，一只沙色的猫正躲在背景里偷吃小鱼。看啊，你忘了那只猫，我会这么说。所以内维尔才会在昏暗的小礼堂里发现那位博学的先生戴着基督受难像时大发脾气。而我，时常分心的我——不管是为一只猫，还是看到汉普丹夫人将花束使劲地贴近鼻孔时、看到绕在周围纷纷飞舞的蜜蜂时——总是一下子就能编出故事,而将天使受难的事完全抛在脑后。我编出过成千上万的故事,在无数的笔记本上为某个真正的故事填满了词语,那会是一个能用上所有这些词语的故事,但我还没找到那个故事,以至于我开始怀疑,故事真的存在吗?

"现在,从这座阳台向外看去,看看下面成群结队的人吧,看看那些随处可见的活动和喧嚣吧。那个人有点拽不住他的骡子,五六名好心肠的闲汉上前帮忙,其他的人看也不看地从旁边走过,他们自己的事情多得就像线团里的线丝。看看那片一览无余的天空吧,上面翻着团团洁白的云朵。想想层层叠叠的灌渠、崎岖不平的罗马车道和旷野平原上的石墓吧;而在平原之外,是大海,大海之后是陆地,然后又是大海。我可以专注于图景中的任何细节——比如一辆驴车——并毫不费力地描述它的样子。但为什么要去描述别人被驴子牵制的样子?又或者,我可以为那个走上台阶的女孩想个故事:'她在漆黑的拱道下与他会面……'一切都结束了。'他说道,从挂着陶瓷鹦鹉的鸟笼旁转过身。'或简简短短地，'别了。'但为什么要把我无端的臆想强加到他们身上？为什么要揉揉这边、摆摆那边、捏出好像街头小贩摆卖的那些玩具小人一样？为什么选中这一点——偏偏从无数事件里——选中这一细节？

"此刻，我在这儿蜕去了一层生命的外壳，而别人能说的只不过是'伯纳德在罗马待了十天。'在这儿，我在阳台上踱步，漫无目的。但迈步的时候，我注意到一笔一画就这样现出形来，奔跑着形成持续的连线；在我走上那些台阶的时候，事物就这样抹去了它们原先拥有的那些单调和疏离。赤色的罐子现在成了黄绿浪纹里一条火红的斑带。世界在我周围转动，好像火车开动时街道两旁的树篱，好像轮船行驶时划向侧方的海浪。我也在移动，逐渐被包含进这接二连三的行动之中；树木仿佛躲不开一样向我奔来，随后是电线杆，随后是树篱的缺口。而当我移动着、在事物的包围中成为万物的一分子时，往日的词语开始如气泡般显现，我也想打开头脑中紧闭的活板门，让这些词语的气泡获得自由。就这样我走向那个男人，他的背影看起来似曾相识，我们曾是同窗，我们注定相逢，我们应当一起吃午餐，我们应当交谈。但是稍等，稍等片刻。

"这种回避的时刻不该被轻视，它们太难得出现了。塔希提之行变成了可行之事。靠在这栏杆上，我看到远方的汪洋大海，一片鱼鳍划过其中。这鲜明的视觉现象在任何推理里都无迹可寻，仿佛有的人就是能看到天边一跃而起的海豚身上的鳍。视觉印象时常言简意赅地提醒着我们，应当及时揭示内心，诉诸文字。于是，我在F栏记下'分流之中一片鳍'。我时常为最后的陈述而在脑海边缘遣词造句的我，记下了这句话，等待在某个冬日的傍晚使用。

"现在我要去找个地方吃午餐了，我要举起玻璃杯，我要透过杯中的葡萄酒向外望；我要以不同寻常的视角来观察周围；如果一个漂亮的女人走进餐厅，穿过房间的桌椅走过来时，我会对自己说，"看她在这片纷纷扰扰的浪潮里要往哪儿去啊。"这个毫无疑义的观察，对我来说却是严肃且暗灰的，其间夹杂着世界倒塌、流水飞落倾下的可怕声响。

"所以啊，伯纳德（我想起了你，我日常事业中无时无刻不存在的伙伴），让我们开启新的篇章吧，让我们看看这次崭新的经历,这既陌生、又奇特,时而含混、时而吓人的经历——这珠新的水滴——即将形成。拉朋特就是那个人的名字。"

"在这个炎热的下午,"苏姗说,"在这座花园里,在这片我和儿子一起漫步的田野上,我已经实现了最高的愿望。花园门的合页锈迹斑斑,他把它推开。童年时代的愤怒,珍妮亲吻路易时我落在花园里的泪水;教室里掺杂着带着松果气息的怒火;当带掌钉的驴子咔嗒咔嗒地走过、身披长巾头戴康乃馨的意大利女人在喷泉旁闲谈时,我所感受到的那种异国他乡的孤独,如今已变成安定、热忱和亲切。我曾经有过平静且丰富多彩的岁月,我对目之所及的一切了如指掌。我播下的种子成了大树,我修建池塘,让金鱼潜游在水百合宽大的叶片下。我将网罩在草莓园圃和莴苣园圃上,给梨子和梅子套上白色的袋子让它们躲避黄蜂的叮咬。我亲眼看着我的儿女们,曾像小小的果实似的躺在纱网遮盖的摇篮里,如今他们走在我身边,已经长得比我还高了,在青草地上投下长长的影子。

"我被栏杆围在中间,像自己种下的树一样立在这儿。

我念着,'我的儿子',我念着,'我的女儿',连五金店的伙计也从散落着钉子、油刷还有成捆电线的柜台看了过来,充满敬意地望着这辆载满捕蝶网、果篮和蜂箱的破车。圣诞节时,我们在钟表上挂起槲寄生,称称我们的黑梅和蘑菇,数数我们的果酱瓶,而且每年都要靠着客厅的百叶窗板量量身高。我也会扎起白色的花环、捻上银色的枝叶来纪念死去的人们,附上哀悼牧羊人的卡片,问候运货马夫的遗孀,坐在垂死的妇人的床边,听她们喏嚅着最后的恐惧,让她们紧紧握住我的手。我还时常拜访一些别处长大的人可能无法忍受的屋子,我早已习惯了农场和施肥的土堆,还有到处乱跑的母鸡,还有住在两个小房间里的母亲和成长中的孩子。我见惯了淌水的窗畔,也嗅到了贫穷。

"现在,握着剪刀站在花枝旁时,我得发问,阴影到底来自什么地方?什么样的事情才能让我含辛茹苦的生活松懈下来?虽然有时我也对这些自然而然的愉悦感到厌倦。水果成熟了,孩子们在屋里把船桨、猎枪、骨盖、抽奖得来的书本和其他战利品弄得到处都是。我厌倦了这具身体,厌倦了自己制作的东西,厌倦了事业和讨价还价,也厌倦身为母亲、肆无忌惮地将呵护与注意投放在长桌边的孩子身上,将他们占为己有。

"这是春天到来的时刻,清清冷冷,带着阵雨,时不时冒出黄色的小花——我在蓝色顶棚底下看着放在那里的肉块,压一压银亮亮的茶包和葡萄干;就是此刻,我却忆起曾经的日出,燕子掠过草地的样子和伯纳德孩提时代写过的词语。那时,树叶在我们的头顶晃动,层层叠叠,轻轻柔柔,不时遮蔽湛蓝的天空,纷纷落落的光线洒在我坐着的这棵山毛榉树桩上。我在哭泣。那时有只鸽子飞了起来,我也跳了起来,连忙去追赶一些词句,它们就像挂着气球的绳子越升越高,从枝丫的这边飘到那边。就这样,像打碎的碗一样,我清晨的沉静就这样被打破。我放下手中的面粉,感到自己就这样被生活层层围住,好像芦苇被透明的玻璃瓶囚入其中。

"我手里握着剪刀、咔嚓咔嚓地剪下蜀葵;我已经去过埃弗顿,踩在烂掉的橡木果路上,看过那个写信的女人和拖着长长扫帚的园丁。我们急急忙忙、气喘吁吁地跑回来,好像不这样做就会被射中,像百鼬一样被钉到墙上。现在我时时称量、时时存储食物。到了晚上就坐到扶手椅里，伸手取来做缝纫的活计；（很多个夜晚）我常常听到丈夫的鼾声；我也会在汽车路过、灯光越过窗口时抬起头，感到生活的浪潮起起落落、分分离离，环绕着在此地生根的自己。当针穿过白布，我缝缝合合，拉长丝线时，会听见呼喊声，并且看见他人的生活像稻草一样漂浮在小桥周围，一圈圈地打转。

"有时我会想起珀西瓦尔，曾经爱过我的珀西瓦尔，他骑着马跌落在了印度。有时我也会想起萝达，有时无助的哭喊会将我从深夜唤起，不过大多数时候我可以心满意足地和儿子一起散步。我会将枯萎的蜀葵花瓣剪掉。尽管略微发胖，头发更早地花白，我依然有着珍珠般清澈而明亮的眼睛。我就这样悠然地走过田野。"

"现在，我正站在这个地铁站里，"珍妮说，"所有引人注目的地方都在这里会合——皮卡迪利南大街、皮卡迪利北大街、摄政街和干草市场站。我在伦敦市中心位置的街道底下站立片刻。在我头顶上方，数不清的车轮飞快地驶过，数不清的脚步正在踏过。文明的伟大街道在此地交会，随后又伸向四面八方。我处在生活的中央，但是看啊——那面镜中映出了我的身影，如此孤单，如此佝偻，如此衰老！我已不再年轻，我已不再是那些列队中的一员了。成千上万的人正以可怕的速度乘着电梯降到下面。那巨大的齿轮冷酷无情地转动着，促使他们下降。世上有成千上万的人已经死去，珀西瓦尔已经死去，而我依然在动，我依然活着。但如果我发出信号，有谁会来吗？

"我像一只幼小的动物，满怀羽翼未丰的恐惧站在这里，心跳加速，胆战心惊，但我不会再害怕了。我会将抽打在羽翼上的鞭子击落。我不是那种会躲起来哭泣的小动物，只是刚才，我在没有做好准备的时候偶然抬头看见了自己的样子，才会忽然退缩。但这是事实——我已不再年轻；我不久就该徒劳地抬起手臂，围巾也会毫无征兆地滑落。我不会再忽然听到叹息，并感到黑暗中有谁向这边走来。黑暗隧道里再也不会有谁的影子映在窗畔。当我直直地望向人们的脸庞，会发现他们将目光移向别处。不过我得承认，有那么一个瞬间，直挺挺的人们自电梯无声下降的场景，简直像被绑住翅膀、垂直落下的死人军团，还有齿轮的运转声毫不留情地推动着我们,推动着我们所有人向前直冲,让我想要退缩,寻找藏身之所。

"但现在,我可以面对镜中仔细修饰过的身影郑重发誓,我已经不会再感到害怕。想想红黄相间的华丽巴士,停着的和走着的,按部就班地一辆接着一辆开过来。想想漂亮有力的小轿车,一会儿为过路人减速、一会儿又飞速驶向前方。想想男人们女人们全副武装,修饰整齐,款款向前。这是凯旋的队伍,这是战争胜利后挥着横幅、铜鹰,头顶月桂叶的凯旋军团。他们比腰上只缠着一块布料的野蛮人,或是胸部下垂、抱着孩子、头发湿漉漉的女人高人一等。这些宽广的大道——皮卡迪利南大街、皮卡迪利北大街、摄政街和干草市场——就是专供这些胜利者行进的,仿佛穿越丛林的铺沙大道。而我,画着红红的嘴唇和精心描过的眉毛,踩着小皮靴,带着轻如薄纱的手巾,和那些胜利者们在同一个队伍中前进。

"看呐,即使在这样的地下,他们依然满是满面容光地炫耀着自己的服饰。他们甚至不容土地冒出一只虫子、积上一点水渍。玻璃匣子里的丝绸和薄纱闪闪发光,贴身衣物上细细密密地布满精美的装饰和精细的针脚。猩红、深绿、黑紫,它们染上所有的颜色。想想它们是如何被整理、铺开、烫平、着色,在岩石间凿出的隧道中运送的。电梯上上下下,火车停停进进,规律得好像海中的浪潮。我一直追随的正是这个。我是这个世界的居民,我遵循着它的规章制度。这世界是如此的气势非凡,十分可亲,充满了惊奇,强大得足以让人停下脚步、徒手在墙上涂上一句笑话,我怎么能如此逃开、躲到别处呢?好了,我要再往脸上扑扑粉,画画唇,我要把眉毛描得更加锋利。我会浮于表面,和皮卡迪利广场的其他人直挺挺地站在一起。我会以明显的手势示意出租车司机,而他也会以无可喻示的动作迅速做出回应。我依然会唤起他人的热情。走在街上,还是会有人向我鞠躬,好像玉米在微红的熏风中默不作声地弯下了腰。

"我可以自己开车回家,我可以将大束的花朵和奢华一并装进瓶里,我会在这儿和那儿都放上一把椅子,我会准备好香烟、酒杯以及封面华丽的新书来迎接伯纳德到访,也会备好内维尔和路易的份。但到来的或许并不是伯纳德、内维尔或路易,而是别的什么人,陌生人,可能就是那个上楼梯时擦肩而过的小伙子,我曾回过头来对他低语:'来吧。'他会在这个下午到来,这个陌生人,这个新的人。让死寂的人群继续下落吧,我要继续前行。"

"不管是房间、四壁还是炉火,"内维尔说,"我都已经不需要了,我已不再年轻,我路过珍妮的房子时也不再满怀嫉妒,而是微笑地看着台阶上的那个年轻人略微紧张地整理他的领带。让这个衣冠楚楚的年轻人按响门铃吧,让他找到她。如果我想见她,我也能见到她;但如果我不想,我也可以就这么路过她的门口。旧时的腐朽已经失去痛感——嫉妒、诡计、苦难也已被洗净。我们也失去了曾经的光鲜。我们年轻的时候到过许多地方,也曾坐在通风大厅光秃秃的椅子上,任大门不停地砰砰作响。我们像甲板上半身赤裸的男孩,用软管互相往对方身上浇水。但现在,我得说我喜欢人们在一天的工作后成群结队涌出地铁的样子,每个人都如此相似,数之不尽。我已经采撷了自己的果实。我看上去对一切已无动于衷。

"不管怎么说,我们不必负责。我们不是法官,我们没被人叫去，用拇指夹和镣铐折磨自己的同胞；我们也没被人请去，在幽暗的星期天下午登台布告。我们最好去赏赏玫瑰花，或像我一样，在沙夫茨伯里大街读读莎士比亚。看看那个丑角，看看那个恶棍，看看埃及艳后款款而来，她的坐骑仿佛闪着火光。这边也有一些魔鬼的形象、一些没有鼻子的男人，他们双脚踏在火中，靠在审讯亭的墙壁旁号叫。一切未被写下的话就像诗歌一样。他们准确无误地扮演着自己的角色，而差不多在开口之前，我就已经能预料到接下来的台词会是什么，所以就这样静候他们将早已写下的词句在最辉煌的时刻说出。即使只为这一出戏，我也愿意一次又一次地来到沙夫茨伯里大街。

"接着，我离开大街，走进屋里，那边有人谈笑风生，有人沉默不语。他在说，她在说，还有人重复地讲着已经被讲过无数次的事情，以至于个别词语早已积蓄了足够的重量自己飘出来。争论，嬉笑，陈旧的冤情——它们从空中落下，使空气凝重起来。我拿了一本书，却半页也读不下去。他们还没修好茶壶的壶嘴。有个孩子穿着妈妈的裙子在跳舞。

"但这时萝达,也或者是路易,总之某个脾气火爆的人,飞快地进屋里又飞快地出去了。他们也想在这个故事中占有一席之地吧?他们也想要一个前因后果吗?可是这平平常常的布景太不适合他们了。他们等不及事情被书写般慢悠悠地陈述出来,去看塑造角色的句子扎扎实实地铺陈在正确的地方,或是忽然注意到天空映衬下的一组轮廓。如果他们需要的是冲突,我倒也曾见识过自杀、谋杀和寿终正寝发生在同一间屋里。一个人进来,一个人出去。楼梯间传来低低的哭泣声。我听见线头断开、绳结系紧、女人在膝上不断织着白色麻布的声音。为什么要像路易那样,一定问个究竟?为什么要像萝达那样,飞向遥远的牧场,扒开桂树的叶子去寻找塑像?他们说人必须冲破风雨展开翅膀,追寻波涛背后太阳的光芒;但太阳同样会照向柳枝环抱的池塘。(在这十一月,贫苦的人儿正用寒风吹裂的双手捧着火柴盒叫卖。)他们说真理和美德就在这儿了,就在这儿,在这条通向死路的小巷尽头。萝达伸着脖子,蒙着迷茫的眼睛从我们身边飘过。路易,此刻已是如此富有的路易,要走到屋顶倾斜的阁楼,透过窗子呆呆望向她所消失的地方；不过，他必须坐在摆着打字机和电话机的办公室里，为了我们的新生，为了重建还尚未成形的世界，遵循指示完成工作。

"但现在，在这间我没有敲门就进来的屋里，一切一如往常。我走向书架，如果可以选择，我半页书也不会读。我不必发声，但我在听。我异乎寻常地全神贯注。诚然，人们不可能毫不费力地读懂这首诗。诗页常常散落、被泥土沾染，边角卷曲，跟褪色的树叶、破碎的马鞭草和天竺葵粘在一起。要想阅读这首诗，人必须拥有无数双眼睛，就像午夜大西洋上照向巨浪的灯火，有时只是一小片海藻浮上水面，有时浪花会忽然裂开，露出怪物的肩膀。人必须暂且抛开反感和嫉妒之心，不被外物干扰。人人必须有足够的耐心和无限的谨慎，明察秋毫，让那些细小的声音，不管是蜘蛛的细脚落在叶面上的沙沙声，还是流水涌入某处毫不相干的排水道的潺潺声，全都显现出来。不能就这样因为恐惧或疑虑而错过任何东西。写下这首诗的人（我在人们的叽叽喳喳声中读完了）已经退场了。这上面既没有逗号也没有分号。诗行也不是通常的长度。大多数句子显得毫无意义。人们心里必定满是怀疑,但却情不自禁地注意到风的方向,接受从门里进来的一切事物。人们有时会流泪,有时又无情地用小刀裁开书页。又或者(人们在谈话时)一点一点地布下罗网,让他和她的话浮出水面,成为诗歌。

"好了,我已经听过他们的谈话,现在他们已经离开,我又是独自一人了。光是火就能让我盯上好久,仿佛一间屋顶或一座炉灶;有时几块木屑烧得像绞架,或像矿井,或像欢乐的山谷;有时又仿佛一条蟒蛇盘踞在白色的天平之上。窗帘上的果实在鹦鹉的嘴下变得膨大。噼啪,噼啪,火焰仿佛密林中央的昆虫,轻轻发出声响。噼啪,噼啪,火焰燃烧的时候,窗外的树枝也在拍打着空气,仿佛子弹齐发,树木倒下。这就是伦敦夜晚的声音。随后我听到了自己一直等待的声音。有人走上来了,走上来了,略显犹豫地在门前驻足片刻。我的内心在呼喊,'进来吧,坐到我身旁,坐到椅子里吧。'被那日日的幻想侵袭,我呼喊道,'来吧,靠近些吧。'"

"我从办公室回来了,"路易说,"我把外套挂在那儿,把手杖摆好——大主教走路时也会用到这种长杆子。凭借这样的想象,我可以暂时摆脱自己当下所拥有的权威。在一张锃光瓦亮的桌旁,我坐在主管人的右手边。兴盛的蓝图展现在我们眼前。我们的船航向世界各地,我们的航线遍布全球。我成了备受尊敬的人。当我进来时,屋里所有的年轻女士都向这边行礼。现在我可以到任何喜欢的地方就餐,并可以毫不夸张地设想,我会在萨里郡拥有一栋房子、两辆车、一座温室和几种罕见的甜瓜。但我还是回来了,回到了我的小阁楼里,挂起帽子,再次独自一人做起那个好奇的试验,自从拳头砸过顶头上司的橡木门后,我就开始了这个试验。我要翻开一本小书,读一首小诗,一首就够了。

哦,西风啊……

"哦,西风啊,你与我的桃木桌子和鞋套格格不入,啊,也和我的情妇,那个从来也说不好英语的小演员格格不入——

哦，西风啊，你向何处吹拂……

"可是萝达啊，并没有用她那紧张的情绪或她那双迷茫、蜗牛般灰色的眼眸摧毁你；西风啊，无论她拂过的是午夜闪烁的星空，还是乏闷的中午。她就站在窗旁望着烟囱——锅碗瓢盆——或是穷苦人家破碎的窗户——

哦，西风啊，你向何处吹拂……

"我所肩负的使命与负担总比其他人要重。它就像一座压在肩头的金字塔。我假装自己是角力士。我领导过野蛮、无序又邪恶的队伍。我也曾带着澳大利亚口音坐在小餐馆里、试图让店员接受我，但即使这样，我也不曾忘记我的尊严、我的信念，以及必须要解决的无理和偏见。少年时代我曾梦想到尼罗河去，整日沉浸在这样的梦幻里，忍住要砸向某扇橡木门的拳头。如果不用带着任何使命去生活该多好啊，就像苏姗一样，就像我最钦佩的珀西瓦尔一样。

哦，西风啊，你向何处吹拂……
如此细小的雨滴也能飘落？

"对我来说，生活仿佛一场可怕的邂逅。我就像一头贪婪的巨兽，就这样张着黏糊糊的、贪得无厌的嘴巴，企图从鲜活的肉体中勾出石头般的内心。我对发自内心的愉悦几乎一无所知，尽管如此我却选择了一个带伦敦腔的情妇，想着她大概会使我感到自在，但她只会将脏兮兮的内衣堆得满地都是。而打杂的妇女和帮工的男孩也总是跟在我身后，嘲笑我古板而自傲的走路姿态。

哦，西风啊，你向何处吹拂……
如此细小的雨滴也能飘落？

"我的命运，这座压住肋骨的金字塔，会是什么样的？我想起了尼罗河和头顶水罐的女人，我感觉自己被反复织进了漫长的夏日和冬日里，麦穗摇动，溪水结冰。我并不是永远孤单、转瞬即逝的生物。我的生命并不只是一闪而过的光芒,像钻石上那些闪烁的光一样。我满怀痛苦地钻到地下,像一个监狱看守提灯从一间牢房转到另一间牢房。我的命运就像我早已意识到的那样,必须编织到一起,必须织进一个线条交织的结里,或纤细、或浓重、或断裂,绵绵延延地去经历我们的过去,我们喧嚣而变化无常的日子。总是要去理解更多不解的内容,倾听并不悦耳的杂音,犯下要受谴责的错误。破破烂烂、染上煤灰的往往是那些蒙住烟囱的屋顶,带着松动的石板瓦,蹑步潜行的猫和开在阁楼的小窗。我在破碎的玻璃和泛着气泡的瓦片中前行,眼见之处却只有卑劣和饥饿的面孔。

"让我们假装这一切都是有因可循的——在一页纸上留下一首诗然后死去。我可以向你保证这是心甘情愿的。珀西瓦尔已死,萝达也离我而去。而为了获得尊重,我必须形容枯槁地活下去,在城市的街道中用金头手杖敲出我的道路。也许我永远不会死去,也许这种持续或是永恒,我永远不会抵达——

哦，西风啊，你向何处吹拂……
如此细小的雨滴也能飘落？

"珀西瓦尔已经和绿叶一起躺在泥土里了，而枝叶依然在夏日的和风中轻轻舞动。还有萝达，嘈杂的人群中只有我与她分享沉默，当羊群聚集起来、整整齐齐地走过丰饶的牧场，她也转身离去，像沙漠中的酷暑般不见踪影了。当太阳照在城市的屋顶上，我会想起她；当干枯的叶子落在地面上，我会想起她；当年迈的人带着小棍子走来，像我们从前戳着她那样刺着地上的纸片时，我就会想起她——

哦，西风啊，你向何处吹拂……
如此细小的雨滴也能飘落？
上帝啊，愿我的爱人就在我怀里，
而我能在床上安睡！

"我又回到了书本中，我又一次开始了尝试。"
"生活啊，我真是怕了你，"萝达说，"噢，人啊，我也是怕了你们!挤挤揉揉,推推嚷嚷,你们在牛津街上的样子可真是丑陋,脏兮兮地坐在一起盯着地铁站。等我爬上了这座高山,从山顶看到非洲的时候,我的内心也还会记得那些棕色的货袋和你们的样貌。我已经与你们同流合污了,你们在门旁排着长队买车票时,散发出来的气味也很糟。所有人都穿着颜色含糊不清、似灰似棕的衣服,连帽子上都从来没有插过一根蓝色的羽毛。你们也从来没有勇气成为另外的样子。为了度过一天的日子,你们要带着怎样污浊的灵魂才能那样谎话连篇、点头哈腰,既趾高气扬又卑躬屈膝?你们就这么把我拴在这样的地方、在同一把椅子里坐上一个小时,而你们就坐在对面!你们就这么偷走了我留在时间与时间之间的白色空隙,将它们卷进脏兮兮的小球,再用你们油乎乎的爪子把它们丢进废纸篮里。这些对我来说就是生活啊。

"但我还是屈服了,嘲讽和厌倦被我用手挡在后面。我并没有走到大街上,将瓶子摔进水沟里来表达愤怒。即便是诧异得发抖时,我也要假装自己仿佛一点也不惊讶。你们在做什么,我也在做什么。如果苏姗和珍妮用这样的动作拉起长筒袜,我也会跟着照做。生活是如此恐怖,以至于我得挂起一层又一层的遮掩。透过这层遮掩看看生活,透过那层遮掩看看生活;这边要有玫瑰叶,那边要有葡萄藤——不管是牛津街还是皮卡迪利街,我都要用臆想的火焰和涟漪还有玫瑰叶和葡萄藤,遮起整条街道。那边还有几个盒子,立在通往学校的道路上。我悄悄地拿走了它们,看上面的标签,想象着一个个名字和一张张面孔。也许是哈罗盖特,也许是爱丁堡,带着金灿灿的光辉与某个站在人行道上、我已忘记名字的女孩的影像重合了。但那只是名字而已。我已经离开了路易,我害怕与人拥抱。我也曾经试图用身上的羊毛织物或长袍来掩盖那把黑蓝的小刀。我恳求夜幕笼罩白天。我一直希望看到橱柜渐渐减少,床铺逐渐柔软;也希望停留于空中,看树木投下长长的影子,还有那些拉长的面孔、荒野边的绿色堤岸、危难关头相互道别的小小身影。我将文字洒向空中,像播种者将种子撒向光秃秃的田地一样。我一直渴望将黑夜拉长,再用梦境将它填得越来越满。

"在某座大厅里,我拨开了音乐织成的树林,看见我们建造的小屋,方块落在长条上。'一间包揽万物的小屋。'珀西瓦尔死后,我在公共汽车上挤在别人肩头时曾经这么说道;即便如此,我还是去了格林尼治。走在河岸边,我祈祷自己能像滚滚雷鸣一样永远响彻在世界的边缘,那里没有植被,却有四处耸立的大理石柱。我将花束丢进蔓延开的波浪中,默念着:'耗尽我吧,将我带向最遥远的尽头。'浪花迸裂了,花朵枯萎了,我已经不再频频想起珀西瓦尔了。

"现在我登上了这座西班牙的山峰。我要把这头驴子的背想象成床寝,而我正倚在上面垂垂死去。横亘在我和无尽深渊之间的只有一层薄薄的被单了。床垫起起伏伏,柔软地铺在我的身下。我们跌跌撞撞地向上——我们跌跌撞撞地前行。我的生命一路延伸到山的最顶峰,直至水域边一株孤零零的小树旁。当夜幕降临,聚拢的山峰如鸟儿合拢的羽翼时,我也曾扰动美的水域。有时候,我也会摘一朵火红的康乃馨,收几捆小小的干草。我在泥泞的草地中下沉,手指碰到某些小小的骨头。当风吹过小丘时,愿这里除了灰烬什么也不要留下。

"驴子缓缓地向前挪步。山脊像雾气般升起,从那最高的地方我或许能看到非洲。现在床寝已经备好,床单上洒满的金黄色小洞让我落下。白马般面孔的女人站在床的另一边,挥挥手转身不见了。接下来还会有谁与我相伴呢?只有鲜花,燕歌和月光闪耀的五月。我将它们收集到一起,做成花环献给——噢,献给谁呢?我们再次从高高的悬崖启航,底下晃动着鲱鱼一闪而过的光。悬崖不见了。渐渐远离,灰灰蒙蒙、无尽的海浪在我们下方铺展开来。滑过指尖的只有海风。目之所及皆为虚空。我们也许会沉向浪花,长眠在那里。大海会敲打我的鼓膜。洁白的花瓣会被海水染成深色。它们会先漂流,再沉没。翻滚在我身上的海浪也会将我带向水底。世间一切会在突如其来的暴雨中倾泻而下,将我湮灭。

"但看啊,那边的树有着挺直的枝条,那边的农舍有着僵直的顶梁。那些圆鼓鼓、或红或黄的是一张张面孔。双脚踏在地面,我小心翼翼地迈出步子,将手按在一家西班牙旅店硬邦邦的大门上。"

太阳沉得更低了。白昼里坚硬的岩石也显出裂缝，使日光从它们的碎片中倾泻而下。金色和红色的光芒映照在波浪上，仿佛飞速的利剑，带着黑夜的羽翼划过。断断续续的光亮从这边和那边一闪而过，好像小岛沉没时发出的信号，又好像几个无拘无束的男孩欢笑着投向月桂树林的飞镖。但是涌向岸边的海浪，窃走这些光芒，沉向漫长的别离，仿佛一座密不透光、布满灰色石块的巨墙，就这样倒塌落下。

晚风轻轻吹拂，一阵轻微的颤动掠过叶片，随着这轻微的晃动，树叶褪去了它们密实的棕色，随着树间的摇动，茂密的枝叶变得灰白、苍白，不再像一个整体。鹰停在树的最顶上，眼皮一开一合，拍拍翅膀飞向远方。野鸟在沼泽旁鸣叫，起飞，翱翔，盘旋环绕，孤独地将鸣叫传向别处。火车和烟囱冒出的蒸汽萦绕在空中，变成遮天蔽日的织物，笼罩在大海和田地之上。

这时,玉米已经被收割了。现在只剩下一株玉米,须角还在随风顽强地飘飘扬扬。一只猫头鹰缓缓地落在榆树上,摇摇晃晃,仿佛轻轻沾在一条线上又起飞而去,飞向雪松的顶上。小丘上缓慢移动的暗影,随着人们的步伐一会儿拉长,一会儿缩短。沼泽的表面空空如也。没有一架游轮驶向这边,也没有任何脚步踏向这里,也没有热乎乎的动物将口鼻伸向水里让水上冒出气泡。一只鸟栖在灰烬般颜色的树枝上,抿了一口清冷的水。没有任何收割的声音,也没有车轮的响动,只有骤起的风呼啸着扬帆而来,吹过草地的尖角。一块骨头经风吹雨打日晒,现在像光洁的小树枝一样,被海水打得发亮。而树木,春天时曾烧得如狐狸的皮毛般火红,仲夏时曾将软软的叶子弯向南风,而现在却像铁一样黝黑光亮。

陆地是如此遥远,连一座泛着光亮的屋顶或闪着灯光的窗子都看不到。蒙上阴影的大地吞噬着这般虚幻的束缚,蜗牛壳般的累赘。现在,投到地上的只有云的流影,雨的盛况,一缕缕箭头般的阳光,或瞬间骤雨的挫伤。

　　傍晚的余晖消散了热度,熄灭了火光,使桌子和椅子都蒙上了甜美的阴翳,将棕色和橙黄的窗格影子映刻在它们上方。在日落描出的光影里,桌椅变得朦朦胧胧,好像所有的色彩都轻轻倾斜,倒向一旁。这边摆着餐刀、餐叉和酒杯,变长的,肿胀的,仿佛喻示着什么。投映在镜子里的影像静止不动,仿佛这一瞬间便是镜中存留的永恒。一颗颗孤零零的树像尖塔标记着遥远的山丘。

　　与此同时,夜色变得浓重,影子在沙滩上拉长。黝黑铮亮的铁靴变得像一汪深深的蓝色池塘。岩石看上去也没那么坚硬了。水域仿佛填满黝黑的蛤蜊,环绕着一只陈旧的小舟。泡沫仿佛铅灰色,一会儿停留在这儿,一会儿停留在那儿,珍珠在沙滩上洁白地闪着光。

　　"汉普顿宫,汉普顿宫,"伯纳德说,"这就是我们的相会之所。汉普顿宫,那里有赤红的烟囱,方形的城墙。我说出'汉普顿宫'时淡漠的腔调喻示着我已经是个中年人了。十年之前，十五年之前，我说的应该是'汉普顿宫？'带着微微上扬的质问——它会是什么样的呢？那里会不会有湖泊，会不会有迷宫？我也会满怀希望地发问，到那里去的话，我会遇到谁？会发生什么样的故事？而现在，汉普顿宫、汉普顿宫——字眼击响空气中的铜锣，我曾用六七封电话留言和成堆的贺卡不辞辛苦地清理那个地方的回响，发出一段又一段声响，兴盛，响亮；一些画面升起了——夏日的午后，小舟，提着裙子的上了年纪的女士，冬日的壶，一些三月的水仙花——这些浮在水面上的东西，现在又沉入了一切景物之中。

"我们约定在小酒馆的门口见，有人已经在那儿了——苏姗，路易，萝达，珍妮和内维尔。他们已经聚集在一起。某个瞬间，当我加入到他们中间，有些新的安排就要成形，就要形成新的分组。那些被挥霍、肆意成形的事物，会被检阅说明。我极不情愿地忍受着这份强制。在五十步开外就已经感觉到自己的生活秩序正被影响。他们小团体间的磁力在召唤着我，我走得更近了。他们并没有觉察我的到来。

现在，萝达注意到我了，但她带着再次见面的恐惧，假装我不过是个陌生人。现在，内维尔转过身了，很快地，我一边挥起手向内维尔打招呼，一边大喊：'我之前也把花瓣压在莎士比亚的十四行诗里。'随后自己就感慨万分起来。我小小的船只就这样在波涛翻滚的浪间摇摇晃晃地漂浮着。没有一颗万应灵丹（我记下这个词）能抵御重聚带来的震撼。

"将参差不齐、生生冷冷的边缘相互接合，也是件很不舒服的事情；只有渐渐地，当我们摇摇晃晃地踏进小酒馆，脱下帽子和外套，相聚才变得合情合理起来。现在的我们正聚集在一间长长的、空荡荡的餐厅，俯瞰某座公园，一些绿意盎然的空间依然被阳光照得明亮，于是树与树之间横着金色的线条，我们也这样坐下。"

"在这张狭窄的桌旁，"内维尔说，"我们紧挨着坐下，好了，在第一波情绪顺利到来之前，我们都感受到了什么？敞开心扉，实话实说，直白得就像惺惺相惜的朋友艰难地会面，我们对这次相见都做何感想？回答也许是无比悲凉的。那扇门不会被推开，他也不会来了。我们满怀苦恼。这当下，我们所有人都已到中年，身上背负着包袱。让我们放下重担,你们,还有我,都从生活中得到了什么?你呢,伯纳德?你呢,苏珊?你呢,珍妮?你呢,萝达?你呢,路易?名单就登在门上。在我们分开面包卷、盛起鱼和沙拉时,我触到了口袋里放着的证书——我随身携带它们用以证明自己的优秀。我通过了考验,我口袋里揣着的证书可以证明这点。但是苏珊,你的眼睛,你那总是注视着青菜和玉米地的眼睛,却使我分心了。这些口袋里的证书,这些纷纷吵着要证明我通过考验的证书,在虚弱的哗哗作响中,仿佛是有谁站在空旷的田地里、拍拍手惊走的一群白嘴鸦。现在一切都在苏珊的注视下停歇了(不管是拍手声还是我发出的回响),我只听到风吹拂在耕地上,鸟儿在歌唱——也许是某些人畜无害的百灵鸟。服务员注意到我了吗?或是那些一直神神秘秘的情侣,一会儿徘徊于此,一会儿躲藏在树下,而天色还不足以暗到可以遮掩他们的躯体,他们也注意到我了吗?没有;拍拍手发出的声音没有起到任何作用。

"如果不能拿出我的证书、通过大声朗读让你相信我所获得的荣誉,那我还剩下什么?留下的都是苏珊透过她那双透彻的、梨形的绿眼睛带到聚光灯下的东西。每当我们待在一起,总有其他人在场,会面的不自在还没结束,而人总会想将另一个人的特性压制下去。现在,对我来说,那个人就是苏姗。我开口就是为了引起苏姗的注意。听我说话吧,苏姗。

"如果有人在早餐时分到来,就连窗帘上的果实也会摇摇晃晃,仿佛连鹦鹉也能啄食到它了。早餐桌上的脱脂牛奶也会变得黏稠,泛起蓝色。就在那个时候你的丈夫——那个会掀翻长靴,将鞭子指向奶牛的男人——他会嘟嘟囔囔地说着话。而你什么也没说,你什么也没注意。习惯已经蒙蔽了你的眼睛。就在那个时候,你们的关系是无声归零、色彩昏暗的。但在那个时候,我的时间却是柔光满溢而色彩鲜艳的。对于我来说世上没有重复,每一天都充满着危险。在表面上是风平浪静,而表面之下的我们像盘踞的蟒蛇。假装我们都读《时报》,假装我们发生争执,这就成了一段经历。如果这是冬天,雪就会落在地上,将我们一起封进火红的洞穴。烟斗在燃烧。我们站在屋子中央金黄的浴盆里,我们慌慌忙忙地刷着浴盆。看这边啊——它又在书架旁燃烧了,我们对着废墟的景象大笑。让坚固之物被摧毁吧,让我们摆脱束缚,成为无拘无束的人吧。夏天怎么样?我们可以去湖边转转,看那些东方的鹅摇摇摆摆地走在浅浅的水湾边上,也可以看城市里像骸骨般的教堂被新绿盘绕。一切景物仿佛旋转交织的藤蔓,蓦地引向或是危险或是惊奇的亲昵。那些雪花,那些烧着的烟斗,那座浴盆,那些东方的鹅——都不过是高高地浮在空中的喻示,就这样我回过头去,读出了它们所蕴含的那些爱恋,每种爱恋都是如此不同。

"而你,就在同一时刻——我真想消解你的敌意,真想让你的视线固定在我这里,你绿色的眼睛,你皱巴巴的裙子,你粗糙的双手,你光辉灿烂的母性象征,全都像贝壳附在岩石上一样附在你身上。不过这是真的,我并不想伤害你,只是想重新恢复我被你磨灭的自尊。变化不再发生,我们的命运就这样既定了。在这之前,我们还在伦敦的餐厅与珀西瓦尔见面,一切徐徐展开,渐渐晃动。我们可以成为任何样子,现在我们已经做出选择——或者说有时好像选择自己找上门来——用一双钳子将我们从肩膀分隔开来。我选择了这边，我没有将生活向外，而是向内，向那生猛、洁白毫无保护的纤维伸去。我被思绪、面孔和细小的事件填满，那些事情是那么细微，它们有自己的气味、颜色、质地，各有各的组成物，却唯独没有名字。于你而言，我从来都不是'内维尔'，他看穿了我生活的极限和无法穿越的界限。但就自己而言，我仿佛一张无形的、穿行世界之下的网，从来都不能被如此测量。我的网结与它所包围的一切物质已经密不可分。它卷起鲸鱼，那巨大的海中怪兽和白色的水母，明亮模糊，徘徊不停。我探测，我观察。在我眼皮底下开着的——是一本书；我的眼睛直直地穿过它，看到它的心脏——我就这样望穿底部。我明白爱恋如何痛苦地消磨于火中，嫉妒如何将绿色的枝条伸向四方，而复杂的暧昧又是如何错综复杂。爱恋会缠出死结，恋爱又会无情地将它们撕裂。我被反复交缠，我被生生撕裂。

"可是，我们也曾有过光辉灿烂的时刻，那是我们一心望向大门，看到珀西瓦尔终于进来的时刻。那时的我们无拘无束，还会坐在公共休息室硬邦邦的长椅尽头。"

"这边是山毛榉树林，"苏姗说，"这里就是埃弗顿，

海浪

金灿灿的钟表指针在树林间闪闪发光,鸽群划过密叶。不断变化的光在我头顶流过,它们从我身旁逃离。但是看啊,内维尔,我是为了成为我自己才会质疑你的,看我放在桌上的手,看看关节和掌心健康的颜色变化吧。我的身体,好像巧手工人使用的工具,每个零件都要派上用场,每天都要被正确地使用。刀刃干净、锋利,但刀刃中心却是磨损的。(我们好像林间野兽般暗地较量,像牡鹿一样相互攻击对方的角。)看穿你苍白而消瘦的躯体,就连苹果也该像罩在玻璃下似的在外面蒙上一层薄膜。和一个人深深地躺进椅子里,只和一个人,但是人人都在变化,而你只观察到身体的一寸——它的神经、组织,沉闷和划过其中的血液——但从来看不懂它全部的样子。人不会从一座花园中看到房子,田地中看到马匹。一座小镇展开,而你却像老妪一样使劲地盯着排水管道。但我见过砖瓦砌成的生活,内容充实,外形庞大。它建起战场和高塔,工厂和加油站,还有不知何时开始的雕刻。这些事情是如此的公正而卓越,无法从我脑海里磨灭。我并不太婉转或是含糊其辞。我就坐在你们当中,用自己的坚定磨损着你们的柔软,带着清澈的绿色眼睛,轻轻拍打像飞蛾翅膀般颤动的词语。

"现在我们对上了犄角,这是必要的前奏,这是老朋友们打招呼的方式。"

"树林间的金色光芒渐渐褪去,"萝达说,"一片小小的绿色栖在后方,好像梦里伸长的刀片,或无人踏足的悬浮小岛。一辆辆汽车驶过,驶向大道。恋人们可以被夜色遮掩了,在他们的衬托下,枝摇叶晃的树木也变得下流。"

"曾几何时,事情是如此不同,"伯纳德说,"过去,如果我们想,甚至能让溪水停止流动。而现在,多少通电话,多少张卡片,才能将我们聚集到汉普顿宫再一次相会?从一月到十二月,生命是以怎样的速度在流逝啊!我们在事物的奔涌中随波逐流,茫茫间几乎没有留下影子。我们无可比较,也极少顾及你我,就在这不知不觉中达到了冲突所带来的最大自由,拨开了遮掩在沉没隧道间的丛丛杂草。我们要像鱼儿一样跃起,高高跃向空中,只为赶上从滑铁卢车站开启的列车。但是,不管我们跳得有多高,最终还是会跌落到潮水中。我不该再从南边的海岛乘船起航了。罗马是我能抵达的最远的地方。我已经生儿育女,在一幅拼图里,我已经被镶进了自己的位置。

"不过,被束缚的只是我的躯体,这具名叫伯纳德的老头子的躯体。它已经确确凿凿地定形了,所以我迫切地想要相信些什么。我已经比年轻时更能客观地看待问题了,而那个时候的我还非得像从袋子里掘出彩票的小孩一样刨根问底,探求自我。'看啊,这是什么?那又是什么?这可以是一件很棒的礼物吧?就只有这些了吗?'诸如此类的问题。现在我知道盒子里装着的是什么了,也就不太在意它了。我将思绪投放到空气里,就仿佛谁将种子一把把洒向风里,划过夕阳,落在那片碾平之后、闪着光泽却还是一片贫瘠的耕地里。

"一个词语,一个并不完美的词语,但词语又是什么呢?它们并没有给我留下什么东西,能够摆上桌面,放在苏姗的手旁,或是像内维尔的那些证书一样从口袋里掏出来。我并不是法律、医药或金融方面的专家。我被词语所环绕时,就像一文不值的稻草。我会发光发亮,当我说话的时候你们也全都注意到了,'我在燃烧,我在发亮。'当我坐在游乐场旁,山榆树下,让词语的气泡飘出,那些小男孩应该会觉得,'这真是个好词,这真是个好句',于是他们也滔滔不绝起来,带着我的词语一起神游别处,但我在孤独寂寞中心力交瘁。孤独一人是我走向毁灭的原因。

"我像中世纪的修道士一般走过一间又一间屋舍,用串珠和吟游诗来哄骗少女和家庭妇女。我是一个旅行者,一个小贩,用一首吟游诗来垫付借宿的费用。我是个毫不挑剔、随遇而安的旅客,经常分配到顶级的四柱大床房间,随后却心满意足地躺在谷仓的干草堆里。我并不介意跳蚤,也不觉得丝绸有什么不好。我随遇而安,也不是什么爱说教的人。我太能感到生活的短暂和它企图画下的红色警戒线了。不过,我也不如你想的那样随心所欲。来判定我吧,从我对答如流的话语中判定我吧。我的袖子里也藏着轻蔑和严厉的锋芒,但我乐于谦让。我编出故事,从任何事物中都能造出物件。比如,一个女孩坐在小农舍的门旁,她在等待,她在等待着谁?是被引诱还是没被引诱?有个校长注意到了地毯上的小洞,他叹了口气;而他的妻子,手指正在波浪般浓密的发间穿梭,使劲回忆着什么——就是这些诸如此类的事。挥舞的手,街角的迟疑,谁将香烟扔进排水沟里——这些全都是故事。不过,哪一个才是真正的故事呢?这我就不知道了。因为我常将词语束之高阁,就像将大衣挂进衣橱里,等待有谁去穿上它一样。我在等待中猜疑,这边记记,那边写写,就这样脱离了生活。我可能会像向日葵上的蜜蜂一样被掸掉。我日复一日地积累着哲学,一个又一个瞬间涌出,眨眼之间又像水银一样飞落至十几处不同的方向。然而路易,睁大眼睛而面容严峻的路易,却在他的小阁楼里,在他的办公室里,对那些需要了解的事物做出了无可置疑的定论。"

"那根我试着要去转动的线纺,"路易说,"就这样绷断了。你的笑声切断了它,还有你的淡漠,还有你的美丽。很多年前,珍妮在花园里亲吻我时就绷断了这根线。那些自大的男孩在学校里嘲笑我的澳大利亚口音时也绷断了这根线。'这就是它的意义。'我这么说道,随后精神上一阵痛苦——无比的空虚。'听啊,'我说,'听啊,那只夜莺伤痕累累地鸣唱;听啊,那些征战和迁徙啊。相信吧——'然后我颤抖着化为碎片,在参差的瓦片和破碎的玻璃中磨砺出自己的道路。不同的光线倾泻而下,使平凡变得生生疏疏，斑斑驳驳。当我们再次相聚在这个和解的瞬间，这个夜晚的时刻，与我们相伴的是美酒和微风吹拂的树叶，还有那些穿着白色的法兰绒、带着垫子、从小河边来的年轻人，但这些于我而言却笼罩在地窖般漆黑的阴影里，载满了人与人之间造成的痛苦和折磨。我的感官充满瑕疵，甚至当我们坐在这儿时，我也无法用一抹深紫掩盖不断叠加在我们身上的前因后果。我问自己，解决的途径是什么，沟通的桥梁是什么？我该如何克服这片眩晕，这堆排成一排、不停跳舞的妖魔鬼怪？就这样，我迟疑了。与此同时，你充满敌意地注视着我蠕动的嘴唇，暗黄的脸颊，和经久不变紧锁的眉头。

"但我祈望你也能注意到我的衬衫和手杖。我继承了一张结实的桃木桌，它就放在一间挂满地图的屋子里。我们的蒸汽机因其豪华的箱体而赢得了殊荣。我们建起游泳池和健身房。现在的我已经穿起白色的马甲，要翻翻计划本才能许下新的约定。

"我希望能用这种既高傲又讽刺的举止，来掩饰自己的颤抖，还有那无比软弱而缺乏保护的灵魂。出于某些原因,我一直是年纪最小的那一个,最天真、最容易被惊奇的那一个,会出于理解和忧虑而冲到最前方,也会因不安或嘲笑而产生怜悯——不管是因为鼻尖上的一点灰尘还是一枚没系好的纽扣。我蒙受过一切耻辱,却也能像大理石一样冷若冰霜。我并不了解你为什么觉得活过就是一件幸运的事。当水在壶里沸腾,当珍妮的印点围巾被清风吹得如细网般飞起的时候,你小小的激动和孩子气的举止,对我来说就像将蒸汽机突兀地丢到怒气冲冲的公牛前。我判你有罪,但我的心却还是靠向你的。我愿意同你一起穿越死亡的火光。不过独自一人也有无限快乐。我用奢华的金色和紫色粉饰自己,但依然更倾心于烟囱顶上看到的风景。有小猫拖着脏兮兮的身体跃过一座又一座烟囱,还有支零破碎的窗户,还有嘶哑的钟铃声叮叮当当地从某座砖砌教堂的尖塔上传来。"

"我看到面前是什么了,"珍妮说,"这条围巾,这些酒红色的点缀,这只玻璃杯,这盏放芥菜的调味碟,这朵花。我喜欢可以触及的事物和可以品尝的食物,我喜欢细雨化为可以触碰的雪花。我也变得莽撞了,变得比你们更加勇敢，却不会吝啬地压制自己的美貌，唯恐它会使我枯萎。我将它整个吞进肚里，它是肉体做成的，它是事物制成的。我的想象就是身体的想象，它所展现出来的图像并不如路易看见的那么精致、点缀着纯粹的白色。我不喜欢你们那些慵懒的小猫和烟囱壶，也不太喜欢你们表面上扎眼的美貌。男人和女人，或是身穿制服，头戴假发，或是肩披长袍，头顶圆形礼帽，或是身穿网球衫，领口美妙地敞开，或是套着各种各样的女式长裙（我总会将有关服饰的词语记录下来），这些都能令我感到愉快。我与他们同进同出，同出同进，来到房间，来到礼堂，无论是这边还是那边，无论他们到哪里。这边有人抬起马蹄，那边有人将一件又一件载满个人收藏的抽屉不断打开关上。我从来都不是形单影只的，总有一小群人一直追随着我。我的母亲一定曾经踏着鼓点起舞，而父亲一定曾经向大海行进过。我像只小狗一样跟着演奏管乐的队伍行走在路上，时不时地停下来闻闻树干，嗅嗅棕色的斑点，也会忽然冲过马路，跟在某些杂种狗身后，在它嗅到屠夫商店里挂着的肉时举起爪子。道路将我引向奇奇怪怪的地方，人啊，有多少的人啊，他们曾经径自出现，向我走来。我需要做的只是抬抬手，他们就会径直飞奔到约定的场所——也许是阳台上的椅子，也许是街角处的商店。而那些烦恼，将你们各自不同的生活夜夜呈现给我，有时，只不过是晚餐桌布下轻轻触碰的手指——我的身体就会变得像流动的液体，在如此轻微的接触下也能盈成一滴水珠，趋向饱满，轻轻颤动，随着一瞬的闪光，因狂喜而滴落。

"当你坐在桌旁写写算算时，我正坐在镜子前。就这样，在我房间中央神圣的镜子里，我也审视了自己的鼻子和脸颊。我的嘴唇张得太大、也涂上太多唇彩了。我仔细地看着，认真地记下。我精心挑选合适的妆容，是那种金黄还是纯白，色调明快还是黯淡，线条笔直还是弯曲。我会对其中一个反复尝试，却对另一个十分苛求，时而冷漠得像映着银色光芒的冰柱，时而骄傲得像闪着金色火焰的蜡烛。我曾全力奔跑，仿佛用尽全力将鞭子挥向所能达到的最远的地方。那个男人的衬衫前襟，在某个角落还是白的，随即却变成了紫色。烟熏火燎将我们包裹，不过，坐在火炉边的毯子上，我们并没有因此抬高音量，而是像一对贝壳似地低声道出了内心深处所有的秘密,这样就没人会在这栋沉睡的房子里听到了。不过有一次我听到厨师动弹了一下,又有一次我们将钟表的嘀嗒声当成了踢球声——我们化为灰烬,不留一点遗骸,或是一块没有烧尽的骨头,也不会像亲友那样留一缕可以被放进挂坠盒保管的发丝。现在的我已是满头白发,面容憔悴。但正午当空,伴着明晃的日光,我依然可以坐到镜前端详自己的面孔,仔细地打量自己的鼻子、自己的脸颊、自己张得太大又涂了太多唇彩的嘴唇。虽然如此,我并不害怕。"

"从车站到这儿的路上,"萝达说,"一路上都有电灯和树木,树木的叶子并没有遮蔽道路。但它们还是可以隐蔽我的。不过,我并没有躲到这些叶子背后。我会径直走向你们,而不会再像过去那样兜兜转转,逃避相聚所带来的情感冲击了。然而,这只是我掌控自己的身体而使用的花招,而内心深处依然没有学会这一点。我会恐惧,我会憎恶、会恋慕、会羡慕,也会看低你们,但我从来没有快快活活地加入到你们之中。从车站过来的时候,我躲开了树木和邮筒的影子;即使隔着一段距离,也能从你们的大衣和雨伞中看出,你们是从怎样的过去一路走来,站到这里的。你们有坚定的立场,十足的派头;有儿女,有权威,有名望,有爱恋,有自己的小圈子;而我什么都没有,我真是无颜以对。

"在这间餐厅里,你们看见鹿角装饰和平底酒杯,看见盐瓶子,看见桌布上的黄色污点。伯纳德叫着'服务生!',苏姗叫着'来点面包!'。随后服务生来了,他带来了面包,但我却觉得杯子的侧面好像一座大山,只能看到鹿角装饰的一部分,而酒杯侧面的反光也仿佛黑暗中开出的裂缝,透着些许惊异和恐慌。你们的声音就像森林里的树木咯吱作响,你们脸上呈现出来的卓越和空洞也是一样。在午夜时分,远远地靠在某座不知名广场的扶手上一动也不动,该是多美妙啊!伴随着向身后蔓延的洁白泡沫,渔夫在世界的边缘收网撒网。一阵风拂过原始森林树梢上的叶子。(而我们只不过坐在汉普顿宫里。)鹦鹉的鸣叫打破林间的沉寂。(这是有轨电车开启了)燕子在午夜的池里拍打翅膀。(这是谈话开始了。)这就是我们坐在一起时,我试图领会的情境。就是这样,我必须在七点三十分整,准时经受这汉普顿宫里的煎熬。

"但是,既然我需要这些面包卷、这些瓶中的美酒,而你们脸上的卓越和空洞也显得如此美丽,还有这张桌布以及上面的黄色污点,在一圈圈扩大、直到某一天发现自己至少可以覆盖到整个世界前(于是我做着梦,床铺浮在空中,从夜晚地球的边缘滑落)。我必须忍受人与人之间的古怪扮相,我必须忍受你们拉着我讲述你的孩子们、你作的诗、你的冻疮,或是任何你自作自受的东西。但我不会再受欺骗了。在这一切呼来唤去、拉扯寻觅后,我应该独自一人穿过这层纸片,落入火海,而你们并不会帮助我。比过去那些折磨更加残忍的是,你会就这么任凭我坠落,在我落下的时候将我撕成碎片。但是某些瞬间,思绪的四壁也会变得微薄;没有一事一物是未被吸收的,我甚至可以想象我们吹出一个如此巨大的泡泡,连太阳也能在里面升起落下,我们也许可以将正午的蔚蓝和午夜的漆黑也收入囊中,抛开一切,逃离此地,逃离现在。"

"一滴接着一滴,"伯纳德说,"寂静落下了。它形成于思绪的顶壁,降落在脚下的池里。永生永世的孤独,孤独，孤独——听寂静落下，散出一圈圈漫向尽头的涟漪。吃饱了，塞满了，被人到中年的事情固化了，我，毁于寂寞的我，就这样一滴接着一滴，任由寂静落下。

"但现在，寂静的水滴击打在我脸上，冲刷着我的鼻子，我像院子里被大雨洗刷的雪人。当寂静落下，我被完完全全地融化了，失去了任何特点，几乎不能与其他人区分开来。但这不算什么，这算得上什么呢？我们已经美餐一顿了。鱼、小牛排和葡萄酒，让那个伶牙俐齿的自我也消顿下来了。焦虑歇息了。我们之中最虚荣的一个大概就是路易了吧，对其他人的看法满不在乎；内维尔的痛苦暂时消隐了，他所想的就是让其他人幸福去吧；苏姗听到了她孩子们安然入睡的呼吸声，睡吧，睡吧，她低声说道；萝达已经把自己的船锁在了海岸，它们是沉没了还是抛锚了，她已经一点也不在乎了。我们已经准备好去考虑世界所平分给我们的任何建议。这时我想起来，地球只不过是太阳表面不小心掉落的一颗石子，宇宙的深渊里也不存在任何生命。"

"在这样的寂静中，"苏姗说，"仿佛没有一片叶子会落下，也没有一只鸟儿会飞起。"

"不过,如果奇迹发生,"珍妮说,"生活会存在于此地,存在于现在。"

"或者,"萝达说,"我们也不必再生活下去了。"

"但是听啊,"路易说,"听世界在无限宇宙的深渊中转动。它在轰鸣,无论是历史的光亮还是我们的一任任国王和王后,都已经不复存在;我们已经消逝,无论是我们的文明,尼罗河,还是所有的生命。我们分离时的一点一滴已经消融,我们都会灭绝,消失在时间的深渊里,消失于黑暗中。"

"寂静落下了,寂静落下了,"伯纳德说,"但是现在,听啊,嘀嗒,嘀嗒;滴滴,滴滴;世界在召唤我们来到它身旁。某一瞬间,当我们越过生命的界限,我听见来自黑暗的飓风。随后便是嘀嗒,嘀嗒(这是钟表声);接下来是滴滴,滴滴(这是汽车声)。我们回到了陆地,我们来到了岸上,我们坐着,我们六个人围坐桌前。是关于鼻子的记忆唤醒了我,于是我站起身叫道,'进击啊,进击啊!'同时回想起自己鼻子的形状,并用勺子斗志昂扬地敲着桌面。"

"我们要对抗的是这些无止无休的混乱,"内维尔说,

"对抗这些不可名状的愚蠢。在树后和护士做爱的士兵,比一切星光都让人羡慕。尽管某些时刻,一颗颤抖的星星出现在晴朗的夜空时,会让我觉得世界是如此的美丽,而在我们这些蠕虫的焚心欲火下,甚至连树木也会变得丑陋不堪。"

("不过,路易,"萝达说,"沉默间,时间是如此短暂。现在他们就开始将餐巾叠在餐盘旁边了。'谁来?'珍妮问。内维尔叹了口气,想起珀西瓦尔再也不会到来了。珍妮掏出镜子,她像艺术家一样在脸上涂涂画画,把粉扑从鼻子上边打到下边,在一阵深思熟虑之后,将嘴唇也染上了最佳的颜色。苏姗看见这一番动作,感到了轻蔑和恐惧,她将大衣上的扣子一会儿系上,一会儿解开。她在准备着什么呢?谁也料想不到这些是为了什么而做的。"

"他们简直在自己跟自己说话,"路易说,"'是时候了,我还精力充沛呢。'他们是这样说的。不过他们并没讲完这句话:'我的剪影在无限空间漆黑一片的衬托下肯定非常突出。'接下来:'是时候了,'他们又说,'花园的门该被关起来了。'萝达也随声附和着他们,与众人步调一致；或许，我们两人可以稍稍落后一点。"

"就像同心者们有什么话要悄悄耳语一样。"萝达说。)

"这是真的，我确信，"伯纳德说，"在我们走着的这条大道上，有位骑在马上的国王曾经从那边的鼹鼠丘上跌落下来。不过，将一座头顶金色茶壶的人形，摆在那无限时空中旋转的无底洞前，真奇怪啊。人们很快就能恢复对人物的信仰，但却不能立刻认同他们头上顶着的那个东西。我们英国人的过去，不过是一寸长的光阴而已。人人把茶壶一样的东西顶在头上就能称王。不过，当我们走在大道上，我试图弥补对于时间的感知时，却在眼前弥漫的一片黑暗里扑了个空。这座宫殿十分轻盈，仿佛停留在空中稍事休憩的云彩。这只不过是头脑中的诡计罢了——让国王们一个接一个地坐上宝座，头上都扣着王冠。而我们六个人，肩并肩走着，仅凭体内闪烁无常、被人称之为心智和情绪的东西，我们该如何与这样的洪流抗衡啊；究竟什么才是永恒不变的呢？我们的生命也在流向他方，无从辨别，沿着没有灯光的大道经过时间的纽带。某一时刻，内维尔将一首诗丢向了我。就这样，怀着内心突如其来的对于不朽的信念,我说道,'凡是莎士比亚知道的,我也知道。'但那已成为过去。"

"这实在是毫无缘由,荒诞可笑的,"内维尔说,"当我们漫步时,时间就这样回来了。这是一只欢呼雀跃的小狗引起的。机器运作转动。岁月使那条通道变得灰白。现在,与那只小狗对比起来,三百年的时光比一瞬间的消散也长不了多少。威廉大帝头戴假发跨上骏马,宫里的女士们束着绣花裙曳过草地。当我们沿大道走下去,我开始渐渐相信,欧洲的命运举足轻重,并全部取决于布伦海姆战役,这听上去似乎很荒谬。是的,当我们走过那条通道,我要宣布,现在正是时候,我成了乔治国王忠实的臣民。"

"我们在这条大道上越走越远时,"路易说,"我轻轻靠向珍妮,伯纳德和内维尔手挽着手,而苏姗的手在我的手中,我们很难不去流泪,不去把我们自己当成孩子,并向神祈祷我们会得到他的庇佑然后安然入睡。这是多么美妙的事情,一起唱歌,一起拍手,一起害怕黑夜,仿佛还伴着嘉丽小姐的管风琴声。"

"铁门拉向后方,"珍妮说,"时间的毒牙停止了毁灭的进程。我们战胜了时间的无底洞,靠着胭脂,靠着粉扑,靠着口袋里薄薄的手巾。"

"我捉住了它,很快就握住了它,"苏姗说,"我紧紧抓着这只手。不管它是谁的手,不管带着爱还是带着恨,我都不介意。"

"我们正怀着静止的心境,虚幻的心境,"萝达说,"当思绪中的墙壁变得透明,我们也享受这片刻的和缓(人并不常摆脱焦虑)。这座雷恩的宫殿①,好像是为大堂里成行排列的人们出演的四重奏,形成一座椭圆。方块搭在椭圆上,于是我们说:'这便是我们的居所,它的形态变得看得见了,几乎没有被落在外面的部分了。'"

"花儿啊,"伯纳德说,"我们与珀西瓦尔进餐时,曾经插在桌子上花瓶里的那束红色的康乃馨啊,变成了由六条生命所生成的、六面的花。"

"这真是一个神秘的启示,"路易说,"在紫杉树的映衬下它变得可见了。"

---

① 克里斯托弗·雷恩,汉普顿宫的建筑师。

"它是由无数痛楚、无数笔画构建的。"珍妮说。

"婚姻、死亡、旅行、友情,"伯纳德说,"城市和乡间,孩子和一切,由黑夜中裁剪出来的多面体,许多面的花。让我们稍歇片刻;让我们瞧瞧我们都做了什么。让它映刻在紫杉树上。一条生命。就在那儿。就这样结束。消散。"

"现在他们不见踪影了,"路易说,"苏姗和伯纳德在一起。内维尔和珍妮在一起。而萝达,你和我,在这座石像前驻足片刻。我们该听听这些人两两成队地在小树林间寻觅着什么样的歌谣。珍妮,戴着手套指向了某处,假装自己注意到了水百合。一直爱着伯纳德的苏姗正在向他倾诉:'我如此荒废的生活,我如此空虚的生活。'而内维尔,在湖边,在月光照耀的湖水旁,握起珍妮涂着樱桃色指甲油的小手,呼喊道:'爱恋啊,爱恋。'而她仿佛小鸟般回道:'爱恋啊,爱恋?'我们听到了什么样的歌呢?"

"他们走到湖的方向不见踪影了,"萝达说。"他们静悄悄地沿着草地溜走,仿佛也能断言他们就这样请求我们给予同情,使他们拥有自古以来的特权——不被打扰。

灵魂中的海潮轻轻拍打着,涌向彼岸,他们没法不丢下我们。夜幕降落在他们身上,我们会听到什么样的歌声啊——猫头鹰的歌声,夜莺的歌声,鹪鹩的歌声?蒸汽机鸣响,电轨光闪过,树木沉沉地弯下腰。信号灯掠过伦敦。这边有一个年迈的老妇静悄悄地回来了,也有一个晚归的渔夫,拖着枝条走下阁楼了。没有一点声音,一点动作,能逃开我们的注意。"

"一只鸟儿飞向家园,"路易说,"而夜晚张开了她的眼睛,在入睡前快速地扫过灌木丛间。我们该怎么做,才能将他们传回来的那些复杂且让人疑惑的消息收整归纳?而消息除了来自他们,还来自漫步在这边的逝者们,生活在一任又一任国王权势下的年轻男孩们和女孩们、成年男人们和女人们。"

"有什么东西重重地投在夜晚里了,"萝达说,"将夜色拖拽而下。所有树木都投下了浓重的影子,而那些影子并不属于立在它后方的任何一棵树。当斋月中的人们饥肠辘辘、情绪不稳时,我们听见屋顶上方传来鼓声。我们听见那些人牡鹿般撕心裂肺的喊叫,'开开门啊,开开门啊。'听见有轨电车呼啸而过,变成一道划过轨道的光。我们听见山毛榉和桦树抬起它们的枝条,好像新娘解开了晚礼服,来到走廊边说,'开开门啊,开开门啊。'"

"一切充满生机,"路易说,"在这样的夜里,我一点也听不见死亡的声音了。在那个男人脸上显出的是愚蠢,在那个女人的脸上显出的是年龄,这就够了,人也许会想去抵抗这样的咒语,让死亡来吧。但今晚,死亡在哪里呢?一切简陋、粗糙、怪异而形形色色的事物,全都像玻璃杯打碎在了一片火红边缘的蔚蓝色浪潮里,它们滑向岸边,满载着无数条小鱼,冲刷在我们的脚下。"

"如果我们可以一起攀上高峰,如果我们可以一起从足够高的地方看看下面,"萝达说,"如果我们可以不带任何束缚地浮在空中——但是你,你被模糊的掌声、喝彩和欢笑声干扰;而我,最讨厌人们口中的是非与诽谤,所相信的只有自身的孤寂以及不可抗拒的死亡,因此我们只好分道扬镳。"

"永永远远地分道扬镳。"路易说,"我们抛弃了灌木间的拥抱还有爱恋,各种各样的爱恋,湖水旁边的爱恋,就这样站着,好像同心者们离开人群,诉说什么秘密。但是现在,看啊,当我们站在这里,一阵波纹击散在地平线上。渔网越升越高,升到了水面。而水面被颤抖的小鱼和银晃晃的光搅散了。它们就这样落到岸上,一会儿跳跃,一会儿冲打。生活将它的网中之物抛到了草地上。有些人影向我们走来。他们是男人还是女人?他们依然被那些来自海潮、朦朦胧胧的装饰织物覆盖着。"

"现在,"萝达说,"他们走过的那棵树又恢复了往常的大小。他们只是普普通通的男人,普普通通的女人。惊愕和敬畏在他们脱下海潮的织物时变化了,变成了遗憾。当他们出现在月光下,如同军队的残影,成为我们的代表,每夜每夜前去战斗(不管是在这里还是希腊),每夜每夜带着扭曲的表情伤痕累累地回来。现在光线又落在了他们身上。他们也是有面孔的,他们成了苏姗和伯纳德,成了珍妮和内维尔,成了我们熟悉的人。这是什么样的损耗啊!什么样的损耗、什么样的耻辱!一阵熟悉的战栗遍布我的全身,又让人恐惧,又让人憎恶,我感到他们投来的钩子将我拖向某个点。这些问候,这些相认,这些指尖的触碰,这些眼神的交会啊。他们只需要说话，脱口而出的第一句就带着熟悉的语气，也会犯些我们印象中就有的错误。他们双手摇动，让已成过去的上千个日子再度从黑暗中升起，动摇着我的信念。"

"有什么东西正在摇摇晃晃、闪闪发光，"路易说，"大路的尽头，幻象卷土重来了。纷纷扰扰的疑虑冒了出来。我是如何看待你的——你又是如何看待我的？你是什么人？我是什么人？——这让我们之间再次充满心神不宁的空气。脉搏加快了，眼神点亮了，那些生命中不可或缺的个人存在感又重新显现了。它们就在我们的心中。南方的日光落在这只壶上，我们起身投入这片无情的浪潮。当苏姗和伯纳德、内维尔和珍妮双双回来时，神帮助我们，假装一切无事似地欢迎他们归来。"

"我们的出现仿佛破坏了什么，"伯纳德说，"破坏的说不定是整个世界。"

"可是，我们简直喘不过气来，"内维尔说，"我们是如此精疲力竭。我们被头脑中冲出的强烈火苗耗尽了力气，只希望回归到被切断的母体中去。其他东西全都索然无味,不是压迫就是劳顿。在这边的灯光下,珍妮的黄色围巾黯淡得仿佛一只飞蛾,苏珊的眼睛也熄灭了,我们大家几乎与小河融为一体,一截烟蒂成了我们当中唯一醒目的东西。悲伤渲染了我们的内心,我们本该离你而去,撕去层层织网,使内心的渴望喷涌而出,独自酿出一些味道更苦、颜色更深、却带丝丝甘甜的果汁。但是现在,我们已经疲惫不堪。"

"在我们交火之后,"珍妮说,"再也没有留下什么能放进小吊坠盒里的东西了。"

"我还是会打起哈欠,"苏姗说,"好像一只幼小的鸟,毫不满足于那些从我身边逃走的东西。"

"离开之前,"伯纳德说,"让我们稍事歇息吧。让我们近乎形单影只地漫步在河岸旁的阁楼里吧。快到睡觉的时间了,行人都已回家。这个时候,河对岸,那些小店员的卧室里亮起的灯光,看上去真是舒心啊。这边亮起一盏——那边也亮起一盏,你觉得他们今天的收益怎么样?也许刚刚好能支付房屋的租金、电费,还有孩子们的衣裳费,不多不少刚刚好。那些经营商店的家中亮起的灯光,给我们带来了多少生活的宽慰啊！星期六到来了，手中的余盈可能刚好负担得起电影院的几个座位。也许点上灯前，他们也会走到小花园里看看大大的兔子蜷在自己的木头小屋里。而星期天，这只兔子将要成为他们的晚餐。接着，他们熄灭灯盏，随后进入了睡眠。对成千上万的人来说，睡眠是平静而温暖的，还有不时点缀的美妙梦境。'我寄出了信，'蔬菜店员心想，'给星期天的报纸寄出了信。假如我中了足球竞猜的五百镑大奖会怎样？我们就该吃了那只兔子。生活如此完满，生活如此美好。我寄出了那封信，我们就该吃了那只兔子。'他就这样睡着了。

"那些声音还在继续，听啊，那边传来的响动，好像轨道运货车咯吱咯吱地碰撞在旁轨上。生命中快活的事物一件接着一件。打打敲敲，敲敲打打，绝对，一定，肯定，一定要去那儿，一定要入睡，一定要醒来，一定会起床——时而悲哀、时而宽容的词语被我们伪装成责备，被我们紧紧压在心上，如果没有它们，我们就是不完整的人。我们珍视这些声音，就像轨道运货车碰撞在旁轨上的声响！

"离河不远的地方传来了齐声合唱，那是自大的少年们所唱的歌，他们乘着大大的游览车结束了一日的旅行，从挤满蒸汽船的岸边归来。他们以平常的方式唱着歌，就像在球场上穿行那样，无论是冬日的晚上，还是窗户敞开的夏天，他们总会喝得酩酊大醉，四处搞破坏，每个人头顶小小的条纹帽子，路过墙角时头都转向一个方向，我真希望和他们在一起啊。

"随着这些和声、这潺潺的水流和若隐若现的风的低语，我们所抛开的到底是什么啊。我们自身也在一点点地破碎。那边！紧接着有什么重要的东西落了下来，我不能再将自己保持成形了，我该去睡了。但我们必须前行，必须赶上我们的火车，必须走回车站——必须，必须，非得这样。我们只是一具具身体，左边右边紧挨着快步走，而我只存在于脚底和大腿僵硬的肌肉里。我们好像已经走了几个小时，但他们都去哪儿了？我想不起来了。我仿佛一只在瀑布上缓缓划行的小舟，我并不是审判员，并不会被叫起来发表自己的意见。在这片灰色的光线中，房子和树木看起来一模一样。那边是一根电线杆吗？那边是一个女人在走路吗？这边是车站，如果火车将我切成两半，两边的我应该能在轨道的另一头集合,再重回一体,再也不会被分开。但奇怪的是,即便此刻,在昏睡中,我依然用几根手指,在口袋里紧紧地抓住了到滑铁卢车站的回程车票。"

此刻，太阳已经沉落。海和天浑然一体，交相辉映。迸裂的海浪在遥远的岸边展开它们洁白的扇面，将白色的影子响亮地推向岩洞深处，随后又退回到鹅卵石间，仿佛一道轻轻的叹息。

树木摇动枝叶，零零散散的叶子落到大地上。它们沉静地安居在原地等待着消亡。曾经盛着鲜红光线的破碎容器，现在将灰色和黑色洒入园中。暗影染黑了枝茎间的隧道，画眉鸟默不作声，虫子钻回了自己的小洞。就在这时，从旧鸟巢上再度吹来一根白色的空心稻草，飘落在幽暗的草地间，腐烂的苹果旁。工具间墙上的光线渐渐黯淡，蛇皮空落落地挂在钉子上。房间里所有的颜色都越过了它们自身的边界。精准的线条变得朦朦胧胧、斜向一旁；橱柜与那些椅子上的棕色融入了一片巨大的溟濛之中，仿佛有一面巨大的幕帘从地板遮笼到天花板上，带着阴影摇摇晃晃。镜面苍白得仿佛被藤蔓阴影所遮蔽的洞口。

碎屑从坚固的山丘上滚落,游走的光芒乘着羽毛状的楔子行驶在隐没的道路上,但没有一丝光线可以穿过如羽翼般合拢的山峰,也没有一丝声响盖过鸟儿寻觅一棵更加荒凉的树时发出的呼喊。在悬崖的边缘,同样的呢喃来自穿越林间沙沙作响的风,来自那些沁在海洋中心上千透明空洞中渐凉的水花。

仿佛空气中也涌起漆黑的浪潮,黑暗涌向前方,淹没了房屋、小丘、树木,一如海浪环绕一艘沉没的轮船。黑暗涌向街道,绕着孤零零的身影旋转,直到将他们淹没其中;黑暗也淹没了榆树荫翳中的恋人,他们在夏日繁茂的枝摇叶晃下相依相拥。黑暗自青草覆盖的街道涌起波浪,在地面翻涌,遮起孤零零的荆棘树和躺在树旁的蜗牛壳。黑暗的浪花越翻越高,沿着光秃秃的坡道向上涌去,涌向陡峭不平的山峰,即便村里长满金色的葡萄藤,而袅袅的炊烟从村庄飘来,那些坚硬的巨石上也永远覆盖着积雪;有的女孩们,坐在露台上,一边抬头看着那些积雪,一边摇着扇子,扇子不时遮掩着她们的面孔。这些，也逐渐被黑暗包裹了。

"此时，总结致辞，"伯纳德说，"此刻，向你解释我生命的意义。看在我们互不相识的份上（尽管我想，我可能在某条开往非洲的大船上见过你一次），大家尽可以坦诚相对，实话实说。我眼前总有一种幻象，好像此刻有什么东西附着于此处，它有弧度，有重量，有自己的深度，并且已经是完完整整的了。就是现在，我感觉那就是我的生活。如果可能的话，我会将它全部献给你。我会像摘一串葡萄那样一串一串地将它采下，我会说：'收下它吧，这就是我的生活。'

"然而不幸的是，你并没有看见我所看到的事物（这个地球之上，人影幢幢）。你看见的只不过是一个略微发胖、上了年纪且两鬓斑白的男人坐在桌子的另一边。你看见我拿起餐巾并将它展开，你看见我从酒瓶里给自己倒了一些葡萄酒。与此同时，你也看见门在我身后打开，看见进进出出的人们。但为了让你明白，为了将我的生活献给你，我必须给你讲一个故事——故事真的太多了——有的关于童年,有的关于学校,有的关于爱恋,有的关于婚姻,有的关于死亡,还有更多、更多。不过,它们没有一个是真的。我们总像孩子一样给别人讲着故事,其间天花乱坠,添附着时而滑稽、时而卖弄、时而色彩丰富的美丽辞藻。我真是厌倦了那些故事,厌倦了那些翩然落地的美丽辞藻!并且,我也无法相信整整齐齐设计在半张便笺纸上的生活。我开始渴望某种语言,比如恋人间的话语,那些零落的词语和吐字不清的句子,好像人行道上步履缓慢的足音。我开始寻求某种设计,它们会更加切合那些或屈辱或凯旋的时刻,不期而至,无可否认。在某个暴风雨的日子躺在沟渠里,雨停歇后,无数片云逐渐积累在天空中,有的支离破碎,有的聚簇成团。让我感到欣慰的正是这样的混沌、高远、孤漠与狂怒。大片的云朵总是不停变化着,事物的运动也是如此。某种充满危害、不无凶兆的东西翻涌而起,匆匆忙忙;有时高耸而上,牵牵引引;有时轰然散落,纷纷散去;而我躺在沟壑里,刹那间就忘了它们。关于故事,关于刻意,我已经寻不到踪迹。

"但是现在,让我们边进餐,边把这些景象翻过去吧。

就像孩子们翻过一页页图画书，而保姆们在一旁边指着边说：'这是一头奶牛，那是一艘小船。'让我们一页页翻过，为了让你觉得有趣，我还会在边边角角加上一点注释。

"在最开始的几页，是托儿所，窗户面向花园，花园过去就是大海。我看见了闪闪发光的东西——不用说那是壁橱上的铜把手。然后我看到康斯特布尔太太将海绵高高举过头顶，挤挤压压，于是感知的箭头也喷涌而出，从左，从右，顺着脊梁落下。从那以后，只要呼吸未停，每当我们撞到一把椅子、一张桌子或一个女人身上时，无论我们走进花园还是畅饮美酒，感知的箭矢便将我们射穿。有时候，当我路过一家透着光亮的窗户、刚有孩子降生的小农舍时，会几乎出于本能地想恳求他们不要往那个新生儿身上挤海绵里的水。接下来是一座花园，花园中覆盖着海潮般遮天蔽日的藤叶。在深深的绿意间，闪烁的花朵好像点燃的火苗。一只老鼠在大黄叶下被虫子死死缠住，嗡嗡作响的苍蝇飞舞在托儿所的天花板上，飞过一盘盘无辜的面包和黄油。所有一切同时发生，定格在这一瞬间。一张张面孔若隐若现，人影拐过墙角，有谁说道，'你好，那边的是珍妮，那边的是内维尔,穿灰色法兰绒、系蟒蛇皮带的是路易,那边的是萝达。'她有一只用来漂浮白色花瓣的小水盆。那天我正和内维尔待在工具间里时,苏姗哭了;当我感到自己的冷漠逐渐消融时,内维尔却无动于衷。'这么说来,'我想,'我就是我自己,不是内维尔。'这是多么了不起的发现。苏姗抹着眼泪,而我跟着她。不管是湿漉漉的手帕,还是她为不尽如人意的事情抽泣落泪时、像小木桨一样起起伏伏的肩膀,都让我见了心生怜悯。'这真是无法忍受的事。'我一边说,一边坐在她身旁骨头般坚硬的树桩上。接下来我第一个注意到那些敌人,那些变化无常、却无时无刻不存在于这里的敌人,那便是我们一直在抵抗的势力。消极被动,随波逐流,简直是不可想象的。'你要去的是那边,尘世,'有人说,'我要去的是这边。'于是我喊道,'我们去探险吧!'随后蹭地跳起来,和苏姗一起跑下小丘,瞥见马厩旁的男孩穿着亮闪闪的长靴咔嗒咔嗒地跑过场地。穿过层层枝叶向下望去,园丁们正用大扫帚拂过草地,那个女士正在写着什么。我好像被钉在原地,一动不动,心想,'我不能打扰到这条扫帚上的任何一根线,它们扫啊扫啊扫个不停。我也不能让那个女士停下一笔一笔写字的动作。'这真是奇怪,人并不能让园丁停止清扫,或打扰到一个女士的安静。他们就这样停滞在我的一生里了。那些敌人,那些生命,让人觉得就像有谁在巨石阵中巨大的石块间醒来。随后有一只鸽子从林间跃出了。在第一次坠入爱河的时候,我曾编出过一些句子,一首关于林间白鸽的诗,一首单行诗,因为我的头脑已经被敲出一个空洞,它是透明的,透过它人可以蓦地看到一切。然后是更多的面包,更多的黄油,更多的苍蝇嗡嗡地飞在托儿所的天花板下,明明晃晃,闪烁着乳白色的光,而与此同时,有一些光影好像尖尖的手指点进壁炉架的角落,形成蔚蓝的小池。每日,我们坐下来喝茶时就会注意到这样的场景。

"但每个人都是不同的。蜂蜡——无瑕的蜂蜡敷在脊背上,在我们每个人身上落出了不同的形状。同女佣在醋栗丛中做爱时发出喊声的长靴少年;晾成一线飒飒吹拂的衣服;沟壑里死去的男人;暴露在荒凉月光下的苹果树;成群蠕动的老鼠;闪闪发亮、滴滴落下的蓝色光影——我们洁白的蜂蜡就这样被染上不同的纹路、各异的色彩。路易憎恶身体的本能反应；萝达厌烦我们的残酷无情；苏姗不会与人分享；内维尔渴望秩序；珍妮醉心爱恋；等等，等等。我们身为独立的个体时，都承受着极大的苦难。

"不过，我还是挺过了这些多余的事，比我很多朋友都要活得长久，尽管我饱经沧桑，身体发福，头发有些灰白，但这就是生活的全貌啊，这并不是从屋顶上而是透过三层的窗子看到的。想到这些让我放松下来，而不去在意某个女士对某个男士的评价了，尽管被评价的男人就是我自己。我到底是为什么才会在学校里被欺负的呢？那些人是怎么让事情对我来说变得棘手的呢？那边有个博士跌跌撞撞地走向小礼拜堂，仿佛走在一艘乘风破浪的战舰上，通过扩音器发号施令。看在权威人士总是夸大其词的份上，我既不会像内维尔一样讨厌他，也不会像路易一样敬畏他。当我们一起坐在小礼拜堂时，我会记些笔记。那里有一根根柱子，片片阴影，用于纪念的管弦乐器，还有男孩们遮挡在祈祷书后打打闹闹和交换邮票的动作；生锈的水泵咯吱作响；博士瓮声瓮气地讲着关于不朽和永生的事情，叫我们像男子汉一样离开；珀西瓦尔挠了挠大腿。我为一个个故事准备好词语，在小笔记本的边边角角描着画像，却依然与周围保持着距离。下面就是我当天看见的几个人的样子。

"那天，珀西瓦尔坐在小礼拜堂里，直勾勾地盯着前方。有时他也会用手轻轻拂一下颈后，他所有的动作都是这么的引人注目，我们每个人也都用手拂了拂颈后——却没有成功；他所拥有的是那种能抵住一切爱抚的美貌。不过他一点也没有老于世故，总会去读书单上列出的书，不管那是什么，也不留一句评论或感想，无与伦比的镇定与泰然自若（这个成语自然而然地冒了出来）总会使他免于小气和耻辱，同时也让他觉得露西亚麻色的马尾辫和粉红的脸颊简直是女孩子美丽的最高典范。正是由于这样的循规蹈矩，他后来的品位变得极好。但这边也应该来点音乐，来点欢乐的颂歌。透过窗子传来的应该是一首狩猎之歌，源自飞速而过、未被领悟的生活——那是响彻群山、渐渐消散的呼喊声。那些出其不意、脱离掌控、将顺理成章变为胡言乱语的——就是我想到他时忽然来到我脑海的。脑海中被用来观察的小装置当即失灵了，顶梁倒落下来，那个博士也没了踪影,一种突如其来的欣喜笼罩了我。他是在跟人赛马的时候跌落的,而我今晚沿着沙夫茨伯里大街行走的时候,不管是那些从地铁站鱼贯而出、无足轻重、面容模糊的人,还是许许多多不知名的印度人,还是死于饥饿和瘟疫的人,还是那些被抛弃的女人、受惩罚的小狗、掉眼泪的小孩,对我来说都充满了悲哀。他本来可以伸张正义,他本来可以保护弱者。等到差不多四十岁的时候,他本来可以去抗衡一下那些有权有势的人。没有一首摇篮曲可以让我助他安眠。

"不过,让我再继续挖掘下去,用勺子从瞬间的事物中舀一些东西出来,并乐观地称之为'友人个性录'——先是路易。他坐在那儿目不转睛地盯着传教士,整个心思仿佛随着紧蹙的眉头揉成了一团,嘴唇也紧紧地抿着。他坚毅的眼神会在某个地方定格,却在下一个瞬间伴随一声大笑变得闪烁。他也深受冻疮之苦,那是周而复始落下的惩罚。他郁郁寡欢,孤孤单单,游离于事物之外;偶尔鼓足勇气,他也会讲讲海浪是如何冲上家乡的沙滩的。少年冰冷的目光将视线停留在他浮肿的关节上。是啊,不过我们也很快发现他是如此机警,如此灵敏,如此严峻。我们坐在榆树下装模作样地观看曲棍球比赛时,也会自然而然地渴望得到他的赞许,尽管他极少回应。珀西瓦尔的优越被人喜爱,他的优越却被人排斥。他既刻板又多疑,走路时还会像仙鹤一样抬起脚,但即使这样,也有关于他赤拳砸向某扇门的光辉事迹在流传。不过他的那座山峰,顶端实在太贫瘠了,那里布满了石块,让扑朔迷离的事物根本无法驻足其上。他就是这样缺少了能将人与人连接到一起的亲切感。一方面,他拥有回避一切的淡漠,浑身都充满了谜团,仿佛一个精通万物的学者,也因此而令人生畏。我的那些词汇(那些形容月亮的词语)并没有被他看在眼里。另一方面,他也绝望地嫉妒着我可以轻轻松松地和下等人相处。但他对自己的专长并不是一无所知,这和他对规章制度的敬畏相辅相成,终于有一天,他事业有成,然而他的生活并不幸福。但是看啊——躺在我掌中的他,眼睛已经变成白色。蓦地,对于人的理解和认知脱离了我。我将他放回到小池子里,任由他重新焕发光彩。

"下一个是内维尔——他仰面躺在那里,凝望着夏日的天空。他仿佛飘在我们之间的飞絮,懒洋洋地徘徊在洒满阳光的游戏场的角落里,并没用心倾听,却也不曾远离。因为他,我才漫无目的地左顾右盼,甚至从来没有认认真真地去阅读那些拉丁文的经典著作,也无可挽回地变得思维片面——比如说基督受难像,我们竟认为它是魔鬼的印记。我们在这些问题上爱恨参半、模棱两可的立场,对他来说简直是不可原谅的背叛。在我编过的故事里,那个摇头晃脑、声音洪亮的博士正坐在火炉旁摇着裤子的背带,而在内维尔眼里,他只不过是宗教法庭的一个工具罢了。所以他的兴趣转向了卡图卢斯、霍拉斯、卢克莱修。的确,当他懒惰地躺在屋里时,也一直全神贯注地注意着板球队员,而头脑又像食蚁兽一般飞速灵巧、严丝密缝,能挑出罗马文书中所有的起承转合,再找出一个人,并且总会有一个人,坐在身旁。

"校长夫人拖着簌簌作响的长裙走过时,好像一座巍巍耸立、令人畏惧的山峰,令我们的手迅速攀向帽檐行礼。无边的沉闷整片落下,毫无变化。四周空无一物,空无一物,没有任何东西可以被鱼鳍搅碎,冲向纷纷的水流。什么也不会去激起那片无法忍受的厌倦。学期还在继续，我们在成长，我们在改变，因为，当然啦，我们也是动物嘛。尽管我们大部分时间都不怎么会注意到这点。我们会自然而然地呼吸、进食、睡觉。我们并不作为单独的个体而存在，而是由各种物质交互混为一体的。只要一搅和，一大群男孩就会一窝蜂地散开，一会儿打打曲棍球，一会儿踢踢足球。一列列军队行进于欧洲大陆，我们在公园或大堂集合，刻意避开某些被分隔开来的叛变者（比如内维尔、路易、萝达）。而我已经习惯听见从哪儿远远地传来一两句歌声，有可能是内维尔或是路易唱的，并情不自禁地沉浸在和声里，那歌声咏唱着古老而无言的事物。现在，当大大小小的汽车将人们载向剧场，我们听到的歌声依然在四周响彻。（听啊，汽车在餐馆前呼啸而过；小河下游也时不时会有汽笛的鸣响，那是一艘汽船向海洋启航了。）如果火车上的推销员向我兜售打火机，我是会接受的。我喜欢丰富而新奇的事物，它们带着原始的印记，没有固定的形状，暖暖柔柔，也没多少机关却十分简单易上手；我也喜欢男人们在俱乐部和小酒馆里高谈阔论的声音，喜欢煤矿工人半裸着身体在井下工作——他们直截了当,毫不做作,我除了晚餐、恋爱、金钱和还过得去的生活,并没有其他目标,也没有怀抱远大的希望、理想或类似的雄心壮志,只是本着一切谦逊并把事情做好的状态。我喜欢这一切,于是我加入了他们,而内维尔还在生气,至于路易,我完全同意,他会转头就走。

"就这样,我蜡做的外套融化了,并不以任何方式或任何顺序,它就这样带着稀稀疏疏飞驰疾下的条纹,这边落下一滴,那边落下一滴。此刻,透过这层透明的薄幕可以看到奇妙的牧场,荒无人烟,起初它像月亮般皎洁,光芒四射。有大片大片的玫瑰、番红花,还有岩石和蛇在那里出没;斑斑点点,黝黑黝黑,缠缠绵绵,磕磕绊绊。有人从床铺跳起来奔向窗户,看那鸟儿是如此婉转地起飞啊!你知道那是一阵翅膀拍出的风,一阵感叹,一声吟诵和轻叹,声声不息。所有滴落的东西都摇曳地闪烁着光芒,好像花园不过是一座零零碎碎的拼图,忽明忽暗,若隐若现,还没有合成一体;一只鸟儿在离窗子很近的地方唱着歌,我听见了那些歌谣,我追随着那些幻影。我看见乔安、多萝西和玛利亚姆,我忘记了那些人的名字,便走下坡道,停在桥头，望向下面的水面。他们中间远远地升起了一两个影子。鸟儿入迷地吟唱着窗前的青春，它们将蜗牛摔在石头上，将鸟喙啄进黏糊糊的物质里。顽固、冷静、热忱——就像珍妮、苏姗、萝达。她们在东海岸或西海岸受过教育。她们留起了长长的辫子，脸庞生得像受惊的小马驹，带着青春的符号。

"珍妮是第一个侧身挤过门旁去吃糖果的人。她能非常伶俐地从某人手里一把攥起糖果，不过她的耳朵却向后方紧贴着，好像要咬人一样。萝达很是大胆——谁也抓不住她，然而她既胆怯，又笨手笨脚的。第一个完全成长为女人的是苏姗，她全身上下都洋溢着女性的气息。正是她将滚烫的泪水洒在我脸上，那感觉既恐怖又美丽，有时也既不恐怖也不美丽。她生来就是被诗人钟爱的，因为诗人总是渴求安逸；虽然她既不安稳也不富裕，却拥有纯粹的品质，可以坐在那儿一边缝纫一边唱着'我又爱，我又恨'，带着高贵而平和的气质，会让人作出备受喜爱的诗歌。她的父亲从一间又一间的屋子跟过来，穿过挂满旗子的走廊，踩着有些年头的拖鞋，身上拖着长袍。在一个个沉静的夜晚，可以听见水墙似的瀑布自一英里外隆隆落下。那条上了年纪的狗几乎没办法跳上自己的椅子了,当她一圈一圈地转着缝纫机的轮子时,屋顶也许会传来哪个没头脑的女佣刺耳的说笑声。

"即使正在气头上,我也能发觉苏姗正绞着小手帕哭诉着:'我又爱,我又恨。'而我也注意到:'真是些没用的仆人,他们现在还在阁楼里哈哈大笑呢。'这一小片戏剧化的场面表明我们在自己经历中出现的形象是如此的不完整。在一切苦难的边缘,是善于观察的人们纷纷持有自己的观点。他低声发话了,就像某个夏天的早上把玉米放在窗户旁边时对我说过的那样。'柳树生长在小溪旁的草坪上,园丁们正在用那些大扫帚打扫着,而那个淑女正坐在那写信。'就这样他将我引向远远超出我们范围的窘境,走向那个符号化的、可能也是因此而永恒的事物了——如果在这条由睡眠、进食和呼吸所组成的,如此动物化又精神化的喧嚣生命中,也存在一丝永恒的话。

"柳树生长在小溪边上。我和内维尔、拉朋特、贝克、莱姆斯、雨果、珀西瓦尔还有珍妮一同坐在柔软的草地上。

光洁的柳枝黏着一点点灰尘,有时携着春绿冒出的尖芽,有时染上秋日时分的橙黄。透过它,我望见了小舟、楼房,我看到了匆匆忙忙、蓬头垢面的女人。我在草地中埋下一根又一根的火柴,明明确确地标出这样或那样思维的阶段(它有可能关于科学、哲学,也有可能就是我自己)。而与此同时,我的智慧也摆脱了边边角角的束缚浮上空中,抓住那些随后要去思考的遥远感思。钟铃的鸣响,反复的低语,消失的人影;一个骑在自行车上的女孩仿佛要掀起帘幕的一角,露出那些遮掩其下的挤挤挨挨、毫无差别的生命,这一切都涌向柳树背后,涌向我的朋友们。

"那棵树孤零零地抵御着我们永恒的溶流。我也在不停地变化,有时是哈姆雷特,有时是雪莱,有时是陀思妥耶夫斯基笔下的英雄,我甚至连他的名字都已忘记。有时我会出乎意料地成为一整个时期的拿破仑,不过大部分时候我都是拜伦。有时连续好几个星期,我的角色都是个冲进房间、将外套和手套统统甩到座椅靠背上的人,愁眉不展,闷闷不乐。我也时常走向书架,汲取某些特定的、非凡的寓言。就这样,我会让辞藻的驱动力落在相对而言毫不相干的人身上——刚刚成婚或刚刚入土的女子。所有书本、所有窗户旁的座位里都被我摆上了没写完的信,献给那个让我成为拜伦的女子。用其他人的风格来写完一封信真是太难了。我激动万分地来到她的房前,交换了信物却没有娶她回家,毫无疑问我还没有做好承担这一重任的准备。

"这边也应该再来点音乐,不是那首狂野的狩猎之歌,那首珀西瓦尔的歌,而是充满痛苦的高歌,百灵鸟般地发自喉咙和肺腑。这首隆隆的歌谣必将取代那些哀怨婉转、愚钝鲁莽的曲谱——真是深思熟虑!通情达理!——它试图描述的是第一次坠入爱河的翩翩时刻。一阵紫色的薄雾笼罩了天空,在她到来之前和之后,环顾一下房间里的变化吧。看看无辜的人们离家追寻他们的道路吧。他们既看不见也听不见,即使这样还是一味地前行。在一种光彩熠熠而又挤挤挨挨的氛围里,人是如何仔细地注意着自己的一举一动啊——就连拿起一张报纸,也会感到有什么东西附在这里,粘在手上。接下来涌出一阵五脏俱空般的感觉——有什么东西被拉长了,纺出蜘蛛巢般的丝网,痛苦地缠绕在荆棘上。接下来是一阵晴天霹雳般的虚无。闪电瞬间断裂，随后那种无可牵挂、无可担忧的喜悦又重新回来了。有些田地里好像永远闪动着鲜绿，仿佛破晓时分光线中所呈现出来的最单纯的景色——比如北部汉普斯特德的一小片绿意。每个人都容光焕发，好像所有同心协力的人都默默地怀着温柔的喜悦。然后出现的是事情已经圆满完成的神秘感，但紧随其后的是角鲨皮般粗糙而令人焦灼的情绪——就像她没有收到信件或没有到访时，就会出现的那些漆黑而战栗的感知箭头。忽然冒出的猜忌令人如坐针毡、无法忍受，恐慌、恐慌、恐慌——可是，当一个人所需要的不是连绵不绝的句子，而仅仅是一声叫喊，一声叹息时，那么煞费苦心地造出这些句子又是为了什么？许多年后你所看到的，只是某个中年女人在餐厅脱下她的斗篷。

"但是回来吧。让我们假装生活不过是一种固态的物质，造成了圆球的形状，我们就这么让它旋转在指间。就让我们假装自己可以编出平平常常、逻辑通顺的故事吧，于是当其中某个部分了结——譬如'爱恋'——我们便可以井然有序地讲到下一个。我说过那里有一棵柳树，它挥洒垂下的枝条,它弯曲起皱的枝干,仿佛存在于我们的想象之外,我们无法与之共存,却依然被它们改变着。不过尽管这样,它们还是稳定而平静地彰显了自己,带着我们生命中所缺乏的坚定品质。它所做出的评判,它所提出的标准,正展现于此。当我们漂泊变化时,它仿佛也在衡量我们。比如现在,内维尔和我正一起坐在草地上。他的目光能透过层层枝条,看到小溪中的平底船,还有从纸袋里拿出香蕉来吃的年轻人。但我会发问,事情真的如此简单吗?这幅情景浸透在他高度的想象里,被如此浓重地割开了。某一瞬间我甚至也能透过遮遮掩掩的柳枝看到它们了:那只平底船,那些香蕉,那个年轻人。随后场景模糊而去。

"萝达飘然而来,要是她披上一件迎风飞舞的长袍,准能骗过任何一个学者;要是她将踩着拖鞋的双脚藏在身后,也能蒙骗那头在草坪上翻滚的驴子。在一双带着惊愕与梦幻的灰色瞳孔深处,隐隐约约闪烁的是什么令人畏惧的东西?即使是我们这样残酷无情、怀恨在心的人,也没有坏到那种程度。我们肯定拥有最起码的好心肠,我跟其他人自由畅谈时也知道这几乎是不可能的——我们应该停下。她眼中的柳树生长在灰色沙漠的边缘,没有一只鸟儿会在那里歌唱。树叶收缩在她的目光下,在她经过时痛苦地摇摆着。小汽车和公共汽车在街上嘶哑地鸣叫,碾过石头,加速掀起泡沫。也许一根在日光下闪烁的柱子能立在她沙漠中的小池塘边,那里还有野兽在静悄悄地弯腰痛饮。

"然后珍妮来了,她带来的火光映在了树上。她像一匹皱巴巴的小马,发着热,饥渴地想要去饮干燥的尘土。她是有备而来的,气势汹汹,横冲直撞,任性撒泼。就这样一簇噼里啪啦的火焰在干燥土地的裂缝间烧了起来。她能让柳树起舞,但那不是幻觉,因为她只能看到确凿的事物:那边是一棵树,那边是一条小溪,现在是中午,我们在这儿,我穿着哔叽的套装,她穿着绿色的衣裳。在她眼中既没有过去也没有未来,只有我们的躯体和我们在光环中所存在的这一瞬间,以及无可避免的欢纵与沉迷。

"而路易,他在躺到草坪上之前,小心翼翼地顺展开(我绝对不是夸张)一块方方正正的防水布,使人不由得注意到了他的出现。这可真让人望而生畏。对于他的正直,我有向其表示敬意的聪颖心智;对于他先用布将受了冻疮的双手包起来再去触摸一块货真价实的钻石的举动,我也表示尊重。在他脚下的草地上的小洞里,我埋下过许多盒烧过的火柴。他用冷笑和刻薄的腔调责怪了我的懒惰。他那充满了铜钱味的想象可真让人着迷。他的英雄们都戴着圆顶礼帽、嘴里商讨着用几十镑的钱把钢琴卖出去。在他的风景里,有轨电车尖锐地驶过,工厂排出刺鼻的废气。他经常出没于寒酸的巷子和镇子,那边的女人会醉醺醺地躺倒,赤身裸体地裹在圣诞节的床单里。他的话语从小塔上落下,击在水面,溅出水花。他也找到了一个用来形容月亮的词,不过只有一个。然后他就站起身走了,我们所有人也都站起身走了。只有我稍微迟疑了一下,看了看那棵树,那些带着秋日色彩的、热烈而金黄的枝条;一些沉积物开始聚集,我也在凝结成形;有什么东西滴落了下来,而我也在下落——就这样,我也从某些已经结束的体验里脱离出来了。

"我站起身来走开了——我,我,我,并不是拜伦、雪莱、陀思妥耶夫斯基,我就是我,伯纳德,我甚至会将自己的名字重复一两次。我摇着手杖,走进一家商店,买了一幅镶在银色画框中的贝多芬像——但并非出于我对音乐的热爱。是的,并非出于我对音乐的热爱,而是由于全部的人生。那些生活大师们,那些生活的探索者,全部以一长列伟人的光辉形象出现在我身后,而我就是继承者,我就是接班人,我就是奇迹般地能将一切传承下去的人。就这样,我摇着手杖,双目含泪,与其说是骄傲,不如说是带着更多的谦逊。我就这样走在街上。呼呼的翅膀已经开始扇动,鸟儿的婉转啼鸣也已唱响。现在有人走进房子里了,那栋枯燥、坚固、住着人的房子,那里还保存着一切传统、一切物件、一切堆积的垃圾,桌面上也展示着珍宝。我拜访了家族的裁缝,他还记得我的叔父。相当多的人陆陆续续地来了,他们并没有像最初到来的人们(内维尔,路易,珍妮)那样轮廓鲜明,反而模糊不清、毫无特征,或是特征变得太快以至于无法捕捉。于是,带着羞涩和轻蔑,我就在这最原始、最奇特的疑惑和欣喜之下承受着打击,交错的感情和复杂、躁动、突如其来的生活冲击,同时来自于四面八方。真沮丧,真丢人!我不知道接下来要说什么,那些痛苦的沉默就像晃眼的沙漠,使所有卵石都显出了表面。然后我脱口而出的话是不该说出的话,却得被迫诚恳地对此有所意识,我宁可用成堆洒下的几便士请求它别在这聚会上出丑,特别是珍妮正轻轻松松地坐在镀金的椅子上散发着光彩。

"接着,有个女士做出一个令人印象深刻的手势说道:'跟我来。'她将人带入了隐秘的洞穴,向你坦承她对于发生关系的荣幸。姓名被换成了教名,教名则变成了艺名。在印度、爱尔兰或摩洛哥又发生了什么呢?年老的绅士们站在枝形吊灯下,衣冠楚楚地回答起这个问题。你会发现自己就这样了解了如此众多的信息。在屋外,模糊难辨的势力也在发威。在屋内,我们是隐秘、坦诚而清晰的,自带逻辑,此刻在这间小屋里,我们尽可以把某一天看成一星期内的任何一天,不管是星期五还是星期六。柔软的灵魂上形成了一层外壳,珍珠质地,闪着光泽,鸟儿徒劳地在上面啄着。这层外壳在我身上形成得比其他人都要早。很快我就在其他人用完甜点之后削起了梨。我也可以伴着周围的沉默从容地讲完话了。那也是力求完美、充满诱惑的季节。有人会认为,如果将小细绳系在右脚趾上,就可以一早起床，抽出空来学学西班牙语。有人将预约本上的小格子一个个填满，上面写的是八点钟晚餐会，一点半午餐会。有人将衬衫、领带、短袜统统散在床上。

"不过这种一丝不苟、军队般按部就班的进程完全是一种错误，这是只图轻松而不加思考所带来的谎言。即使是我们，穿上白色的马甲，顾及礼节，准时准点到达约定的场所，在行动之下也掩藏着更为深刻的东西。那一阵梦想破灭的人潮，保育园的旋律，街道上的哭喊，没写完的句子和轻叹——榆树、柳树，正在清扫的园丁，正在写信的淑女——这些事物汇成的暗流，即便在我们牵引一个女士就座时也不断起伏。当有人在桌布上整整齐齐地摆正餐刀，也有成千上万的人正在愁眉苦脸。没人能用勺子捞出些什么东西，也没什么事能被称为事件。但那些暗流是真切存留的，它们暗暗涌动。如果沉入其中，我会在妙语连珠中停住，紧盯着一件花瓶——里面也许还插着一枝花——同时沉迷于某个忽然冒出的发现或想法。又或者沿斯特兰大街行走时，随着一些幻影般色泽鲜丽的鸟儿、鱼儿或边缘锐利的云彩向上聚拢，我也许会脱口而出'这就是我想要的词语',一下驱赶了某些困扰我的思虑。然后我就会继续前行,重新带着愉快的心情浏览展示在橱窗里的领带或别的物件。

"不过生活的结晶,或者叫它生命的圆球,摸上去绝不是冷冰冰、硬邦邦的,它有着空气织成的最纤细的围墙。如果我触碰到它,一切都会破裂。无论我从散发着蒸汽的锅里提炼出怎样的句子,都不过像从百万条跳跃逃走的小鱼间捞出自己挂线上钩的六条,锅里冒出的银浆沸腾般的气泡也会从我的指尖流走。各种各样的人都回来了——他们将自身的美丽压在了我气泡构成的墙体上——内维尔、苏姗、路易、珍妮、萝达还有成千上万的人。将他们按顺序排号简直是不可能的,因为很难隔开其中一个而将整体的效果发挥出来——这又仿佛是在聊音乐。这是一首什么样的交响乐啊,包含着和弦和杂音,曲调是清亮的,低音是复杂而深沉的!每个人都演奏着自己的旋律,小提琴、长笛、喇叭、鼓以及形形色色的乐器。而曲调,对内维尔来说是'让我们聊聊哈姆雷特',对路易来说是科学,对珍妮来说是爱慕。随后一时兴起,在满腔愤怒之下跟一个沉默寡言的男人跑到了坎伯兰郡，在小旅店里待了一整周。雨不停地顺着窗格淌下，每餐都是羊肉下一餐还是羊肉。在各种感官毫无规律的翻滚中，那一个星期还保持着石头般坚固的样子。就在那段时间里，我们玩多米诺骨牌，随后，我们为了烤过头的羊肉拌嘴。那时，我们曾在森林里散步。有个小女孩从门外探进头来，把那封信递给了我。信写在蓝色的纸上，从那上面我读到，那个让我成为拜伦的女孩就要同一个乡绅结婚了。一个穿长靴的男人，一个挥长鞭的男人，一个晚餐桌上会讲起肥牛的男人——我嘲讽地叫起来，看着天边的流云，痛感自己的失败；意识到自己渴望自由，渴望逃避，渴望束缚；想要有个了结，想要继续下去，想成为路易那样的人，想成为我自己。然后我穿起雨衣独自外出行走，在永恒的小丘之下又觉得自己脾气太坏，一点也不高尚。回来后又抱怨起羊肉，开始收拾行囊。就此又回归了混乱，回到了痛苦之中。

"无独有偶，生活是愉悦的，生活是过得去的。星期一之后是星期二，星期二过后是星期三。脑海中有一个圈，性格变得明朗，成长抹去痛楚。狂热和匆忙的年轻岁月滑向过去,开开合合,合合开开,越来越嘈杂,越来越坚定,直到整个人好像时钟的发条不断地伸展收缩。从一月到十二月,潮水流动得是多么的快啊!我们被奔流不息中生长出来的事物冲走,它们如此相近,几乎不留下影子。我们漂浮着,漂浮着……

"不过,既然人必须要有所跳跃(为了给你讲好这个故事),那么我就要在这儿,在这个节点跃起,跳到完全平淡无奇的事物上——比如扑克牌或火钳,我再看见它们的时候,已是那个让我成为拜伦的女士嫁人之后,在我想称之为第三个琼斯小姐的人的影响下所看到的东西了。她总是穿上特定的裙子,摘下特定的玫瑰,等人来用晚宴,在那人刮胡子的时候会表示'稳稳当当,稳稳当当,这可是件不能大意的事'。于是有人会问,'那她在孩子们面前是怎么表现的呢?'你会注意到她撑伞时的动作显得有点笨拙,但会注意到当老鼠被钳子夹住时她显得很聪明,以及最后一点,也不会让早餐吃的面包(刮胡子的时候我会想想吃也吃不完的婚后早餐)平淡无味——如果坐在这女孩对面,即使蜻蜓停在面包上,也不是件让人惊讶的事了。

她激起了我向上奋斗的愿望，也使我以好奇的目光去瞧原本不太喜欢的新生儿的面孔。于是我头脑中那轻微有力的脉搏振动——滴答，滴答——也显出更加庄严的节奏。我漫步在牛津街上。我们是传承者，我们是继承人，我这么说，想着自己的儿子和女儿。这感觉是如此浮夸以至于荒谬，于是我跳上巴士，或买张晚报来掩饰它。它依然是一种古怪的因子，让人刚才还满腔热血地系上鞋带，现在又兴致勃勃地跟从事不同事业的老朋友畅谈。路易是阁楼上的居住者，萝达是永远湿润的水间精灵。两人不约而同地代表着我心目中积极事物的正反面，两人也都是我的反面（我结婚，我居家）。正因如此，我热爱他们，替他们惋惜，也深深地嫉妒着他们的与众不同。

　　"曾经还有个专门为我写传记的记者，如今他早已去世。不过，如果他的笔墨依然跟随着我的脚步，到这里便会写道，'差不多这个时候，伯纳德娶了妻子，有了房子……朋友们见证了他开始越来越会呵护家庭……随着孩子们的诞生，他觉得自己有更多的理由拿到更高的薪水了。'这就是传记色彩的文章，它串起了一点一滴的事物，同时也让事物保持着原始的轮廓。总之，如果开头写上'敬爱的先生'，结尾落款'您诚挚的'，你就不会在传记体中找出什么差错。你不能轻视这些词句，它们就像罗马大道一样穿插在我们的生活中，正是它们迫使我们像文明人一样，踏起像警察列队般整齐而缓慢的步子前行。尽管此时，你可能会低声念着什么毫无根据的话——'听啊，听啊，狗在叫啊''走啊，走啊，死亡走啊''让我避开两相情愿的精神婚姻吧'之类。'他干起了一小番事业……''他从叔叔那儿继承了一小笔钱'——传记作家也会这么写下去，就好像有谁套上裤子再系上背带。我得承认，它常常让人无功而返，白费力气地写下这些词句。但人还是得承认这一点。

"我是说，我已经成了某种类型的男人，在人们的生命中留下了脚印，就像一个人踏过了田地。我靴子的左侧已经有点磨损了。我进来的时候，有些新的排列就要形成。'伯纳德来了。'不同的人说出这句话的时候是多么的不同！有好多个房间——好多个伯纳德。有的魅力十足却十分虚弱；有的身体强壮却目空一切；有的头脑聪慧但冷酷无情；有的富于同情却疏于淡漠；那个最好的家伙毫无疑问也是最无聊的一个；还有的衣衫褴褛——而到了另一个房间——却变得浮华矫饰、事故老成，过于光鲜亮丽。对我来说，我不是他们中的任何一个。我拒绝将自己牢牢钉在当作早餐的面包前，而我的妻子——现在她已经不是那个穿想穿的衣服、采想采的花的女子，而完完全全的是我的妻子了——她总能使我置身于一种无忧无虑的感觉中，而我就像是只必须蜷伏在悠闲绿叶下的树蛙。'递给我——'我会说。'牛奶'——她也许会接话，或者说起'玛丽正在来的路上'——对于那些继承了各个时代的战利品的人来说，这些不过是简单的字眼，而对于那些日复一日处在生活高潮中的人来说并非如此。每天的早餐时刻，生活便是如此圆满。肌肉、神经、肠子、血管，不管这些构成我们存在的圈线和弹簧，还是无意间轰鸣的引擎，或是闪烁投掷的舌头，全都尽职尽责。打开、合上、合上、打开，进食、饮水，有时还要说话，整个机械仿佛钟表的中央发条，一会儿收缩，一会儿扩大。烤面包和黄油，咖啡和熏肉，时报和信件——突然间，电话铃急促地响起，我随即起身走向电话，拿起黑色的听筒。我注意到大脑正在自我调整，以便接收传来的信息——它说不定是（人总有这些期盼）邀你出席大英帝国的接见。我注意到自己是如此沉着冷静，注意力的原子全都充满活力地散布开来，将干扰物团团围住以便接收信息，调整自己来适应新的情形，在我放下听筒时就已经创造了更富有、更强大、更复杂的世界召唤自己去执行任务，而我毫无疑问能胜任。我将帽子扣在头顶，走进人头攒动的世界。当我们在火车里、地铁上挤挤挨挨、撞到一起时，我们会用既是竞争者又是同伴的目光相互朝对方眨眼示意，随后打起精神，带着诱导和回避去实现我们共同的目标——谋生。

"生活是美妙的，生活是愉悦的，生活的进程便是满足的进程，让这个平平常常的男人身体健康吧。他喜欢吃东西和打盹，他喜欢吸入新鲜的空气，在斯特兰道旁的轻快地散步，或者身处在乡下，让公鸡在大门口啼鸣，马驹在田野上跳圈。接下来总有些事要做。星期二跟着星期一到来，星期三跟着星期二来到。每一天都展开同样的福利，重复同样的旋律；给新鲜沙滩带来寒潮，或缓缓退下不留寒意。就这样，生命的年轮逐年增加，人的个性也逐渐变得坚朗。原先冒冒失失、鬼鬼祟祟的行动，仿佛一把撒向空中的种子，被狂野的生命过客吹向了四面八方。现在每一寸土地都看起来整整齐齐、规规矩矩的了。

"主啊，这是何等的愉悦！主啊，这是何等的美妙！当火车穿过市郊，我看见卧室窗玻璃上映着的光芒时，会觉得小小的商店管理员的生活是如此的从容。当我站在窗前，看见工人们手里拖着袋子，一行一列地向城市前行时，我会说，这些人可真像蚂蚁一样精力充沛、活力四射啊。这些肢体是如此强健，如此有力，如此张扬，我这样想着，观望男人们在白色场地里踏着雪花追逐一颗足球。现在对于一些小事发发牢骚——不管是关于肉的还是别的什么的——用一点波纹去打扰宏大的稳定，听上去有些浪费。我在颤抖，因为我们的孩子要降生了，为我们增添婚后生活的喜悦和快乐。有时我会在晚餐时忽然厉声厉色。有时我也会云里雾里地说话，好像自己是百万富翁，可以随意地扔掉五先令；或是精湛的高空作业人员，可以故意绊倒在脚凳上。临睡前，我们将争吵留在楼梯上，然后站在窗前望着澄澈无比的夜空,感觉它像一块蓝色石头的内核。'谢天谢地,'我说,'我们不需要把这句话也写进诗里,简单的语言就够了。'因为眼前辽阔的景色看起来是如此明澈、平坦无阻,让我们的生活可以无限延展,越过所有耸立的屋顶和烟囱,抵达完美无瑕的尽头。

"在这件突如其来的死亡、珀西瓦尔的死亡中,我会问,'什么是喜悦?'(我们的孩子降生了),'什么是悲伤?'被情感双面夹击。这是走下楼梯时我做出的纯粹自然的身体反应。我也观察了房子的状况。窗帘迎风鼓起,厨子哼着小曲,衣橱透过半开的大门隐约可见。我一边说,'得再给他(也就是我自己)一点缓解的时间'一边走下楼梯。'这种时候,在这间客厅里他可要受苦了,根本无处可逃。'没有语言可以形容这样的痛苦。仿佛有哭声,仿佛有什么杂碎裂开的声音,白色的碎片扫过印花棉布罩。时间与空间的认知变得迟缓,移动的东西也仿佛变得凝固不动了。声音时近时远,仿佛肉体开绽,血液喷涌,关节蓦地扭曲——在这样的情境下,一些非常重要却又遥远的东西也显现出来了,只有在孤寂中才能抓住它。所以我出门去了，我看见了他不会再看见的第一个清晨——有只麻雀被小孩像玩具一样地悬在了绳子上。我无动于衷地从外部看待着事物，试图理解它内部的美丽——这真是不可思议啊！随之而来的是如释重负。虚假、伪装和谎言全部消失不见，透明的光倾泻而下，使我隐匿了形体，使过路的事物全都变得清晰可见了——真是不可思议的感觉啊。'接下来还会有什么发现呢？'我问道，为了将它牢牢抓紧，我对新闻海报也视而不见，继续前行，随后就看到了那些图画。圣母像和顶梁柱，拱门和橘子树，它们还是像被创造出来的时候一样，但沾染了悲伤，悬在那里，而我在看它们。'就在这儿，'我想，'我们在一起，没有人会来打扰我们了。'这样的自由，这样的豁免，仿佛战利品，搅动着我，不时会有的欣喜，即便是现在，将喜悦和珀西瓦尔带回来吧。但它没有持续太久。让人遭受折磨的是人眼中罪恶的动机——他是如何坠落的，他是如何观察的，他被人们抬向何方；那些裹着腰布的男人，拉着绳子；还有绷带和泥土。随后，可怕的记忆猛扑过来，毫无征兆，势不可当——那就是，我并没有和他一起去汉普顿宫。这真是百爪挠心，毒牙般的折磨；那时我竟然没有去啊。尽管他不无耐心地解释这无关紧要。为什么要打断，为什么要破坏我们未曾中断的集体？——即使现在，我还会懊恼地反复念叨，我竟然没有去，而就在这样的情况下，我还是被多管闲事的魔鬼从庇护所赶了出来，投奔到珍妮那儿去，因为她有一个房间，房间里还有一张小桌子，上面刻着小小的装饰纹路。在那儿，我泪流满面地忏悔——我竟然没有去汉普顿宫。而她记起的是其他事情，那对我来说是琐事，对她来说却是痛苦的折磨，这就展现了当两个人无法相互分享时，生活是多么的凋零。紧接着同样的情景又出现了，一名女仆带着纸条进来了。当她转过身去回应时，我满怀好奇地想要知道她在写什么，在写给谁，我看到珀西瓦尔坟墓上的第一片树叶凋零了。我看到我们跨过了这个瞬间，将它永远地留在身后了。之后，我们紧挨着对方坐在沙发上，不可避免地想起他人说过的话：'五月百合，绽放一日，宜香万古。'我们曾将珀西瓦尔比作百合花——我多希望珀西瓦尔可以散开发丝，名震四方，再同我一起变老；可是他已经被百合花覆盖了。

"就这样,真挚的时光已成过去,就这样变成了一个象征,而我无法忍受。我叫嚷着,与其散播这甜得像百合的汁液,不如让我们肆意欢笑、肆意批评起来吧,将他掩埋在词语之下。就这样,我停止了悲伤,而珍妮,对未来不假思索、正直地敬畏着这一时刻的珍妮,掸了掸身体,往脸上扑了些粉(我喜欢的正是她这一点),踏上台阶时向我挥了挥手,又用手压住头发让它不会被风吹乱,我就是因为这样的动作而尊敬她的,就好像它明确了我们的目的——不让百合再继续生长了。

"我以彻悟的眼光观察着大街上卑劣而虚幻的景象,它的一座座门廊、一面面窗纱,那些色彩单调的衣裳,那些购物时贪婪而自鸣得意的女人们,那些裹着围巾、外出呼吸新鲜空气的老者,那些小心翼翼穿过马路的人群。全世界都怀着继续活下去的决心,而我会说,人可真是愚钝、真是容易受骗啊,铁板随时会从屋顶落下,车辆随时可能急转出岔,醉汉也说不定会毫无原因地到处乱刺、挥舞棍棒——生活就是这样。我仿佛是一个获准进入到后台的人,看见了这些光影特效是如何形成的。但不管怎样,我还是返回了自己温馨的小窝,在一楼还被门房提醒了一下要穿着袜子静悄悄地上楼梯。孩子们睡着了,我也回到了自己的房间。

"难道没有一把利剑可以击碎这些墙面、这层保护、这些还未出生的孩子或是藏在幕后的生活,让人一天比一天更加沉浸于书本和图画中?最好像路易那样,耗尽心血,力求完美;或者像萝达那样,丢下我们,翩翩然越向荒漠;或者像内维尔那样,万里挑一,仅此一个;像苏姗那样更好,对火热的骄阳或霜冻的草尖又爱又恨;也可以像珍妮,好像耿直率真的小动物。他们每个人都心怀喜悦,对死亡有着共同的感受,这对他们都有好处。就这样,我一个接一个地拜访了我的朋友们,试图用笨拙的手指,摸索着去撬开他们心中紧锁的匣子。我手里捧着忧伤——不,不是我的忧伤,而是不可思议的生活真谛——依次走到我朋友们面前,让他们全心审视。有些人会向神父忏悔,有些人会用诗歌倾诉,而我,会向我的朋友们、向我自己的心灵诉说,搜寻断柬残章中依然完好的事物——对我来说,月亮或树木还是不够美丽;对我来说,人与人之间的接触就是一切。

但就连这个也让人琢磨不透,因为我是这么的不尽如人意,虚弱至极,怀着无可言说的孤独。我就这样坐在这里。

"这就是故事的结局了吗?仿佛一声轻叹,最后一片划过浪中的涟漪?仿佛细水潺潺流入阴沟,分流消散?让我摸摸桌面——靠着这样的动作——恢复关于此刻的感知。摆着调味瓶的壁橱,盛满面包卷的篮子,放着香蕉的盘子——这些都是让人觉得看了很舒适的景象。但如果故事根本不存在,又该怎么谈到结尾或开场呢?当我们试图讲述生活时,生活大概不容许我们去这样对待它。深夜无眠时,我奇怪自己为什么不能再克制一点。分门别类也不会有什么帮助。让人感到奇怪的是,力量怎么会一点一点地向干涸的小溪里衰退啊。即便独自坐着,我们也会感到自己似乎正在流失;我们的水流只能无能为力地淹没一点海中植物的尖角;我们无法抵达更远的岸上,去沾湿那里的石子。结束了,我们来到了终点。但是等等——我整夜都在等待——全身又涌出一点活力;我们跃起,将一束白发向后甩去;我们拍打海岸;我们所向披靡。这就是说,我洗洗漱漱,刮刮胡子;用过早餐,不过没有吵醒妻子;再将帽子扣在头上,离家谋生。这是星期一之后,星期二到来了。

"尽管依旧心存疑问,并在小心观察,当我打开一扇门时,还是惊异地看到里面有人正在忙忙碌碌;我迟疑着,端起一杯茶,没管别人说里面是加了牛奶还是白糖。当星光像此刻一样经过千百万年的长途跋涉落在我手上——有好一会儿我都冷得发抖——但仅此而已,我的想象力已经如此匮乏。不过疑虑尚存。一道阴影掠过我的心房,好像傍晚的房间里,那些飞蛾在桌子和椅子的缝隙间拍打翅膀。那年夏天我去林肯郡看望了苏珊,当她穿过花园向我走来时,好像半满的船只在慢悠悠地移动,带着怀孕的女人会有的蹒跚和摇晃,那时我就在想:'事情一直在发展,但为什么会这样呢?'我们坐在花园里,农场的马车驶来,一路掉着干草,乡间一如往常地响着白嘴鸦和鸽子咕咕的鸣叫,水果全都罩在网里,园丁则在地里挖掘。蜜蜂有的降落在花间紫色的隧道里,有的则把自己嵌在向日葵金色的花盘中。小小的枝丫在草地上随风滚过。一切都是那么的富有韵律、如梦如幻,仿佛笼罩在一层薄雾里;但我却十分厌恶,它就像网一样,紧紧地束缚了人的躯体。而苏珊,这个拒绝过珀西瓦尔的人,如今却将自己献给了这层层叠叠的束缚。

"坐在岸边等火车的时候,我开始思考,我们是如何就这样放弃抵抗的,怎么就这样顺应起愚蠢的所谓天理。枝繁叶茂的绿林在我面前展开。伴随着一阵清香或触动神经的响声,那个很久以前的景象——清扫的园丁,写字的女士——又再次浮现。我看到埃弗顿山毛榉树下的人影,看到园丁在打扫,女士在桌前写字。但是现在,我将成人的贡物带入到儿时的直觉里——那些安于现状和听天由命、对于我们生来就无法回避的事物的领悟、死亡、关于力之所及的认识,以及生活是怎么比想象中的更加冷酷无情。曾几何时,在我还是个孩子的时候,就已经明确体会到劲敌的存在,反抗的需求也一直在刺激着我。我也曾跳起来大叫,'让我们探索向前吧。'对这种处境的恐慌也消失不见了。

"那么,现在是什么样的处境要终结了?呆板麻木和听天由命。又是什么样的东西有待去探究呢?叶片和树丛什么也没有遮住。如果一只鸟儿飞起,我也不该再去作什么诗了——我该重复的是之前说过的句子。就这样,如果我有一根可以指明命运弧线的树枝,此刻大概是人生的最低点了;此时此地它徒劳地蜷缩在不会有潮水涌来的泥土里——就在这儿,我正背靠树篱坐着,帽子遮住眼睛,而一群绵羊漠然地在它们的木道上踱步,踏着尖尖的蹄子僵硬地向前。不过,如果你花足够长的时间将钝刀放在磨石上打磨,也能迸出点什么东西——或是一道尖利的火花;同样,要是将毫无缘由、漫无目的、平平常常的东西混成一团,也会产生愤怒、轻蔑的火焰。我将我的头脑、我的生命、这些陈旧破败的东西,一股脑地朝着浮在水面上的枯枝败叶和破船烂板砸去。我跳了起来,我一遍又一遍地喊着:'打啊!打啊!'这既是努力,也是抗争,是永无止境的冲突,是不断的破坏与修复——这就是日常的争斗,是无论胜败、全力以赴的追逐。将零散的树木排列整齐吧,浓密的绿叶在跳跃的日光下清浅明朗。我用一个不假思索的词语将它们罗入网中,我用词语让它们重新现出形状。

"火车开来了。它缓缓地驶入车站,停在站台。我赶上了这班火车，傍晚就能回到伦敦。真是心满意足啊，这是熟悉的氛围和烟草的气味；有上了年纪的女人提着篮子吃力地登上三等车厢；有吸烟斗的声音；有站台上的朋友们在分离前不断道着的晚安和再见，随后就是伦敦的灯光——既没有年轻时代藏匿不住的欣喜，也没有破烂的紫色旗帜，却一如既往的是伦敦的光亮：那是高高悬挂在办公区域中闪亮的电灯，排列在干燥的人行道上的街灯，闪耀在集市上的霓虹灯。在将敌人驱赶不见的那一刻，我欣赏这一切景色。

"我也乐于追寻生机勃勃的盛会，比如说剧院演出。那些泥土的颜色、无可名状的田间动物会自己直立起来，十分机智地对立于绿林与绿地，还有那些一边咀嚼、一边不偏不倚地踏过树林与田地的羊群。除此之外，更不必说灰色长街上的窗户也亮起了灯火，人行道上散落着一条条撕碎的毯子；也有打扫干净、富丽堂皇的房间，有炉火、美食、美酒和闲谈。双手干枯的男人和戴珍珠塔耳环的女人进进出出。我看到年迈的人，脸庞被世俗的劳顿刻满了皱纹和嘲讽的神色；而被珍视的美貌，即使在上了年纪的人身上也犹如新生；如此乐于寻欢作乐的年轻人，让人觉得快乐是真实存在的；仿佛草地正是因此得到修整，大海因此泛起浪花，树木伴着彩色羽毛的鸟儿沙沙作响，也满怀着青春的期待。在那儿你会遇到珍妮和哈尔，汤姆和贝蒂；在那儿我们开着玩笑，彼此吐露秘密；我们说好在门廊里分别前，必须约好下次见面的日期，在不同的地点，根据不同的场合，于一年中不同的时间来定。生活是愉悦的，生活是美好的。星期一过后是星期二，接着星期三会到来。

"是的，不过每隔一段时间又会有所不同。或许只是某个夜晚，房间里椅子的摆设有些变化。当人深深地陷在角落的沙发里，去看，去听，会感到这是一件很惬意的事。这时碰巧若有两个背对窗户的身影，倚在枝繁叶茂的树下，人的心情便会有所触动，会想，'有些朦朦胧胧的影子也能冠上美的名号。'随后，当波浪散去，现出沉寂，人会听到那个他想搭话的女人自言自语道：'他老了。'但是她错了，那并不是年岁的增加，而是时间的水珠滴落了，又是一滴，时间再次抖落了水珠。我们蹑手蹑脚地钻过藤条下的拱门，来到更为广阔的世界。事物真正的秩序——

就像我们一直幻想的那样——现在已经很明显了。因此，这一刻，在这间休息室里，我们的生命仿佛融入绚烂的天色变幻中，划过天空。

"正因此，我没有穿上我的漆皮鞋，也没有找出一条说得过去的领带，而是直接去找了内维尔。我找到了我的老朋友，当我还是拜伦，还是梅乐狄斯笔下的男孩，还是陀思妥耶夫斯基书中忘记名字的英雄时，他就认识我。我发现他独自一人沉浸在书里。那里有一张无比整洁的桌子，拉得整整齐齐的窗帘，一把裁纸刀分割着一本法文全集——我敢断定没有谁会改变我们第一次相见时，他的态度或是衣着。从我们最初认识开始，他就这样坐在椅子上，穿着这样的衣服。这里是自由，这里是亲昵，火光照映着窗帘上的圆苹果。我们说起话来，坐下来聊天，沿街道漫步，这片草地上的树木，枝繁叶茂，沙沙作响，树上结着果实。我们一起在这里走过太多次了，现在围在一些树旁的草坪已经变得毫无遮掩，我们曾绕着圈子讨论那些戏剧和诗歌，那些我们所喜爱的事物——那片草地是被我们杂乱无章的脚步踏平的。如果我必须等待，我就会读书；如果在夜里醒来，我就会从书架上取下一本书，日益扩充，不断地增长，大量未曾记录的事情涌入我的脑海。有时我会从一团混杂中分出一些来，那可能是莎士比亚，可能是名叫佩克的老妇人，并在床上边抽烟边对自己说，'那就是莎士比亚。那就是佩克。'——虽然某种程度上并不见得确定，却带着确凿的认识、无尽的欢快和兴奋的喊叫。然后我们分享我们的佩克，我们的莎士比亚，对比不同的版本，允许发表不同的观点，以使我们自己的莎士比亚或者佩克更加闪亮。我们不时陷入沉默，又蹦出几个单词打破沉默，好像鱼鳍自无尽的大海中浮起，然后这片鱼鳍，这片思想，又沉回到心底深处，散出小小的、心满意足的涟漪。

"是的，但是突然间，有一个人听到了钟表的嘀嗒声。沉浸在这个世界里的我们意识到了其他的东西。这很痛苦。是内维尔拨转了我们的时光，他不停地思考着心灵深处的东西，一瞬间从莎士比亚到我们自己，拨着火在另一段时光里接近一个特别的人，广泛而深入地扫除给心灵带来的重大影响。他变得警觉，我能感觉到他在倾听街道的声音，注意到他在怎样地抚摸坐垫。时光流逝，他在所有人间选择了一个特别的人，一个特别的时刻。礼堂里传出声音，他正在说的话像明灭的火焰在空气中飘摇。我盯着他一步步走着，等待一些特别的标志出现，然后像蛇一般敏捷地盯住那扇门上的把手。（因此他的知觉惊人地敏锐，他一直受训于同一个人。）这种聚精会神的热忱将其他事物一概而过，好像从沉寂、闪光的液体中分离出来的异质。我开始意识到我暧昧而朦胧的特质充满了沉渣，充满了疑虑，充斥着要写到笔记本上去的词句。窗帘的皱褶逐渐静止不动，镇纸变得坚硬，帘幕上的针脚泛着光芒。事情变得明确清晰且客观，那是一个不属于我的场景。就这样，我起身，我离开了他。

"天哪，这旧伤的毒牙，在我离开房间的时候它们是怎样紧抓住我不放的！我渴求着身在他处的人。但渴求的是谁呢？起初，我也不知道，随后想起了珀西瓦尔。我已经有几个月没有想起过他了，若是我能和他一起大笑，一起嘲笑内维尔——我想要做的就是这个，携手大笑着离开。但是他不在这里了，他的位置空空如也。

"真奇怪啊，死去的人还是会从街角或梦里突然出现在我们眼前。

"那个晚上,一阵阵凛冽的风吹在身上,送我穿过整个伦敦城去会见朋友,那是萝达还有路易,渴望着陪伴,渴望着明确,渴望着接触。我走上台阶时就在疑惑,他们是什么样的关系呢?独处时他们都会说些什么呢?我发觉她并不太擅长泡茶。她呆呆地望着灰蓝的屋顶——这个林间仙女总是浑身湿漉漉的,浮满幻象,沉于梦境。她会拉开窗帘,看着夜色。'走开!'她会说,'月光下的沼泽太暗了。'我按响门铃,我在等待。路易可能正把托盘里的牛奶倒给猫咪。路易,他总是紧紧合住瘦骨嶙峋的双手,好像一座堤岸承受着巨大水流的喧哗;他记得古老的埃及人和印度人说过什么,也记得高颧骨的男人和穿粗布衣的隐士说过什么。我敲了敲门,我在等待,没有回响。我又从石阶上走下来。我们的朋友们,真是疏远缄默,太少会面,疏于了解了。我在朋友们眼中也无足轻重,仿佛一个幽灵,有时候看得见,大多数时候却被他们视而不见。生命无疑是一场梦。我们的火焰,在几双眼睛中如幻影般舞过,很快就会熄灭凋零。我想起了我的朋友们,我想起了苏姗,她买了土地,黄瓜和西红柿在她的温室里成熟,去年被霜冻弄死的瓜藤又生出了一两条新枝。她带着儿子们重重地走过自己的牧场,她围着被长靴男人照料的土地行走,用拐杖指点着房顶、篱笆和年久失修的围墙。鸽子跟在她身后,摇摇摆摆,啄食从她那双能干的泛着泥土色的手指间撒落的稻谷,'但我不再在黎明起来了。'她说。接下来是珍妮,毫无疑问正在款待哪个年轻的新认识的男孩。他们平常的谈话卡壳了,房间的光会被弄暗,椅子会被排好,而她始终在寻找那个时刻。没有幻象,像水晶一样无比坚硬、清晰明了,她会赤裸上身跨在马上,让尖锐的物体刺向她。当额前的一撮变白了,她毫不畏惧地将它和其他发丝一起盘好。于是当人们埋葬她时,一切都不会乱。缎带被发现时会是好好地卷着的。不过门依然开了,谁进来了?她问道,她站起身来迎接他,已经准备就绪,就像那些初春的夜晚,当可敬的伦敦市民们准备上床睡觉时,他们那些大房子下的树木也无法遮掩住她的爱恋。电车的噪音混杂着她兴奋的叫声,而当她从天性满足的甜蜜中沉静下来,树叶泛起的涟漪不得不承接起她的疲倦,她柔美的疲倦。而我们的朋友们,真是疏于拜访,疏于了解——确实如此,不过,当我碰到一个不认识的人,并在这张桌子前试图开口时,我所说出的'生活',也并不是我所回顾的过去;我并不是一个人,而是许多人。我并不能完整地认识到我是谁——是珍妮,苏姗,内维尔,萝达还是路易;我也不知道怎么从他人的生活中辨认出自己的生活。

"就这样,我想起了那个早秋的晚上,大家又一次来到汉普顿宫聚餐的时刻。起初,所有人的不安都是可以理解的,因为我们每个人都准备了一番说辞,而当其他人打扮成这样或那样、带着手杖或没带手杖从道路的另一头走过来时,似乎与其相悖。我注意到珍妮看了看苏姗褐色的手指,然后把自己的藏了起来。我观察着内维尔,他是如此整洁而明确,让我感到自己的生活在一堆词句中简直乱成了一团;随后他就会出于对某个房间、某个人以及自己成功的羞愧而夸夸其谈起来。而路易和萝达,一对亲密的伙伴,餐桌旁的密探,注意到了,记录下来了:'不管怎么说,伯纳德还是可以让服务员拿来肉卷的——我们却不能。'有一瞬间,我们仿佛看到那些摆在我们中间的、那些我们没能成为的完整的存在,但同时又无法忘怀。我们看到了自己本来可以成为的样子,也看到了我们错失的一切。我们斤斤计较着别人的话语,就像小孩子们看着蛋糕被切开,那是唯一一块蛋糕,就这样看着它一片片减少。

"无论如何,我们已经享用了美酒,在酒精的迷醉下消除了敌视,停止了比较。晚餐进行到一半,我们感到,那些我们所没能拥有的和我们所没能成为的,正像越来越大的黑洞将我们笼罩其中。呼风与疾驶的车轮变成了时间的喧嚣,而我们奔向——奔向哪里呢?我们是谁?我们在一瞬间熄灭了,仿佛火星消逝于燃烧的纸张,只留下漆黑的空洞。我们回到了过去的时光和过去的经历里。对于我来说,这只持续了一秒钟。它被我自己的好斗之心终结了。我用勺子敲起桌面。如果能用罗盘测量事物,我会去做的,但由于我唯一的丈量方法是词语,我就只能使用词语——不过在这样的场合,说什么我已经忘了。我们变成了坐在汉普顿宫桌旁的六个人。我们站起身来一同走下大道,在微弱而朦胧的黄昏里,像小巷中阵阵笑声的回音时断时续,温柔地回到我和我的身体里。倚在门旁,倚在雪松树旁,我看到闪耀的光芒，内维尔，珍妮，萝达，路易，苏姗还有我，我们的生活，我们的特性。威廉国王仿佛不存在的君主，头顶华而不实的王冠。但是我们——成百上千万中人的六个，背靠着砖头，背靠着树枝，从已经过去和即将到来的时光中取出片刻，狂欢般地燃烧在此处。随后内维尔、珍妮、苏姗还有我，仿佛浪花击岸，碎裂腾起，俯首于一下一片树叶，某只特别的鸟儿，玩铁圈的孩子，欢悦的小狗，一日炽热后残存于树上的余温，还有曲曲折折的光，仿佛涟漪中的白色缎带。我们各走各的方向，沉迷于树间的黑暗，留下萝达和路易站在露台的壶旁。

"当我们从如此甜蜜而深入的沉浸中反应过来，回到表面时，看到背叛者们还立在原地，这让我们有些愧疚。我们失去了他们留住的东西，我们打断了什么。但我们累了，不管是好是坏，完美还是败坏，朦胧的面纱已经落在我们竭尽全力的努力之下了，当我们在眺望河水的露台上稍事停顿时，光线也在消逝。汽船正靠在岸边泊下旅客；远远地传来喝彩，还有歌唱的声音，仿佛人们挥舞着帽子加入到最后一首歌里。和声从水面传来，唤起久违的情绪，这种感动纵贯了我的一生,我在别人的歌声中时而高昂时而低吭,唱起同样的旋律,在近乎无知的欢喜、伤感、满足和渴望中摆动。但不是现在。不是!我无法控制自己,我无法认识到自身,我只能任凭这些一分钟前还让我感到渴望、愉悦、嫉妒、警惕还有一大堆的东西沉入水里。我无法从没完没了的丢弃与消耗中恢复过来,水流不顾我们的意愿冲刷而过,无声地穿过桥洞,环绕一些树丛或小岛,海鸟坐在上面的桩子上,而湍急的水流冲成海中的波浪——我不能从这样的挥霍中恢复过来。于是我们走上了各自的道路。

"是不是与苏姗、珍妮、萝达、内维尔还有路易一同漂走也是一种死亡?那是元素的重新组合?一些暗示着有什么会来的线索?笔记潦草凌乱,书本紧紧合着,因为我并不是一个专心致志的学生。在那段时间里我并没有用功念书。随后,高峰时期走过弗里特大街时,我回忆起了那段时光,续写了它。'我必须永远用勺子敲桌布吗?我可以拒绝照做吗?'我问道。公共汽车堵在那儿,一辆接一辆咔嚓咔嚓地停下,好像石头链子上又加了一串钩环。人们来来往往。

"成群结队的人,提着箱包,以不可思议地迅捷进进出出,仿佛凶猛的洪水,又仿佛轰隆的火车穿过山洞。我抓住机会穿过人流,越过一段黑暗的小径到达了我要剪头发的店里。我把头倚在后面,身上盖了围裙。从镜子里我可以看到自己动弹不得的身体以及来来往往的人们驻足、观望、继续漠不关心地走开。美发师开始来回摆弄剪子,我觉得自己无力停止这铁家伙的咔嚓摆弄。我说,我们就这样被剪断,一缕缕躺在地上,我们也这样紧挨着躺着,在潮湿的草地上和枯萎的树枝间开出花朵。在光秃秃的篱笆上,我们没有什么能暴露在风雪间的东西,不必让自己挺直面对狂风,去承受支起我们的压力;也不必毫无怨言地留下,在那些了无生气的中午,静观鸟儿跃上枝头,湿气让树叶泛着白光。我们被剪断,落下,变成了无情世界的一部分。当我们精力充沛的时候,这个世界正在熟睡;当我们躺下睡去时,这个世界却熊熊燃烧起来。此刻,我们抛开立场,平躺下来,行将枯萎,随后很快就会被遗忘。我看到美发师眼角的表情,仿佛街上有什么东西吸引了他。

"是什么吸引了他？美发师看到街上发生的什么？我能想起的就是这些。（我不是神秘主义者，总有什么东西一直拽着我——好奇心、嫉妒心、钦佩心以及对于美发师的兴趣，诸如此类的事物将我拉回表面。）当他扫落我外衣肩头上的碎发时，我费尽心思地想要弄清他的特征；然后我就摇着手杖走向斯特兰大街，记起了与自己截然不同的萝达。她总是神神秘秘的，眼中充满恐惧，经常在荒芜之中寻找某些支撑，寻找她所失去的事物。她自杀了。'等等，'我说道，想象着（我们就是通过想象结为伙伴的）跟她手挽手的样子，'先等那些公共汽车开走。别在那么危险的时候过马路。这些人是你的兄弟。'我在劝说她的时候也在劝慰着自己的灵魂，因为这并不是一个人的生命，我也不知道自己是男是女，是伯纳德、内维尔、苏姗、珍妮、路易还是萝达——人与人之间的关系是如此的奇特。

"摇着我的手杖，带着新剪的头发和后脖颈的刺痛，我经过一车车德国进口的便宜玩具，有人正推着它们经过圣保罗大街——在圣保罗，一只母鸡慌张地张开翅膀从窝里冲向高峰期的车流与人流。我想着路易会如何穿起整洁的外套，拿着手杖攀上这些台阶，也想起了他那近乎脱节的生硬步态。他就要带着澳大利亚口音过来了（'我的父亲，布里斯班的银行家'），我想，他比我更敬重那些老旧的仪式，千百年来只听一样的摇篮曲。每次进去，我都会注意到那些老旧的管口，铮亮的黄铜，那些轻拍和吟诵，还有一个男孩的声音响彻穹顶，就像一只迷路的鸽子徘徊不停。我也深深地感受到死者安息的平静——仿佛勇士在古老的旗帜下休息。我对装饰得鲜丽荒谬的坟墓嗤之以鼻，还有那些喇叭，那些胜战，那些纹章，那些确凿无疑的事物，全都堂而皇之地由复生和永生一次次重复着。我迷惑而好奇的眼睛表明了自己只不过是一个满怀敬畏的孩子，一个步履蹒跚的老人；那些辛辛苦苦的女店员，天知道她们狭小的心胸里藏了多少争斗，才能在繁忙时段带出些许慰藉。我离开人群，闲看闲逛，有时甚至想依附在其他人的祷告词中飞上屋檐，冲出天际，不管它们去往哪里。不过，就像那迷途而哀鸣的鸽子一样，我发觉自己在下落、在飘落、在衰落，落在了某座奇形怪状的雕像、滴水的管口或荒唐的墓碑上，满心诙谐，满心疑惑，就这样再一次盯着手拿旅行指南的观光客们在眼前慢悠悠地走过。而与此同时，那个男孩的声音响彻穹顶，管风琴也不时纵情于演奏低沉的凯旋之歌。于是我问道，路易是怎么把我们大家都聚在屋顶下的呢？他是怎么用他那些蘸着红色墨水的精细笔尖，将我们限制于此、融为一体的呢？声音在穹顶逐渐消失，化为呜咽。

"就这样我又回到街上，摇着我的手杖，透过橱窗瞧着文具店里的陈列，打量一篮篮从殖民地运来的水果，低声念道'皮利考克坐在皮利考克小丘上'，或是'听啊，听啊，狗在叫啊'，或是'本世界的伟大时代重新开始'，或是'走开，走开，死亡走开'——交织着诗意与荒谬漂浮于潮水中。接下来总有要做的事，星期一过后是星期二，接下来是星期三、星期四。每一天都拨开同样的涟漪，万物周而复始地成长，就像一棵树。像一棵树，叶落满地。

"有一天，正当我倚在一扇通往田野的门上时，韵律忽然停止了，那是韵律与哼唱，诗意与荒谬。在我的心中，有一块地方被清空了。我透过习以为常织成的密叶向外观望。倚靠在大门上，我为那么多的杂乱琐事、那么多的未竟之事及分分离离而后悔不已,为生活被形形色色的约定所填满,为我甚至不能穿过伦敦城去见一个朋友,也没能乘船去印度,没能看见赤裸的男人在湛蓝的水中叉鱼。我说过生活是不完美的,就像一句没能说完的话。我已经无法再像从前那样,从火车上遇到的推销员那儿得到一点鼻烟来吸,来与外界保持一致了——那是对这个时代的体会,对头顶水罐走向尼罗河的女人的认识,对歌唱在征服与迁移之间的夜莺的感受。那是一项宏伟到无法实现的事业,我说道,我该怎样才能保持不停地抬脚登上楼梯呢?我自言自语时,语气就像跟某个要一同远航到北极的朋友说话时一样。

"我与那个曾经一同经历了多次可怕冒险的自我对话,那个在别人睡觉时还坐在火炉旁、用拨火棍通着炉灰的老实人。这个男人曾经如此神秘,他是忽然成长起来的,坐在山毛榉的树林中,坐在岸边的柳树旁,倚在汉普顿宫的矮墙边。这个男人总能在危急时刻保持冷静,用勺子敲着桌面,说出:'我绝不答应。'

"现在,当我倚在门口,眺望脚下色彩翻涌的田野时,这个自我也默不作声了。他并没有表示反对,也没有试图发声,他并没有握紧拳头。我等待着,倾听着,然而什么都有发生,什么也没有。我大声喊叫,突然明白过来自己被完完全全地抛弃了,现在什么也不会有了。没有一片鱼鳍来划开这片一望无际的汪洋,生活已经摧毁了我。我所说出的话既没有回音,也没有响应。这比朋友的去世和青春的流逝更像真正的死亡。我就是那个在理发店里被剪掉的人形,只占这么一点点空间。

"脚下的景色枯萎了,仿佛日食隐没了太阳,使原本繁茂的夏日大地变得虚假、脆弱、了无生气。我也在尘土飞扬的蜿蜒道路上,看到我们所形成的那些小团体,看到他们是如何结伴而来,如何一起进餐,如何相聚在这边或那边的房间里。我看到自己不眠不休的事业——从这个人身边冲到那个人身边,抓起这个又带来那个,外出远行又返回原处,加入到这个组织和那个组织当中,在这边亲吻,在那边回避,永远为美好的愿景而努力着,像小狗追踪气味一样将鼻子贴在地上追寻;只是偶尔会头脑一振,偶尔发出失落或惊奇的喊叫,随后又恢复追寻。这可真是一派胡言——这可真是让人费解。人就这么生于此地,死于此地;生命时而汁甘甜美,时而奋尽酸楚;我自己也常常东一下西一下。现在一切都结束了。我不再有狼吞虎咽的胃口、伤及旁人的毒刺、尖利的牙齿和握紧的双手了,也不再迫切地想去品尝梨子和葡萄、感受从果园围墙折射下来的日光了。

"森林消失了,大地荫翳笼罩,没有一点声音来打破这番冬日般沉静的景象。没有公鸡啼鸣,没有炊烟升起,没有火车穿行。这是一个没有自我的人,我说道。这是一具沉重地倚在门上的躯体,一个死去的人。怀着无动于衷的绝望,怀着虚无破灭的幻想,我只能观望纷纷飞扬的尘土;我的生命,我朋友们的生命,还有那些美妙的生命过客——带扫帚的男人、写信的女人、河边的垂柳——这些也全都是尘埃构成的流云和幻影,那些飞尘变幻莫测,云影也时聚时散,染上金黄或鲜红的色彩,一时形态失散,一时翻涌向前,如此变幻无常,虚无缥缈。而我,带着本子,编着词句,记下的不过是一些变化,一片阴影。我一直孜孜不倦地记录着阴影,但是现在,没有了自我,没有了重力和形体,如果再没有幻觉,我该如何在这个的虚无世界里继续生活下去?

"沉重的失望迫使我打开了自己斜倚着的这扇门,推动我这个头发花白、上了年纪的男人,迈出沉重的步伐踏过这片死气沉沉、空空荡荡的田野。再也听不到任何回响,再也看不到任何幻象,再也召不来任何抵抗,只能永远无遮无拦地行走,在死气沉沉的大地上留不下一点印迹。只要那里有羊儿吃过草,蹄子前后踩过,或有鸟儿飞过,或有人将铁锹插进过土里,那么就会出现一条能够牵绊住我的荆棘,或一条覆满落叶、让人失足跌落的沟壑也好——但是没有,这条哀伤的小道一直延展向前,通向同一片风景中更加寒冷、苍凉、单调而无趣的地方。

"日食过后,世界是怎么重见光明的?仿若奇迹,转瞬易逝。细微的光线一道道落下,它悬在那儿,好像一个玻璃笼子。它是一条被小小的罐子一碰就会断的圆环。那里出现一道明亮的火花,下一刻又闪过微暗的色彩,紧随其后的是一片雾气,一下、两下,仿佛大地正第一次开始呼吸。沉闷中有谁提着一盏绿色的灯走来,随后白色的幽灵旋转隐去。森林波动起鲜绿与深蓝，田野也开始畅饮金赤和棕红。忽然间，河流捉住了一道蓝光，而大地像吸水的海绵一样缓慢承接着这些色彩。它变得凝重，变得滚圆，悬在空中，在我们脚下不停地沉淀旋转。

"就这样，这片风景又回到我的眼前。于是，我看到脚下的田野卷起色彩翻涌的波浪，只是现在有一点不同，我看到了，别人却并没看到。我无遮无拦地行走，我毫无先兆地回来了。从我身上掉落的是那件旧外套，那层昔日的回应；一只不断发出声音的空洞手掌。我朦胧得仿若一个幻影，在走过的地方不留一点踪迹，只是有所领悟，就这样孤独地行走在一个全新的世界中。我擦过一些新鲜的花朵，除了像孩子似的单音节词汇也说不出其他的话语。我曾经造出了那么多的词语，现在却失去了词语的庇护。我曾经一直和志趣相投的人结伴而行，如今却无人所依。我曾经时刻与人共享空空的壁炉和带金环的壁橱，此刻却独自一人了。

"而人该怎么去描述失去自我时所看到的世界呢？没有任何词汇可用，蓝色的、红色的——就连它们也让人分心,就连它们也没能让光线穿透,而是深藏在浓重的色彩之下。该怎么才能用清晰的字眼重新描述事物呢?——它正在凋落、正在经历又一次逐渐的变化,即使在短暂的散步中也积久渐成了——这片景色也是一样。伴随着人的行动,盲目回来了,每一片树叶都在复制着其他树叶的样子。当人观望时,愉悦重新呈现在视野里,带着一连串飘忽神游的词藻。人呼吸着实实在在的气息,在那脚下的山谷里,火车裹着低垂的煤烟驶过田野。

"不过有那么一会儿,我坐在某处的草坪上,高居于波浪翻滚的大海与音声袅袅的树林,远眺着房屋、花园和拍打岸边的海浪。那个将图画书一页页翻过的老保育员停下了手里的动作,开口道,'看啊,这就是事实。'

"于是,今晚我从沙夫茨伯里大街走来的时候就在想着,想着那本图画书的内容。而当我在挂起外套的地方与你相遇时,便自言自语道,'我遇见谁并不重要,生命中所有微小的邂逅都已结束。我并不知道这是谁,也不关心。我们会一同进餐。'于是我挂起了自己的外套,拍了拍你的肩膀,说:'跟我坐在一起吧。'

"现在晚餐已经结束,我们周围都是果皮屑和面包渣。我试图将一连串东西传达给你,自己却不知道这里面到底有什么样的事实或真相。我也不清楚我们究竟在哪儿,延展的天空在俯瞰着哪座城市?我们所坐的地方是巴黎、是伦敦,还是某个高高的山脚旁雄鹰高昂、柏树底下横卧着粉红色房屋的南部城市?这一刻,我可一点也不确定。

"此刻我开始遗忘,开始怀疑桌子是否坚固,怀疑此时和此地是否真实,还用指关节使劲敲了敲看起来坚固的物体的边缘,问道:'你是坚实的吗?'我见过了太多不同的事物,造出了太多不同的句子。我迷失在吃吃喝喝的过程中,目光流连于稀薄的表面,硬壳包裹着年轻而封闭的灵魂——因此才有了年轻时代的狂妄和喋喋不休的嘴巴。而现在我要问:'我是谁?'我一直提起伯纳德、内维尔、珍妮、苏姗、萝达还有路易。我就是他们吗?我是某个独立于他人的人吗?我并不知道。我们正在这里一起坐着,但现在珀西瓦尔已经死了,萝达也已经死了,我们被隔开了,我们不在此处。但我还是找不到任何将我们真正分离的东西,我与他们并没有分离。我说话的时候就会感到'我就是你们',我们如此看重彼此间的不同,而现在这份个性已经被克服了。自从康斯特布尔太太举起海绵将热水洒在我身上,用身体将我包裹,我就一直多愁善感,明察秋毫。我的眉毛上还留有珀西瓦尔倒下时残存的气息,我的后颈上还留有珍妮献给路易的亲吻,我的眼中充盈着苏姗的泪水,我望向远方,看见了萝达所见的圆柱,颤抖得仿佛金色的丝线,也感到了她一跃而起时带来的风。

"于是当我坐在这张桌前,将我一生的故事重新编排,并将它完整地呈现给你时,也不得不回忆起那些遥远而深藏的往事,它们已经沉入生命,变成了其中的一部分。梦幻也是环绕着我的事物之一,还有那些囚禁其中、半明半暗的幽灵,日日夜夜神出鬼没。它们在睡眠中辗转反侧,发出含混不清的叫喊,在我试图逃跑时伸出无形的手指将我钳住——它们是你可能成为的那些人的幻影,那些没有成型的自我。这里还有远古的人类,未经开化,披头散发,手指会拨向成捆的内脏,还会狼吞虎咽、直打饱嗝;他吐字含糊,并且只是出于本能——而他就在这儿,蹲在我体内。今晚,他饱餐了鹌鹑、沙拉和杂肉,现在正用爪子抓起一杯上好的陈酿白兰地。他浑身斑点，咕咚咕咚地畅饮，当我品酒时他便从我的脊柱倾泻下一股震颤。这是真的，他在餐前洗了手，但双手还是毛茸茸的。他系上了裤子，穿上了马甲，不过包裹其中的东西还是同样的。如果我让他为晚餐等得太久，他就会拒绝行动，不断地抹着脸、皱着眉，用贪婪而垂涎的姿势像个傻瓜似的指着自己想要的食物。我必须向你承认，有时我也很难控制住他。这个长满长毛、猿猴一般的男人，已经在我的生命中发挥了他的那份作用。他曾使绿色变得更加浓郁，他曾举起燃烧的火炬，他对于青春的事情有着不成熟的激情，他举起闪着红色火焰的火把，浓密而刺鼻的烟雾即从每一片树叶之后升起，甚至点亮整个寒冷的花园。他在昏暗的里巷挥舞着火把，使那里的姑娘一下子蒙上红晕和朦胧的迷醉。喔，他把火把高高抛起，引得我狂热地起舞。

"但这一切已经不复存在了。今时今夜，我的身体仿佛一座肃穆的神殿一阶阶升起，那里的地板覆着地毯，低语流散，祭坛上烟雾缭绕。但在上面，在我平静的头脑里，涌现出来的只有阵阵乐声和阵阵熏香。迷途的鸽子在其间哀叹，旗帜在坟墓上迎风飘扬。午夜敞开的窗外，看不见的风正摇曳着枝干。当我怀着超然的心境俯瞰四周时，连散碎的面包屑也显得那么美丽。梨子皮的盘里旋成圈，细薄无比，斑驳得好像海鸟的蛋壳，连整齐排列的叉子也显得干净利落、井井有条。我们剩下的面包角闪闪发光、坚坚实实地被放在金黄的盘子上。我其至可以紧握自己的手，手上的骨骼扇形般散开，周围布满神秘的脉络，看上去如此柔韧而灵巧，可以任意弯曲，也能突然紧握——我可以景慕它无限的敏锐。

"无限接纳，包容万象，因内心的丰富和圆满而颤抖着，却也头脑清晰，自我约束——我的存在似乎就是这样的。现在愿望已经不再将它驱使，现在好奇也已不再将它染成五颜六色；它深深地躺在底下，波澜不惊，百毒不侵。那个被我称为'伯纳德'的人，现在已经死了。曾几何时他的口袋里总是揣着笔记、时不时地写写记记，不管那是描述月亮的词语，还是记录人们特征的便签。他会写下人们是如何张望、转头、丢下烟蒂的。在 B 栏底下，是百蝶翅膀；在 D 栏底下，是死亡的称谓。但现在，让这扇一直围着合页开开合合的玻璃门打开吧。让一个女人过来,让一个留着小胡子、穿着晚宴服的男人坐下,他们能向我讲述些什么呢?根本没有什么!那些事情我已经全都知道了。如果她忽然起身离去,我也会说,'亲爱的,我再也不必照看你了。'曾几何时,浪潮奔落的巨响在我的生命里声声不息。它曾经将我唤醒,让我看到壁橱上金灿灿的光晕,但现在它已经不会再震颤到我所掌握的任何东西了。

"所以现在,如果我能把握事物的奥秘,便不用走出房间、也不用抬起椅子,就能像密探一样离开了。我可以造访无限遥远的沙漠边境,那里有篝火旁坐着的野蛮人。当白昼降临,女孩会拿起晶莹的火心宝石放在额上;太阳会将光线径直打在沉睡的房子上。海浪的条条波纹从深处涌来,它们冲向岸边,浪花向后溅起,潮水蔓延开来,环绕着海上的小船和海中的绿色植物。鸟儿齐声歌唱,深暗的隧道在花茎之间穿行,房屋被照得发白,睡着的人伸了伸懒腰。一切渐渐苏醒过来。光线在屋内流动,将暗影重重叠叠地驱向一旁,使它们不可思议地悬在半空。那团阴影的中心覆盖着什么?还是什么也没有?我无从知晓。

"哦，但这是你的脸庞，我们四目相对。我，一直以为自己是如此的博大，就像一座寺院、一座教堂、一整个宇宙那样无拘无束，能够抵达任何事物的尽头，现在的这个地方当然也不例外。但此刻我却一无是处，只剩下存在于你眼中的形象——那个上了年纪的男人，略微发胖，两鬓斑白，一只胳膊支在桌上（我透过镜子看到了自己），左手还举着一杯陈年白兰地。这就是你给我的沉重一击。我走着走着砰地撞到柱子上，从这边晃到那边。当我再伸出手来摸摸脑袋，帽子已经不见了——手杖也已经丢掉了。我把自己弄得这般难堪，只配被过路的人取笑。

"主啊，生活是如此让人难以忍受！它跟我们开着这么卑劣的玩笑：一度无忧无虑，一度又变成现在这样。这时，我们又一次置身于面包屑和脏兮兮的餐巾之间了。那把餐刀上的黄油已经凝固。杂乱、暗淡和衰败充斥在我们周围。我们将死去的鸡鸭吃进嘴里，我们就是靠着这些油腻腻的碎屑、脏兮兮的餐巾和小小的残体得以维持生命的。事物周而复始，敌人永远存在；他人的眼睛望向我们的眼睛，旁人的手指牵引我们的手指；全力等待吧。叫服务生过来，付清账单,我们必须从椅子上起身,必须找到外套,必须离开。必须,必须,必须,真是个让人讨厌的字眼。再一次,我,这个曾经以为不会受此影响的人,这个曾经说出'现在我已经摆脱一切'的人,发现自己已经被海浪打翻,头脚颠倒,手中的物品七零八落,只留自己去收捡归整,将它们堆积一堂,集中我的力量挺身而出,面对敌方。

"这真是不可思议,我们能承受这么多苦难,也能造出这么多苦难。也真是不可思议,有些人的样貌近乎陌生,却让我隐约觉得曾在某艘开往非洲的船上见过——只不过是些眼睛、鼻子和脸庞的轮廓而已——也有带来这般耻辱的魔力。你在看,在吃,在笑;感到疲倦了,开怀了,恼怒了——我能知道的只有这么多。这副在双眼位置开了小孔的面具,只不过是个在我身边坐了一两个钟头的影子,却有力量迫使我后退,将我和其他人牢牢地绑在一起,把我关进燥热的小屋里;或促使我像飞蛾一样闷头逃落,从一支蜡烛扑向另一支蜡烛。

"但是等一下,他们在屏幕后面结算账单的时候,等一下。由于我曾因你带来的沉重一击而发了火,让自己站到了果皮屑和碎肉渣里,手足无措,我也要用最简洁的单词记下,在你同样审视的目光下,我是如何认识到这些又领悟到其他的。这只钟表正在嘀嘀嗒嗒地走动,那个女人打了个喷嚏,那个服务生过来了——出现的事物渐渐聚集,融为一体,加速统一。听啊,汽笛在鸣叫,车轮在飞驰,门在合页上吱吱作响。我重新体会到了复杂、真切而挣扎的情感,这些全都是你的功劳。同时,带着些许遗憾、一些妒忌和非常多的好意,我也要握起你的手,祝你晚安。

"为孤独和寂寞而感谢上苍吧!现在我又是独自一人了。那个几乎素不相识的人已经离去,也许是去赶哪趟火车,去乘哪辆出租车了,或是去往未知的地方,见未知的人了。那张凝望我的面孔已经远去,压力不再。这边是空了的咖啡杯。一把把椅子已经拉好,不过没有人就座。餐桌上空空如也,今晚也不会再有人来用餐了。

"此刻,让我高唱喜悦的颂歌吧,为孤独和寂寞而感谢上苍吧。让我孤身一人。让我扯下并抛开这层活着的面纱,这层轻轻呼气就会变化多端的云朵,日日夜夜,永永远远。我坐在这里时,变化也在发生。我曾注视着变幻莫测的天空,我曾看见云朵遮起了星星,不一会儿又飘然而去让它们重新闪烁,随后又覆过了它们。我已经不会再看到它们的变化了,现在没有人看见我,我也不用再变成什么样子了。感谢上苍使我孤独一人,它带走了眼前的压力和躯体的诱惑,我已经不需要再说起谎话或造出词语了。

"我那满满当当全是词语的书本已经掉到地上,躺在桌子下面,就要被打杂的女佣人扫走了。她每个黄昏都会过来疲惫地清扫一下,几片纸张、几张旧电车票、一地揉成团的笔记,就这样和垃圾一起等待着被清走。有哪些词语可以用来形容月亮,又有哪些词语可以用来描述爱恋?我们该用什么样的词语来称呼死亡呢?我并不知道。我只需要一点简单的语言,就像恋人间的蜜语;一点最单纯的词句,就像孩子们跑进妈妈做针线活的房间、拾起那些五彩的毛线或棉布时会说的话。我需要一声吼叫,一声呐喊。当暴风雨掠过湿地、扫遍我的全身,当我躺在沟壑里无人问津时,就不再需要任何词语了。没有什么东西是整洁的,没有什么事是脚踏实地立足于此的,没有一点共振和美妙的回音会打落与我们胸中神经相连的时钟,制造出疯狂的音乐，虚假的词句，我已经受够词句了。

"寂静真好啊，伴着咖啡杯和小桌子。独自一人坐着真好啊，就像一只孤高的海鸟在火刑柱上展开翅膀。让我和无遮无掩的万物一起永远坐落于此吧，再加上这只咖啡杯，这把小刀，这把餐叉；事物是事物自己的样子，我也是我的样子。不要过来打扰我，暗示这是商店歇业的时间、该收拾收拾离开了。我情愿把所有的财产都留给你，只要你不来打扰我，让我就这么坐着，悄无声息，独自一人，直到永远。

"但是现在，领班的侍者也已经用餐完毕，皱皱眉头走了过来；他从口袋里取出手套，做出显而易见准备离开的样子。他们必须得走了，必须将门户紧闭，必须将桌布叠好，再用湿布擦擦桌子底下。

"真是可恶。不管我有多么疲惫，也只能让自己站起身来，找出属于自己的外套，将手臂伸进袖筒里，将自己裹进夜晚的寒气中启程。我，我，我，像我这般疲惫不堪，像我这般筋疲力尽，我已经为太多的琐事操心不已了。即便是我，这样一个上了年纪、身躯沉重、不思进取的人，也必须离开,去赶某班终点的火车了。

"一如往常的街道再次横亘在我面前。文明的天穹黯淡无光,天空一片漆黑,好像打磨过的鲸骨,但天际却有隐隐的微光,不知是街灯还是黎明的光亮。那边有一阵轻微的搅动——或许是鹦鹉在树顶啾啾鸣叫,仿佛新的一天又要到来了,但我不想称它为黎明。对于城市里孤孤单单凝望着天空的老人来说,黎明算是什么呢?黎明是逐渐变白的天空,是某种新生的喻示。又是一天,又是一个星期五,又是个一月、三月或九月的二十号,是再一次平平常常地醒来。星星隐向幕后,熄灭了光芒,海水间的纹浪变得深刻,田野上的雾气渐渐浓重,一片红色凝上玫瑰,就连挂在卧室窗前苍白的花儿都染上了色彩。一只鸟儿开始鸣唱,乡下屋舍里的人点起早间的蜡烛,是的,这就是全新的开始,不断潮起潮落,潮起潮落。

"浪花也在我体内升起了,它高高腾起,隆起脊梁。我再一次意识到了这个全新的愿望,它是从心底升起的,好似一匹高傲的骏马在骑手的鞭策下一跃而起。我就这样骑在你的背上,当我们挺直身子伫立在前方延展的道路旁,迎面而来的又是什么样的敌人呢?哦,死亡,死亡就是那个敌人。我单枪匹马越向的是死亡,头发向后飞扬,就像一个年轻人,就像曾经驰骋在印度的珀西瓦尔一样。我就这样策马而行,向着你,我会义无反顾,绝不服输,绝不投降!哦,死亡!"

海浪轰鸣,击碎在岸。